KB064667

그리움 너머 또 그리움

# 그리움 너머 또 그리움

초판발행일 | 2023년 12월 30일

지은이 | 이해용
펴낸곳 | 도서출판 황금알
펴낸이 | 金永馥

주간 | 김영탁
편집실장 | 조경숙
인쇄제작 | 칼라박스
주소 | 03088 서울시 종로구 이화장2길 29-3, 104호(동숭동)
전화 | 02) 2275-9171
팩스 | 02) 2275-9172
이메일 | tibet21@hanmail.net
홈페이지 | http://goldegg21.com
출판등록 | 2003년 03월 26일 (제300-2003-230호)

값은 뒤표지에 있습니다.

ISBN 979-11-6815-074-4-03810

# 그리움 너머 또 그리움

이해용 에세이

황금알

# 저자의 변(辯)

올 여름은 유난히 긴 장마와 무더위로 힘들었다. 어려운 시련을 견디어 냈으니 풍요로운 가을을 기약해도 좋을 성싶다. 오늘따라 쓰르라미 울음소리가 한층 처량하게 들린다. 쓰르라미 울고 간 자리에 가을이 빙그레 웃고 있다. 먼 산꼭대기의 나뭇잎도 가을 색으로 변하고 있다.

임은 가을이 손짓하는 즈음에 내 곁을 떠났다. 큰 잘못이나 한 사람처럼 말 한마디 없이 낙엽처럼 떠난 것이다. 조금은 미안했던지 단풍잎하나 남기고 떠난 것이다. 원망에 앞서 나도 모르게 눈물이 났다. 이별의 아픔이 내 눈에 들어와 눈물이 된 것이다. 그렇게 지난 우리들의 사랑 이야기는 영원히 잊지 못할 그리움이 되었다. 그리운 마음은 내 가슴에 들어와 지지 않는 별이 되었다.

이 주체할 수 없는 그리움을 쓰지 않고는 배겨낼 수가 없었다. 쓸 바에야 향기 나는 글을 쓰고 싶었다. 쓰고 보니 여기저기에서 악취가 진동하는 글이 되고 말았다. 인생을 향기롭게 살지 못해서일까? 나와 다른 글을 쓰려고 무던히 애를 썼는데 끊을 수 없는 인연처럼 나와 닮은 글을 쓰고 말았다. 내 보잘것없는 인생처럼 글 또한 내 빼박이다. 두려움이 앞선다. 혹시나 읽어줄 독자들의 마음이 두려운 것이다. 조금 더 익은 글을 내놓고 싶었지만, 더 익는다고 맛이 더 좋아질 글이 아니라는 것을 알기에 조금 덜 익은 것을 내놓기로 했다. 잘 익은 것에 비해 맛은 좀 떨어지겠지만 상큼한 풋내 나는 맛이 있는 것 같기에 두려움을 무릅쓰고 내놓기로 한 것이다. 포장이라도 그럴듯하게 꾸미려다 그만두었다. 속 다르고 겉 다른 그런 글을 쓰고 싶진 않았기 때문이다. 그런 글을 내 자존심이 허락하지 않았다. 한 편을 써도 내 글을 쓰고 싶었다. 그것도 내 생각일 뿐이었다. 내 자신이 봐도 어설프고 마음에 들지 않는 구석이 너무 많아 보인다. 전문가의 눈으로 보면 손으로 쓴 것이 아니라 발로 쓴 수준에 불과할지도 모른다. 무식이 용기가 된다는 의미를 알 것 같다.

늘 부족함을 느끼면서 지금까지 3집의 수필집을 냈다. 첫 번째 수필집은 "부지깽이 사랑", 두 번째는 "사랑은 유치할수록 아름답다", 세 번째 것은 "이별이 있기에 사랑은 더 아름답다"다. 1집과 2집은 사랑에 관한 나의 추억을 적은 글이었고, 3집은 사랑 다음에 오는 이별이야기다. 사랑이 떠나며 남기고 간 이별이 지난 옛날의 덜 익은 사랑을 더 그립게 하고 있다. 그 주체하기 힘든 그리움을 생각하며 없는 용기를 내어 본 것이다. 많이 쓰다 보면 내가 바라던 글 한 편은 나올 줄 알았는데 과욕이었나 보다. 남은 시간 더 푹 삭은 향기 나는 글을 쓰고 싶다. 죽비를 들어도 좋고, 채찍을 들어도 감사한 마음으로 받겠다.

이 책이 세상에 얼굴을 내밀게 도와주신 허영자 시인님과 황금알출판사의 주필 김영탁 시인 그리고 관계자들께 감사의 마음을 전한다. 그리고 얼마 남지 않은 여생을 병마와 싸우고 계시는 연로하신 나의 어머님께 이 책을 드리고 싶다. 나의 가장 가까이 있는 사랑하는 여인에게도…….

2023년 9월 1일 글쓴이

# 격려의 말

통계학계의 석학이시며 성신여자대학교 명예교수이신 이해용 박사께서 에세이집을 새로 또 출간한다. 이박사는 모든 공직을 떠난 후 고향인 임실로 귀향하였다. 주경야독(晝耕夜讀)! 낮에는 열심히 고추 마늘 양파 배추 상추를 기르는 농사꾼으로, 밤에는 글을 쓰고 공부하는 학자로서 실로 충만한 삶을 경영하고 있다. 이박사의 글은 그 삶에서 거두어진 알찬 추수이다.

이는 시대와 처지는 다르지만, 은퇴 후 고향의 영지로 돌아가 자신의 경험과 주변의 일들, 풍문과 생각 등을 글로 썼던 프랑스의 옛 에세이스트를 문득 떠올리게 한다.

이박사의 글은 그만큼 진솔하고 맑다. 그러므로 읽는 독자도 그만큼 정화되고 위안을 받게 된다.

— 시인 허영자

# 차 례

## 제2부  빈말

## 제3부 삶에서 얻은 지혜

# 제1부
## 사랑이 그리움 되어

우연히 만나 알게 된 너와 나
자주 만나 정이 들고
마침내 서로 눈먼 바보가 되었다.

우리 사랑만은 영원하리라고
누구도 갈라놓지 못할 것이라고
굳게 약속했지만 한여름 밤의 꿈이었다.

세월 가면 모든 것이 그렇고 그러하듯이
우리 사랑도 세월 따라 시들고
이제 한 줌 추억으로 남았다.

사랑 뒤에 오는 눈물 젖은 이별
내 능력을 초월한 절벽
발아래 공포되어 가슴을 뒤집는다.

사랑은 기적을 남기고 떠나가고
떠난 사랑은 마음에 별이 되어
가슴에 지워지지 않는 그리움이 되었다.

# 사랑이 그리움 되어

내 사랑만은 영원하리라 믿었다. 스치는 옷깃의 인연으로 만나 눈먼 사랑이 시작되었다. 그리고 연인이 되었다. 안 보면 보고 싶고 보면 이유 없이 좋았다. 하루가 한 시간 같고, 한주가 하루처럼 흘러갔다. 이렇게 일 년이 지나고 또 십 년이 지나더니 어느 새 오십 년의 세월이 훌쩍 지나버렸다.

함께 했던 많은 시간들이 이제 잊지 못할 추억이 되어 텅 빈 가슴에 차곡차곡 쌓여갔다. 만나 수다를 떨던 시간들, 손잡고 거닐던 오솔길, 봄 오는 길목에서 함께 보았던 숱한 꽃과 잎새들 그리고 함께 공유했던 감정들, 경포대 여름 바다에 몸을 담그고 살결을 부딪치며 물장구치던 순간들, 어두컴컴한 영화관에서 함께 봤던 로맨스, 유원지로, 고궁으로, 산으로, 강으로, 바다로 쏘다니며 나눴던 유치했던 대화들, 팔짱을 끼고 함께 걷던 휘황찬란한 명동거리, 덕수궁 돌담길, 인사동 뒷골목 허름한 음식점에서 파전을 시켜놓고 소주잔을 기울이던 시간들 이제 모두가 우리들 사랑의 역사가 되어 추억으로 남아있다.

함께 하는 것은 바로 기쁨이요, 희망이요, 행복이었다. 세상에 부러울 것이 없었다. 모든 것이 아름다웠고, 즐거웠고, 완벽했다. 바로 우리들의 유토피아였다. 이 대로 세상이 종말이 된다고 해도 전혀 아쉬울 것이 없었다. 삶이 매일 지지 않는 무지개였다.

세상에 영원한 것이 어디 있던가? 여름 바다가 한산해진 가을비 내리는 어느 날 그녀는 "안녕~"이라는 쪽지 한장 달랑 남기고 떠나갔다. 장난인 줄 알았다. 그 뒤로 하루가 멀다 하고 주고받던 소식이 순간에 끊긴 것이다. 실성한 사람처럼 전화를 걸어보기도 했다. 응답도 없었다.

아! 이럴 수가?

그토록 밝던 세상이 순간 어둠으로 변하고, 희망은 절망으로, 기쁨은 슬픔으로, 천국이 지옥으로 바뀌고 있었다. 살아있다는 것이 고통이요, 숨 쉬는 것도 힘이 들었다. 사랑이 열병이라면 이별은 차가운 죽음이었다. 모든 생각과 사고가 정지되고 떠난 이유와 원인이 궁금했다. 내가 뭘 잘 못 했지? 내가 무슨 실수를 했나? 그렇지 않다면 싫어졌나? 그 이유는? 영원히 사랑하자던 말은 모두 거짓이었나? 이런 의문들이 머리에 가득 채워졌다. 남의 머리가 내 머리를 대신하고 있었다.

만나서 자초지종이라도 묻고 싶었다. 전화를 걸어 물어보자니 불안한 마음이 들었다. 소원이니 딱 한번만이라도 만나보자고 내 생애 가장 비굴한 편지를 써서 보냈다. 답신이 없다. 용기를 내어 전화를 걸었다. 응답이 없다. 여러 번 시도 했으나 역시 무응답이다. 전화를 받지 못할 만큼 몸이 많이 아픈 건가? 걱정이 되기도 했다. 공부를 이렇게 열심히 했다면 지금쯤 높은 자리 하나 차지하고 있을 것이다. 부모님께 이런 열정을 쏟았다면 효자 소리라도 들었을 것이다.

며칠이 지난 후에 답신이 왔다. "그동안 너무 즐거웠다. 우리들의 만남은 아름다운 추억으로 간직했으면 좋겠다. 고마웠고, 미안하다" 짤막한 내용이었다.

혹시나 하는 마음으로 그녀가 잘 다니던 장소에도, 함께 거닐었던 거리도 가보았다. 방황이 시작된 것이다. 상사병이 이런 것인가 보다. 만나지 못하면 당장 미쳐버릴 것 같은 생각이 들었다. 생각다 못해 창피함을 무릅쓰고 그녀의 집으로 찾아갔다. 마지못해 만난 둘은 지난날과 같은 친근감과 다정함은 이미 사라지고 없었다. 어색하게 서서 겸연쩍은 모습으로 마주 서 있는 것이 마냥 부자연스러웠다. 잠시 말없이 서로 바라보다가 "그동안 자~알 지냈어?"라는 말로 말문을 열었다. 대답 대신 그녀는 고개를 끄덕였다. 그렇게 보고 싶던 사랑했던 그녀가 지금 내 앞에서 고개를 떨구고 서 있다. 눈물이 핑 돌았다. "왜 연락이 없었어?" 말이 없다. 어디 아프진 않았지? 그녀는 겨우 고개를 끄덕였다. 그럼 왜 나를 피하는데? 또 대답이 없다. 대신 그녀는 눈물을 흘리고 있었다. 호주머니에서 휴지를 꺼내 그녀에게 건넸다. 마음이 미어진다. 가까운 다방에 가서 커피나 한잔하자며 뒤돌아섰다. 그녀가 말없이 따라왔다. 자주 들렀던 다방에 도착하여 익숙한 창가의 자리에 마주 앉았다.

물 잔을 앞에 놓고 둘이 앉았다. 한참 침묵이 흐른 뒤에 주문한 커피를 다방 아가씨가 가지고 와 우리 앞에 놓았다. 커피에서 김이 모락거리고 있었다. 그러나 커피향이 오늘은 유난히 쓰다.

"나 많이 보고 싶었어. 왜 전화해도 안 받았어?"라는 질문에 그녀가 어렵게 입을 열었다.

당신을 피하는 것이 아니라 말 못 할 사정이 있다고 했다. 그러면서 나를 사랑한다면 다시는 묻지 말고 놓아달라고 했다. 그녀도 그동안 많은 생각을 했고, 고민도 많이 했으며 당신 이상으로 괴로웠다고 했다. 첫사랑은 이뤄지지 않은 것이 더 좋다며 그간 우리의 소중했던 시간은 추억 속에 간직하며 살자고 했다.

돌아올 수 없는 강을 건넌 것인가? 속이 답답하다. 답답하다 터질 것 같았다. 생각 같아선 데리고 무인도나 먼 나라로 도망가고 싶었다. 그러나 사랑한다면 더는 묻지 말고 놓아 달라고 하니 이럴 수도 없고 저럴 수도 없다. 사랑하니까…… 이렇게 우리들의 첫사랑은 추억이 되었고, 추억은 늙어 그리움이 되었다. 그리움 너머 또 그리움이 되었다.

# 그리운 것들은 그리워하며 살자

그리워할 것이 있다는 것은 아름다운 것이다. 메마른 삶 속에서 보고 싶은 누군가가 있다는 뜻이기 때문이다. 그냥 그리워할 이유가 없다. 그리워할 사연이 있기에 그리워하는 것이다. 잊지 못할 애절한 사연이 있기에 그리워하는 것이다. 만나면 해결되는 문제가 그리움이다. 그러나 보고 싶어도 당장 보지 못하는 피치 못할 사연이 있거나 만나보고 싶어도 만날 수 없기에 그리움을 병처럼 앉고 살고 있다.

누구나 그리워하는 사람들이 있다. 존경하던 스승이 될 수도 있고, 소꿉쟁이 친구가 될 수도 있고, 짝사랑했던 여인이 될 수도 있고, 사랑하던 연인일 수도 있다. 아무튼 보고 싶은 마음이 간절한 사람들이다. 간절히 보고 싶은 마음이 바로 그리움이다.

내게도 세상을 떠나기 전에 꼭 한번 보고 싶은 그리운 사람들이 있다. 찾아가 만나면 그리움이 사라지겠지만 그럴 수 없는 사람들이다. 이미 이 세상 사람이 아닌 분도 있고, 소식이 두절되어 만나고 싶어도 만날 수 없기 때문이다. 두렵기에 망설이다 더 그리워지는 사람도 있다. 아름다운 추억으로 빚어진 그리움을 잃을까 싶어 겁이 나는 것이다.

실망이 된다 해도 딱 한번 만이라도 보고 싶은 사람이 있다. 그런데 만날 길이 없다. 그러기에 더 그리운 사람이다.

내가 그리워하고 있다고 해서 그 사람도 나를 그리워하는지는 모를 일이다. 그래도 상관은 없다. 내 그리움은 나의 것이기 때문이다. 나 혼자 그리움에 목말라하고 애달아 하는 마음이 있다는 사실만으로도 내겐 기쁨이요 행복이다.

물론 내가 그리워하는 사람도 날 그리워해 주면 좋겠다. 짝사랑도 좋지만 둘이 사랑하는 것이 더 좋듯이 그리워하는 것도 혼자 하는 것보다는 함께하면 더 좋을 것 같다. 그러나 그걸 내가 알 바는 아니다.

아직도 그 사람을 잊지 못하고 그리워하는 까닭은 잊지 못할 약속을 했기 때문이다. 철쭉꽃이 흐드러지게 핀 5월 어느 화창한 봄날 대학 캠퍼스에서 우연히 내 사람을 만났다. 사랑이 봄 바람 타고 날 찾아온 것이다. 사랑은 그렇게 봄과 함께 꽃이 피기 시작했다. 순풍에 돛 단 듯 우리 사랑은 그렇게 봄여름이 지나갔다. 초가을 바람이 소슬하게 불던 어느 날 밤 불빛이 휘황 찬란한 명동거리를 거닐며 했던 약속이 지금 마음을 태우고 있다.

세상에 부러울 것이 없던 시간 부귀영화는 아랑곳없이 그저 사랑한다는 마음 하나로 한 약속이었다. 가식도 없고 수식도 없이 그냥 보이는 그대로의 모습으로 했던 약속이었다. 약속이라기보다 언약이 더 정확한 표현일 지도 모른다. 약속은 지키기 위하여서 하는 것이라는 데 지키지 못한 약속이 되고 말았다. 낙엽이 지기 시작하던 10월의 마지막 날 만남을 끝으로 우린 서로 헤어져야 했다. 그 후로 반백 년이 지났다. 세월은 흘렀어도 그리움으로 남아 지워지지 않는 상처로 남아있다. 아직도 생각나는 그 약속 가만히 읊어 본다.

가을엔 사랑하자고 했지요?
그 말씀 찰떡같이 믿었는데
그 가을이 쑥떡처럼 가고 있습니다.

기다리라고 했지요?
가을엔 꼭 돌아온다고
단풍이 지는데 홀로 쓴 커피를 마시고 있습니다.

기다림은 행복이라고 했지요?
행복에 겨워 눈물이 날 지경인데
밤하늘에 외기러기는 왜 저리 슬피 울며 날아 가는가요

추억이 익으면 그리움이 된다고 했지요?
그리움이 깊어 가슴이 타 가는데
임은 아직도 감감무소식입니다.

가을밤은 깊어가고
추억은 그리움으로 익어 가는데
그리운 이는 이 마음을 아는지 모르는지

이제 다 잊고
그리운 사람
그리운 대로 그리워하렵니다.

# 고독 그리고 외로움

지금 나의 삶은 고독한가? 외로운가? 낙향하여 살고 있는지 8년 차다. 어떤 때는 외로운 것 같기도 하고, 어느 때는 고독한 것 같기도 하다. 고독(孤獨)이란 "부모 없는 어린아이와 자식 없는 늙은이, 세상에 홀로 떨어져 있는 듯이 매우 외롭고 쓸쓸함"을 뜻하는 말이요, 외로움이란 "홀로 되어 쓸쓸한 마음이나 느낌을 이르는 말"이라고 쓰여 있다. 다시 말하면 고독이란 주위에 사람이 없는 상태를 나타내는 단어요, 외로움이란 홀로되어 있는 상태에서 쓸쓸함을 느끼는 마음이나 감정을 나타내는 말이다.

나는 가끔 고독을 느끼기도 하고, 외로움을 타기도 한다. 고독을 느끼는 때는 먼 하늘을 바라보며 옛 연인 닮은 구름과 눈인사를 나누기도 하고, 흘러가는 냇물에 말을 걸기도 한다. 때로는 지난 시간을 반추하며 실성한 사람처럼 웃기도 하고, 세상을 잃은 황제처럼 한숨을 짓기도 한다. 내 자신을 세상 속으로 내보내 고행을 시켜보기도 하고, 세상을 집에 초대하여 만사를 논하기도 한다. 고독이 주는 선물이다. 이렇게 받은 선물들이 넘치고 넘쳐 주체하기 힘들어지면 종이에 옮겨본다. 그 과정이 쉽지만은 않다. 머리가 지끈거리기도 하고, 때론 엉덩이에 띰띠가 나기도 하지만 마음은 즐겁다. 내가 글을 쓰는 것이 아니라 고독이 내게 글을 쓰게 한다.

외로울 때는 TV를 보거나 전화를 한다. 혼자라는 사실이 불안해지고, 지난날들의 화려했던 추억들이 머리를 치고 간다. 이러다가 허망한 죽음을 맞이할 것 같은 공포를 느끼기도 한다. 누군가를 그리워하며 삶이 허망함을 느낀다. 그리워하는 사람을 만나면 치료될 것 같은 생각이 든다. 밤새워 뒤척이다 잠에서 깨어나 불안한 마음으로 하루를 시작한다. 고독과 외로움이 번갈아 가며 머릿속을 휘젓는다. 그렇게 하루를 여는 때가 허다하다. 혹자는 늙은 병이라고 하지만 당사자는 괴롭다. 피곤에 지쳐 다시 잠을 청해 보건만 눈꺼풀만 감겨있을 뿐 눈알은 총총하다. 새벽하늘에 떠 있는 무수한 별들이 인사를 건네지만 내겐 아무 의미가 없다. 이런 시간엔 심신이 괴롭다. 인간은 사회적 동물이라는 말이 실감이 난다.

밤이 가고 아침이 와도 찾아오는 사람은 없다. 찾아오는 사람이 없으니 웃어댈 일도 없고, 울어야 할 일도 없다. 말이 필요하지 않다. 사람 소리가 그립다. 사람 소리가 그리워 TV를 켜 놓는다. 마음이 답답하여 방문을 나선다. 자연이 내 눈앞에 말없이 서 있다. 자연의 소리가 들린다. 소리가 있을 뿐 말이 없다. 아무도 없으니 미워할 이도 없다. 경쟁할 사람도 없고, 존경할 자도 없다. 춤을 추고 싶어도 봐 주는 이가 없다. 노래를 부르고 싶어도 들어주는 이가 없으니 하고 싶은 생각도 없다. 흥이 나지 않는다. 죽은 시인으로 살고 있다. 자연이 주는 소리와 화답하며 지내는 것이 일과다. 이것이 고독이라면 외로움이라면 홀로 안고 가야 할 영원한 숙제다.

리처드 포스터(Richard Foster)는 "외로움은 내면의 공허함이며, 고독은 내면의 충만함이다."라고 했다. 아리스토텔레스는 "고독을 좋아하는 자는 모두 야수가 아니면 신이다."라고 했다. 나를 두고 하는 말 같다. 우리 앞에 살다간 수많은 사람들도 고독앓이를 하며 살았나 보다.

　자식 없이 젊은 시절을 자유롭게 보낸 삶이 오늘 내게 고독으로 돌아와 내 친구가 되었나 보다. 류시화님의 "그대가 옆에 있어도 나는 그립다"고 하는 시구가 가슴에 와 닿는다. "여보 식사해요." 먼 듯 가까이서 들리는 익숙한 말이 귀청을 때린다. 아! 내겐 아직 사랑하는 당신이 있었구면. 매일 함께하는 당신조차도 오늘은 낯설다. 그래서 오늘도 나는 외롭다. 외로움은 나의 숙명인가 보다.

# 별 하나의 행복

무더운 여름밤이면 마당에 멍석을 깔아 놓고 가족이 둘러앉아 별 하나 나 하나 별 둘 나 둘 이렇게 별을 세며 어린 시절을 보냈다. 별이 총 총히 빛나는 밤, 밤하늘의 별과 함께 동화 속에 나오는 이야기를 들으며 더위를 식혔다. 풍족하거나, 화려하지는 않았지만 무엇보다 소중했던 정이 뚝뚝 떨어지는 삶이었다. 서로 아픔은 보듬어 주고 기쁨은 나누며 지냈다. 밤이 깊어 출출해 지면 감자나 옥수수를 가마솥에 삶아 먹으며 이야기꽃을 피웠다. 보잘것없이 초라한 시절이었지만 낭만이 있었다. 냉수를 퍼마시며 고픈 배를 채워도 희망의 끈은 놓지 않고 살았다.

지금 생각하면 참 궁상맞게 살았다는 생각에 헛웃음이 나온다. 아니 얼굴은 웃어도 마음속에선 눈물이 난다. 경제적 어려움 속에서도 인간 답게 살려고 노력하며 살았다. 배는 비었어도 머리는 채우려 했고 일말 의 양심은 살아있었다.

꿈이라면 굶지 않고 세끼 밥이라도 먹고 사는 것이 전부였다. 하얀 쌀밥에 소고깃국 한 그릇 배불리 먹는 것이 현실적인 꿈이었다. 그러나 그런 꿈을 꾸는 것조차 사치스럽던 시절이었다. 어르신 생신이나 부잣 집 제삿날이 특식을 맛볼 수 있는 날이었다.

호랑이가 담배 피우던 아주 먼 옛날이야기가 아니라 불과 몇십 년 전

이야기다. 닭이라도 한 마리 잡으면 이웃과 나눠 먹었다. 서로 굶주리는 판에 닭을 잡아 혼자 먹는다는 것은 이웃에 대한 예의가 아니었다. 그것은 죄로 인식되었다. 많은 사람이 먹기 위해 큰 솥에 물을 가득 붓고 닭과 무를 잔뜩 썰어 넣어 푹 삶았다. 고기는 어른들의 차지였고 애들과 여자들은 국물로 배를 채웠다. 요즘 아이들은 이런 닭국은 잘 먹지도 않는다. 닭도 옛날 닭이 아니어서일까? 입맛이 고급스러워져서일까? 풍요로움이 우리에게 내린 저주일까? 더 맛있는 음식에 길들여진 혀가 고급 음식에 취해서일까? 갖은양념을 다해서 만들어 놓은 닭요리도 옛날 같은 맛을 느낄 수가 없다. 맛도 세월만큼이나 많이 변했나 보다.

수십 년을 떠나 살던 고향, 그러나 하루도 잊을 수 없었던 고향이다. 먹을 것이 풍족한 것도 아니요, 보고 싶은 옛사랑이 지금껏 사는 곳도 아니다. 그렇다고 부귀영화가 기다리고 있는 곳도 아니다. 누가 날 더러 내려와 살라고 하는 사람도 없다. 풍치가 수려한 것도 아니요, 부모님이 내게 물려준 땅이 많은 것도 아니다. 땅값이 비싸 투자를 할 가치가 있는 곳도 아니다. 부모형제가 살고 있는 곳도 아니다. 일자리가 있어 돈을 벌려고 내려온 것은 더더욱 아니다.

그런데 어느 날, 마치 귀신에 홀린 듯 고향으로 내려왔다. 아지랑이가, 냇가에서 치던 물장구가, 집 앞에 있던 고목 진 감나무에서 따 먹던 홍시가, 겨울날 논에서 얼음 치기 하다 물에 빠져 추위에 떨던 추억이 나를 귀향케 한 것이다.

밤하늘에 반짝이는 내 별이 그립고, 산골에서 불어오던 시원한 바람이 그립고, 냇가에서 고기 잡던 추억이 그리웠다. 자연의 품이 그리워 돌아온 것이다. 눈으로 들어와 가슴에 박히는 은하의 끊임 없는 손짓이 나를 부른 것이다. 길가에 핀 작은 민들레 꽃 한 송이, 밟히고 문드러진 모습에도 삶을 포기하지 않은 한 포기 질경이가 나를 부른 것이다. 울밑에 핀 봉선화, 돌 틈에 수줍게 얼굴을 내민 채송화, 앞산 뒷산을 덮은 진달래꽃, 우리 누이 바람나 부르던 우물가 앵두나무가 나를 귀향케 했다. 모두 그리운 것들이다. 이 그리움이 나를 귀향케 한 것이다.

가을걷이가 끝난 가을밤은 유난히 청명하다. 온종일 싸늘한 바람이 옷깃을 여미게 하더니 하늘에서 이슬 내려오는 소리가 부스럭거린다. 이 밤이 지나면 찬란했던 여름밤의 추억은 송두리째 사라지겠지. 생각은 깊어가고 마음의 외로움은 더 해 가는데 오늘 밤 별들은 유난히 아름답다. 고향 떠난 수십 년 하루도 빠짐없이 이런 밤이 첫사랑처럼 그리웠다. 손에 잡히지도 않는 허상을 찾아 방황했던 지난 세월 얼마나 그리웠던 고향이었던가?

남이 보기에는 보잘것없는 곳일지 모르지만 내겐 세상에 둘도 없는 지상 낙원이다. 어디서 본 별과 구름과 나무 그리고 풀 한 포기가 이처럼 아름다울 수 있으랴. 눈만 뜨면 보이는 이 아름다움, 숨 쉴 때마다 맡을 수 있는 이 고향 냄새, 순간순간 느껴지는 이 아늑함, 이 모든 것은 나의 벗이요, 살아 있는 생명이다.

죽은 시인의 노래를 들으며 백 년을 사느니 단 하루라도 어설프지만 살아 숨 쉬는 시인의 노래를 부르며 살고 싶다. 고향 하늘아래서 숨을 쉬고 있는 것만으로도 나는 지금 행복하다. 하늘에 반짝이는 별 하나가 나를 행복게 한다. 이게 내가 지금까지 찾아오던 참삶이 아닐까?

# 그리운 사람이 그리워지는 가을밤

귀뚜라미가 운다. 가을이 문지방 앞까지 다가온 모양이다. 가을바람에 갈대가 잠을 깨어 궁시렁거린다. 둥근 달이 가을 하늘에 걸려있다. 기러기 떼들이 밤하늘에 수를 놓는다. 귀뚜라미 소리가 귀청을 두드린다. 가을밤은 더욱 처량하다. 달빛 고운 늦은 밤 어느 모퉁이에서 들려오는 소쩍새 소리는 멍든 마음을 찢어놓는다.

이런 밤이면 꼭 찾아오는 방문객이 있다. 그리움이다. 그리움에 젖은 가슴이 달빛에 데워진다. 더워진 가슴이 터져 나온다. 깊어가는 가을밤은 그리움으로 괴롭다.

이쯤 되면 그리움이 병이다. 치료해야 한다. 치료하는 약은 따로 없다. 만나 회포를 풀면 낫는 병이다. 치료하기 위해 만나야 한다. 만나려면 떠나야 한다. 떠나는 것은 자유다. 떠나는 것은 버리는 것이다. 마음처럼 쉽지 않다. 자유를 찾는 대가로 지불해야 하는 피치 못할 구속이다. 머뭇거리다 결단을 내린다.

아쉬움이 남는다. 그리워했기에 만남의 꿈이 있다. 그리움마저 사라지면 또 그리움이 얼마나 그리울지 무섭다. 그리움이 친구 된 지 오래인데 그 친구마저 떠나면 외로워 미칠 것 같다. 죽기보다 싫다. 이래도 걱정 저래도 걱정이다.

가을 달밤은 그리움을 그립게 한다. 그리움이 가을을 탄다. 안고 살자니 괴로움이요 놓고 살자니 외로움이다. 그리움이 외로움 되어 찾아온다. 외로운 것은 외로운 대로 그리운 것은 그리운 대로 두고 살자.

그리움 따라 가을밤이 늙어간다. 피부에 와 닿는 달빛 그림자가 옷깃을 여미게 한다. 가을은 텅 빈 가슴에 못질을 해댄다. 많은 것을 생각하게 한다. 사유하는 계절이다. 가을이 글을 쓰게 한다. 시를 쓰게 한다. 누구나 시인이 된다. 낙엽 위에 푸념을 몇 자 적어본다. 낙엽마저 시가 된다. 내용은 푸석하나 진심이 담겨있다. 살아있는 글이다. 바로 내가 꿈꾸던 글이다. 그리움은 그렇게 글이 되었다. 그리움은 꿈의 무덤이다. 그리움을 달래기 위해 밤마다 무덤을 만들고 있다. 힘들다. 동창에 해가 밝아 온다. 밤새 머리를 갈구던 딱따구리의 곡괭이질이 사라진다.

그리움도 과욕이다. 그리움을 잊어야 살 것 같다. 욕심을 버리고 되는대로 살자. 그리우면 그리워하고, 외로우면 외로워하며 살자. 그렇게 살자.

사랑도 병이라고 하지 않던가? 사랑이 떠난 자리에 추억이 남고 추억이 그리움 되어 마음의 상처가 된다. 사랑했던 사람 지금쯤 어디서 무엇을 하며 어떻게 살고 있을까? 그리움이 다시 싹이 튼다. 함께했던 아름다운 시간들이 추억이 되어, 그저 그리울 뿐이다. 그리움이 보고프다. 보고파도 갈 수 없는 곳 먼 곳에 있다. 오늘은 그대가 파도처럼 그립다.

도둑고양이도 가을을 타는 모양이다. 달그림자도 그리움에 몸을 떨고 있다. 두견새는 또 어찌하여 쉬지 않고 밤새 그렇게 슬피 우는가? 사랑했던 사람은 그리움을 남기고 떠났다. 그리움은 지친 나를 더 지치게 한다. 하늘에 별들도 오늘 밤은 외로워 보인다. 먼 하늘에 반짝이는 별을 하나둘 세다 어린아이처럼 잠이 든다.

밤은 홀로 외로운데
너희마저 사랑앓이하고 있구나.

어둠 속에 외침이 고막을 찢는다.
적막이 흐르는 밤, 빈 가슴엔
멀리 떠난 소쩍새의 울음소리가 그립다.

날이 밝아도
마음 속 깊이 드리운 적막의 그림자 하나
그리운 사람을 그리워할 자유도 없이
그리움은 아름다운 구속이다.

# 무지개

비 갠 아침 오솔길 위에 일곱 색깔 무지개가 요술처럼 나타났다. 고향 떠나올 때 눈물 바람으로 헤어져야 했던 오솔길, 일곱 색깔 무지개 찾아 떠난 길 아직도 이글거리던 눈빛으로 남아있다. 이루지 못하면 두 번 다시 돌아오지 않겠다고 이 악물고 넘던 그 고갯길 내딛는 거름 마다 눈물이었다.

처음 밟던 눈 덮인 한양 땅 살얼음같이 싸늘했던 기억도 한강에 녹아 있다. 주린 배 움켜쥐고 청계천 골목길 서성이며 쪽방촌 거닐던 모습을 청계천은 기억하고 있을 것이다.

잘 살 수 있다는 희망의 끈 하나 잡고 찾아든 한양은 촌놈이 혼자서 감당하기엔 너무도 서러웠다. 실망과 실패의 설움이 뼛속에 녹아 한과 꿈이 되고, 청계천 흙탕물은 내 마음과 동격이었다. 추한 청계천이 정리되고 현대식 건물이 올라설 때 차갑고 배고픈 내 인생도 점차 잊히기 시작했다. 강산에 꽃피고 따뜻한 봄 햇볕이 대지를 데우는 날 내 인생도 생기가 들기 시작한 것이다. 밝은 태양이 뜨기 시작한 것이다. 내 인생에서 더는 태양이 지지 않게 하기 위해 쉬지 않고 태양을 따라 돌아야 했다. 손발은 거칠어지고, 육신은 뜨거운 아스팔트 위에서 녹아내렸다. 그래도 배를 주리진 않았다. 열을 잃고 하나를 얻은 것이다. 배고픈 설움이 얼마나 큰 설움인지 아는 자에겐 그것만으로도 행복이었다.

한번 돌기 시작한 인생의 수레바퀴는 점점 가속도가 붙고 시간이 갈수록 빨리 더 빨리 구르기 시작했다. 불빛으로 밤을 밝히고 희망을 이야기하며 기다림으로 행복했다. 세월 따라 젊음도 늙어갔다. 젊음이 서산에 걸치게 된 것이다. 지난 세월이 야속할 뿐이다. 세월의 흔적들이 훈장처럼 이마에 걸려있다. 훈장은 훈장으로서 빛나고 있지만 지난 젊음은 이제 그리움으로 남아있다.

젊음이 고픔 속에 희망과 사랑이 있는 삶이었다면, 늙음은 아픔 속에 절망과 외로움이 기다리고 있는 삶이다. 어떻게 하면 남은 제2의 인생을 후회 없이 잘 살다가 인생을 마감할 수 있을까? 현업을 떠난 사람에게 이 물음은 곧 마지막 화두가 아닐 수 없다. 이런 생각 저런 생각에 밤잠을 설친 적이 한두 번이 아니다. 여기저기서 들리는 얘기, 주변 사람들이 알려주는 잡다한 지식들이 귀속에 들어와 한 자리씩 차지하고 있다.

그동안 못했던 아니 미루어 뒀던 독서를 한다거나, 등산을 한다거나, 여행을 떠난다거나, 자기가 좋아하는 운동을 한다거나 그런 것들이다. 몰라서 못 하는 것이 아니라 알아도 못 하는 것들이다. 시간과 건강 그리고 용돈이 좀 있으면 가능한 것들이다. 몸과 마음이 따라주지 않기에 못 하고 있는 것이다. 나는 특히 등산과 운동을 좋아해서 시간을 많이 할애하며 지내고 있다. 그래도 말로 설명하기 힘든 뭔가가 찝찝한 찌꺼기로 마음속 남아있는 느낌이다.

이 정든 제2의 고향을 떠나자. 떠나면 새로운 세계가 펼쳐지겠지. 젊어서 희망 하나로 그리운 고향을 떠났듯이 떠나자, 흰눈팔면 코 베어 간다는 한양에 와서도 50년을 견디어 냈는데 어디 간들 못살까? 새로운 신천지를 개척하는 것도 보람 있는 일이지만 날 부르는 곳이 있다면 금상첨화 같은 생각이 든다. 그게 바로 내 고향이다.

남들은 좋은 곳 다 놔두고 두메산골로 다시 들어가느냐고 말리기도 했지만 내겐 평생 그리워했던 곳이다. 조개 소리 들리는 아름다운 바다가 있는 곳도 아니요, 사시사철 꽃이 지지 않는 환상의 섬도 아니요, 12월에 보라색의 자카란다가 피어있는 시드니도 아니요, 흰 눈 덮인 아름다운 산과 계곡에서 한가로이 풀을 뜯는 젖소들이 요들송을 듣고 사는 그림 같은 알프스도 아니지만 내 마음에는 그들보다 더 아름다운 곳이다.

사방이 산으로 둘러싸이고, 그 사이를 작은 내가 흐르는 조용한 산골 마을, 산토끼 노루들과 운동회하고, 꾀꼬리 참새들과 함께 노래 부르며, 냇가에 사는 붕어 메기 피라미들과 더불어 멱 감으며, 나비와 잠자리와 산책하던 내 고향이 나를 부르는 것이다. 눈에 보이는 아름다움보다는 가슴에 새긴 아름다움이 이를 다 보상하고 남는다. 내 고향에는 태평양보다 넓고 깊은 부모님 사랑과 에베레스트산보다 높고 고귀한 추억, 장미꽃보다 아름답고, 천리향보다 향기로운 마을의 인심 있다. 이들이 나를 오라 손짓하고 있었던 것이다. 이들이 그리워 남은 인생을 함께하려 한 마리 연어가 되어 돌아온 것이다.

떠날 땐 오솔길 눈물 바람 하며 터벅거리며 떠났는데 돌아올 땐 아스팔트 깔린 길로 자동차를 몰고 돌아온 것이다. 고향 모습도 내가 변한 만큼 아니 더 많이 변했다. 뻐꾸기 꾀꼬리 뜸부기 울던 고향은 경운기 시동 거는 소리로 요란하다. 돌담으로 가려졌던 초가집은 현대식 건물이 자리하고 있다. 귀신이 나온다고 대낮에도 혼자 가길 꺼렸던 골짜기엔 목가풍의 건물들이 들어서 알프스를 연상케 한다. 별빛이 길을 밝히던 골목은 가로등이 자리를 지키고 있다. 함께 마시던 하나밖에 없던 동네 우물은 흔적도 없이 사라지고 수도꼭지가 안방까지 들어와 있다. 격세지감이다. 머리에 물동이 이고 물길 하던 어머님이 서러워 눈물이 난다.

돌아온 연어에겐 고향이 새롭다. 그리움이 신비롭다. 모든 게 풍족하다. 남아돈다. 다만 아쉬움이 있다면 정은 옛정이 아니다. 정이 떠난 자리에 이성이 자리를 지키고 있다. 이웃이 예전의 이웃이 아니다. 세월도 가고 인정도 떠난 것인가? 모두가 변했다. 그래도 내겐 고향은 옛날의 금잔디가 자라는 곳이다. 타향에서 그리던 고향의 무지개가 아직도 떠 있는 곳이다. 내가 찾던 무지개가 아직도 이곳엔 있다. 그리운 것은 사랑하던 사람과 잃어버린 정이다.

# 보고 싶은 얼굴들

　이런저런 인연으로 태어나 지지고 볶으며 살아온 사람들에게 인연의 끈을 놓고 사는 것은 매우 슬프고 가슴 아픈 일이다. 날 낳아주시고 길러주시던 부모님과도 이별을 해야 하고, 하루만 안 봐도 못 살 것 같은 연인과도 언젠가 헤어져야 한다. 만남은 언제나 이별의 순간이 온다. 이별이 남겨준 추억을 그리워하는 것이 바로 그리움이다. 아름다운 추억이 그리움을 만든다.

　떠난 사람은 말이 없다. 그리움만을 남기고 떠날 뿐이다. 남아있는 사람들이 그리움을 안고 살아야 한다. 죽는 날까지 함께 하고자 했던 사람들, 어쩌다 헤어져 지금은 그리움을 품고 살고 있다. 나도 그런 사람들 중의 한 사람이다. 지난 시절 다정했던 사람들 지금은 서로 헤어져 어느 하늘아래서 무엇을 하며 살고 있는지 보고 싶은 얼굴들이다. 사랑하며 살다가 헤어져 보고 싶은 얼굴들이다. 보고픔에 애가 탄다. 보고 싶어 애타는 마음이 곧 그리움이다. 그리움이 깊어지면 병이 되기도 한다.

　초등학교에서 짝사랑했던 울보 미연이, 소풍 갔다가 돌아오는 길에 버스 속에서 눈이 맞았던 부끄럼 많던 순영이, 통학 길에 자주 보았던 단발머리가 아름다웠던 영미, 내 인생을 바꾸어 놓은 첫사랑 선이, 키가 크고 유난히 코가 길었던 자췻집 주인 딸 순이, 초등학교 때 날 끔찍이 사랑해주셨던 여자 선생님, 날 사위 삼고 싶어 했던 딸만 아홉을 두신 미소가 아름다운 월곡동 아주머니, 현재 나와 사는 집사람과 나를 엮어준 훤칠한 키에 인상과 매너가 좋은 영국신사 같은 이재호 팀장님과 수줍음이 많았고 고왔던 사모님, 벨기에에서 교육받을 때 만나 오랜 기간 소식을 주고받던 차주남 형과 부인 차 하세브스, 그리고 귀엽던 딸 아딘다, 벨 텔레폰 연구소 도서관에서 만났던 인형처럼 아름답던 린다, 미국 시애틀에서 만나 신세를 많이 지었던 다정다감하고 인정이 넘치던 청 킴과 그 부인 등, 셀 수 없이 많은 분들이 지금은 어디서 무엇을 하고 계시는지 죽기 전에 꼭 한번 만나고 싶다. 만나고 싶어 백방으로 알아보았지만 연락이 두절되어 만날 수 없는 분들이다. 혹시 이분들이 이 글을 읽고 소식을 전해 준다면 얼마나 좋을까. 그런 기적이 있길 바란다.

이제 이름도 얼굴도 가물거리는 사람들 그 옛날의 모습이 눈에 어른거리지만 뿌연 연막이 처진 얼굴 그러기에 더욱 그리워지는 사람들이다. 특히 오늘의 나를 있게 해준 팀장님(직장에 함께하며 부르던 호칭, 후에 연구소 부장님을 지냄)은 죽기 전에 꼭 한번 뵙고 싶다. 아들 결혼식에 참석한 뒤로 만나지 못했고, 바쁘다는 핑계로 연락을 하지 못했다가 어느 날 옛날 전화번호로 전화를 거니 번호가 바뀌었다는 기계음이 개념 없이 대답을 했다. 그 후로 여러 차례 시도를 했으나 실패만 거듭했다. 지금 아니면 영영 못 볼 것 같다는 생각에 함께 근무했던 연구소에 전화를 걸어 내 인적사항을 이야기하며, 연락처 좀 알 수 없겠느냐고 사정을 했는데, 담당직원은 현직에 계시는 분 외에 퇴직한 분들의 전화는 알려줄 수 없다며 매정하게 전화를 끊는다. 아마 지금 80세가 넘은 나이가 되었으니 많이 변한 모습일 것이다.

이 각박한 세상에 자기 돈과 시간을 써가며 남의 사랑 사업을 도울 수 있는 사람이 몇이나 있을까? 나와 집사람을 불러 술과 밥을 사주시고 어느 정도 분위가 익어 가면, 우리 둘만의 시간을 위해 화장실에 다녀오겠다며 나간 뒤에 조용히 사라지던 분이셨다. 그런 인연으로 우리는 부부가 되었고 비록 토끼 같은 자식은 두지 못했지만, 반세기가 다 되도록 잘살고 있다. 모두가 그분의 덕이다. 신세를 지고 못 사는 성격이라 꼭 만나 감사드리고 잘살고 있는 모습도 보여드리고 싶은데 만날 길이 없다. 그분이 마냥 그립다.

수많이 스쳐 간 인연들 그리고 주고받은 사랑의 끈들이, 말로 글로 다 형언할 수 없는 아름다운 봄날, 이 산골까지 그리움이 되어 찾아왔다. 길가에 어른거리는 아지랑이 사이로 희미하게 보이는 다정했던 얼굴들, 언제 보아도 반가운 얼굴들 앞산에 핀 진달래를 보니 더욱 그립다. 소월님의 시가 저절로 입에서 나온다.

그립다
말을 할까
하니 그리워
그냥 갈까
그래도
다시 더 한번……
저 산에도 까마귀, 들에 까마귀
서산에 해진다고
지저귑니다.
앞 강물, 뒷 강물
흐르는 물은
어서 따라 오라고 따라가자고
흘러도 연달아 흐릅디다려.

# 형님이 내게 남긴 선물

반백 년을 넘게 희로애락을 함께한 벗과 지인들을 멀리하고 홀로 고향에 내려와 지내다 보니 보고 싶고 그리운 사람이 한둘이 아니다. 그 가운데 같은 뱃속에서 나오진 않았지만, 형 동생으로 의를 맺어 살아온 분이 지금은 대전 현충원에 누워 깨어날 줄을 모르고 있다. 한때 여생을 함께하자며 용문산 입구에 집터를 잡아 사흘이 멀다고 만나서 함께 먹고 마시며 인생을 논하며 지냈다. 서로의 애환이 있을 땐 위로하고, 나누며 지내던 분이다. 각박하고 살기 힘든 세상에서 나보다 상대를 먼저 배려하며 희생을 감수하는 분이 이 세상에 부모 형제를 빼고 또 있을까? 있다면 행운이다. 이런 분이 한 분만 옆에 있어도 세상은 아름답고 살만할 것이다. 이분이 바로 내겐 그런 분이었다. 그분과 함께했던 시간이 즐겁고 행복했기에 그분이 떠난 지금 더욱 그립다.

그분은 나보다 두 살 위다. 만나면 만날수록 인간미가 넘치고 남을 먼저 배려하는 마음을 가지고 있었다. 나는 장남이고 그분은 막내였다. 그런데도 내가 막내 같고 그분이 맏이 같았다. 그러던 어느 봄날 함께 점심을 하다가 내가 먼저 우리 형 동생하며 지내자고 했다. 그러면서 잔에 막걸리를 채워 내가 먼저 드리면서 앞으로 형님이라 부를 테니 날 동생으로 받아달라고 했다. 잔을 들어 의형제의 예를 갖추자고 했다. 이런 내 행동에 그분은 그냥 웃음을 짓고 있을 뿐이었다. 거창한 거사를 위해 도원결의를 하여 맺은 것은 아니지만 평생 형님으로 모실 것을 다짐했던 것이다. 그 후부터 나는 늘 그분을 형님이라 불렀지만 그분이 나를 아우라 부른 적은 단 한 번도 없었다. 공식적인 자리나 보통 때에는 이 원장이라 불렀고, 사적인 자리에서는 가끔 각하라 불렀다. 이 원장이라 부르는 것은 내가 대학원장을 했기에 그렇게 불렀다.

어느 날 형님은 나를 각하라 불렀다.

"응? 왜 내가 각하지?"

궁금해서 "각하가 뭐요? 형님이 각하지"라고 했더니 그냥 빙그레 웃는 게 전부였다. 그 이후로도 가끔 나를 각하라 불렀다. 형님은 과묵한 편이라 둘이 만나 내가 아홉 마디를 하면, 형님은 한마디를 하는 정도였다. 내가 떠들고 형님은 늘 듣는 입장이었다.

이렇게 둘이서 지낸 시간이 사반세기를 넘겼다. 그 기간 형님이 내게 짜증 내는 것을 본 일이 없다. 부모형제는 물론이요 사랑하는 연인들도 살다 보면 언쟁을 벌릴 수도 있고 심하면 다툼도 있을 수 있지만, 우리는 단 한 번도 서로에게 상처를 줄만 한 말이나 행동이 없었다.

이런 분이 지병으로 2년 이상을 병원에 계시다가 73세 조금 이른 나이로 세상을 떠나셨다. 생일(12월 12일)을 지나고 이틀 뒤에 돌아가신 것이다. 병원에 몇 차례 위문을 하러 갔지만 임종을 며칠 남겨놓고는 사람 만나기를 거부하셨다. 아마도 본인의 일그러진 모습을 지인들에게 보여주고 싶지 않았기 때문일 것이라 생각한다.

나는 형님이 돌아가시는 날 공교롭게도 해외에 있었다. 형수님으로부터 전화문자로 부음을 받고 황당하기 그지없었다. 아! 올 것이 왔구나. 이제 형님을 두 번 다시 볼 수 없게 되었구나. 이를 어떡하지? 의리를 생각하면 당장 돌아가야 하는데 이를 어떡하지? 결국 걱정만 하다가 장례식에 참석하지 못했다. 형님이 날 보지 않고 떠나려고 나 없는 사이에 임종하셨구나 하는 생각으로 장례 기간 내내 혼자 술잔을 들며 보냈다. 이 일이 지금까지 아니 죽는 날까지 마음의 빚으로 남아있을 것 같다. 아마도 형님이 내게 평생 자기를 생각하며 살게 하려고 그랬나 하는 생각도 든다.

형님은 지금 대전 현충원에 잠들어 있다. 사죄하는 마음으로 삼년상을 지켜주기로 마음먹고 올해까지 3년간 기일에 형님 묘소를 찾았다. 지금도 대전을 오가다가 시간 나면 형님이 잠들어 있는 현충원을 찾아 소주 한 잔 나누며 지난날을 회상하고 있다. 시간이 없으면 차 속에서 "형님! 잘 계시지요? 저 지금 형님 옆을 지나갑니다."라고 큰소리를 지르며 지나간다.

지난해에는 형수님이 제게 형님이 남기고 가셨다는 세 가지 선물(유물)을 주셨다. 집을 정리하다 보니 나왔다며 주신 것이다. 언젠가 형님 가족과 우리 가족 그리고 두 지인 가족이 태국에 여행한 적이 있었다. 그때 형님이 사서 쓰던 멋진 모자가 있었는데, 그 모자와 그리다 말고 놓아두었다는 내 초상화 그리고 나를 각하라 부르던 이유에 대해서 쓰신 글이었다. 마치 형님을 다시 만나는 기쁨으로 받아 지금도 잘 보관하고 있다. 그 가운데 형님이 쓰셨다는 나를 각하라 부르는 까닭이 담긴 글이 있었다. 몇십 년이 지나서야 형님이 나를 각하라 부른 이유를 알게 되었다.

# 각하라 부르는 까닭

박복규

이 교수는 나를 형이라 부른다.

1949년 9월 1일생이니 나보다 3살 젊다.

실제 나이는 48년생으로 두 살이 젊다고 해야 맞다.

그와의 인연은 성신여대 재직 시절로부터 비롯된다.

아마 1980년대 중반으로 기억되는데, 나는 예술대학에서 서양화를, 이 교수는 자연과학대학에서 통계학을 가르치고 있었다. 그 시절 우리는 뜻을 같이하는 교수 몇몇이 실크로드 여행을 계획하며 그를 알게 되었는데 이 교수는 겉으로 보기엔 근엄하고 고상하게 보이지만 마음을 열면 영락없이 10세의 개구쟁이 소년이다.

나는 내성적이고 원래 말재주가 없어 그와 함께 있으면 주로 그의 말을 듣는 편으로 십수 년 학교에서 재직하는 동안 강의 이외의 한가한 시간이면 둘은 늘 붙어 다녀 가끔씩 총장님은 우리에게 "두 분은 연애하시는 것 같아요" 하며 부러운 듯 시샘(?)을 보인 적도 있다.

만나면 늘 재미난 이야기하는 것을 좋아해 두루두루 많은 이야기를 하였는데 아직도 못다 한 이야기가 있는지 책으로 펼친단다. 그의 가슴속에만 꽁꽁 묶어 두었던 만남, 사랑, 소망, 삶 등의 아름다운 이야기들은 잔잔한 감동과 애틋함으로 쓰여 있다.

이 책 속에서 이 교수는 "형님과 각하"라는 제목으로 나에 대한 이야기도 털어놓았는데 미소가 떠오른다. 각하는 흔히 지위가 높은 인사들에게 쓰는 공식적인 존칭이지만 나는 가끔씩 그를 "각하"라고 부르곤 한다. 시쳇말로 베프(best friend)이며 짝으로 생각하는 마음으로 그리 부르고 있다.

나는 7남매 중 막내라 형이라고 불러주는 형제가 없는데 그가 나더러 형이라고 부를 때마다 따뜻하게 느껴지고, 그리고 불러주는 그에게 더욱 가깝고 절친한 표현과 함께 존경한다는 뜻으로 각하라는 호칭을 쓰게 되었다.

이 교수는 일주일에 꼭 한번은 용문 텃밭에 농사지으러 온다.

여름철엔 퇴촌교(다리) 밑에서 낚싯대를 던지기도 하고, 투망을 던져 송

사리를 잡아 고추, 호박, 송송 썰어 넣고 된장, 고추장 한 숟가락 넣어 그럴듯한 매운탕 찌개를 손수 만들어 소주잔을 기울이기도 하고, 혼자 밥 먹고 있을 나를 생각해 점심시간쯤이면 함께 식사하기 위해 한 시간 운전도 마다하지 않고 거의 매주 된장찌개, 제육쌈밥, 설렁탕, 영양탕, 곤드레밥 등 용문의 맛집 탐방을 하기도 한다.

나는 정년퇴직을 하고 용문에 조그만 텃밭을 일구며 소일하고 있는데 무엇보다 감사한 것은 아낌없이 주는 아름다운 자연을 그와 함께하고 있다는 것이다.

사람들은 살면서 부딪히는 사람들과 만남을 인연 또는 운명이라 표현하는데, 말없이 그림으로 삶을 표현하는 내가 때론 어두운 바다에서 길을 잃고 헤매고 있을 때, 그는 나의 길을 환히 밝혀주는 등대로 때론 바닷속 깊이 묻힌 보물 같은 큰 그릇으로 내게 다가오기에, 내가 존칭하여 가끔씩 각하라고 부르고 있다.

그와의 이 소중한 인연은 아마 죽을 때까지 이어질 것이며, 그가 나를 형이라 부르지만 그는 내 마음속에 영원한 형이며 각하인 것이다.

2013년 9월 1일 일요일에


이 글을 읽을 때마다 형님의 속 깊은 생각에 감사와 경외하는 마음에 눈시울이 붉어진다. 형수님은 이글을 주시면서 임종 직전에 형님께 보고 싶은 사람이 누구냐고 물으니 "이 원장이 보고 싶다"라고 하셨다는 말을 듣고 그렇게 슬플 수가 없었다. 비록 형님은 떠나셨지만 내 마음엔 아직도 살아계셔서 외로울 때나 기쁠 때 이야기를 나누며 지내고 있다. 분명 피를 나눈 형제도 아니요, 학창시절을 함께 보낸 친구도 아니다. 그렇다고 동년배도 아니다. 그런 분과 이런 교분을 나누며 살았다는 것은 아마도 전생의 어떤 인연이 있어서일 것이다. 지금 이 순간도 많이 보고 싶고 그립다. 만날 수 없어 더 그립다.

# 제자가 준 용돈

요즘은 제자가 선생님에게 선물을 주면 뇌물죄가 된다고 한다. 선의든 악의든 선물 자체가 악이 되는 세상이다. 외계인이 내려와 만든 것이 아니라 우리들이 자초한 일이다. 선과 악을 구분하기 어려우니 모두 악으로 보자는 논리다. 참 편리한 인간적인 너무나도 인간적인 사고다. 인간이 얼마나 인간답게 살고 있는지를 여실히 보여주는 장면이 아닐 수 없다.

명분은 있다. 사회가 정의롭고 공평하지 못하니 그렇게라도 해서 좋은 사회를 만들겠다는 것이다. 그런 취지는 가상하다. 어떻게 하면 만인이 공정하고, 공평하며, 정의롭게 살까? 뜻은 거창하다. 그러나 법으로 이런 일까지 규제하며 살아야 할까? 하는 아쉬운 생각이 든다. 먼 훗날 우리 후대들이 이 사실을 알게 되면 얼마나 우습게 생각할까 봐 겁이 난다. 우리 조상들은 선물을 뇌물로 생각하며 살았다는 사실이 그들에게는 웃지 못할 희극이 될 수도 있다는 생각이 들기 때문이다. 그동안 얼마나 선생님들이 선물 아닌 뇌물을 받고 학생들을 대했기에 이처럼 선물이 뇌물이 되기에 이르렀을까? 교육자의 한 사람으로 마음이 많이 아프다.

옛날이라고 선물이 없었던 것은 아니다. 정성을 다한 선물이었다. 선물이라고 해야 선생님들이 가정방문을 오시면 농사지은 채소나 과일을 싸주거나, 식사시간이 되면 어머님께서 있는 반찬으로 정성을 다해 대접하는 것이 전부였다. 소풍을 가거나 운동회가 있는 날이면 삶은 달걀을 한두 개 아니면 삶은 밤 몇 개 갖다 드리는 경우가 있었다.

학생 몰래 부모님들이 선생님들께 선물 아닌 뇌물을 주었을 것 아닌가? 그렇게 생각하는 사람도 있을 것이다. 능력이 있는 학부모는 그렇게 할 수도 있었을 것이다. 그러나 당시에는 선생님들이 학부모보다 생활이 더 나은 편이라 학생이 선생님에게 선물하는 것보다, 선생님이 학부모나 학생들에게 도움을 주는 경우가 더 많았다. 학비가 없어 진학을 못 하는 제자를 사비를 털어 학비를 대 주었다는 미담도 많았던 것이 그 예일 것이다. 그런 선생님 밑에서 배우며 자라온 죄(?)인지 내 자신도 교육자로 35년을 보내면서 받는 것보다는 주는데 익숙했던 것 같다. 선생님이 학생들에게 주는 선물이 뇌물이 되는 죄는 아직은 없기에 다행이라면 다행이다.

졸업 후에 제자가 선생님께 선물을 해도 뇌물죄에 해당하는지 모르겠다. 졸업한 제자가 스승님을 찾아가 선물을 드리는 경우가 있다면, 그 선생님은 그 제자에겐 잊지 못할 스승임이 틀림없을 것이다. 교직을 3D 업종이라 하고, 제자가 선생을 놀리고, 심하면 폭행도 하는 세상이니 예전의 스승과 제자의 관계를 찾아보기 어려울 것 같다. 선생과 학생의 인간적 관계는 사라지고 지식을 전수하는 직업적 관계만 남지 않았는가 하는 생각이 든다.

교육이라는 것이 단순히 지식만을 전수하는 학원이 아니다. 교육은 지식의 습득뿐만이 아니라 선생님과의 또는 동료들과의 관계를 통해서 사회생활을 배우고 나아가 지성과 인성을 배우고 익히는 과정이기도 하다. 내 경험에 의하면 학생들이 앞으로 살아가는 데 지식 못지않게 중요한 것이 인성이나 지성이라고 감히 말할 수 있다. 교육현장에서 이런 교육이 사라진 것이 아닌지 노파심에서 해본 이야기다.

내가 교육현장을 떠난 지도 7년이 지났다. 그동안 교육현장의 환경도 많이 변했을 것이다. 교육을 백년대계라 한다. 교육은 먼 훗날을 바라보고 계획을 세워서 해야 한다는 말이다. 졸속으로 하면 안 된다는 것이다. 그렇다고 변화를 거부하는 것은 아니다. 시대에 맞고 발전적인 변화를 바라지 않는 사람은 없을 것이다. 교육 이야기를 하다 보니 조금 흥분했는지 잠시 옆 동네 얘기를 했다.

고향에 내려와 지내는 동안 제자들이 심심치 않게 찾아왔다. 칠순 잔치를 해준다고 음식을 장만해서 찾아온 제자들도 있었고, 고향에서 어떻게 살고 있는지 궁금해서 찾아온 제자들도 있었다. 지나가다가 선생님이 보고 싶어 찾아왔다는 제자들도 있었다. 보잘것없는 스승을 찾아준 제자들이 그저 고마울 뿐이다.

이들 모두가 찾아올 때는 나름 정성껏 준비한 선물을 들고 온다. 빈손으로 오라고 해도 학생 때는 순한 양처럼 말을 잘 들었는데 이제는 졸업생이라고 듣지 않는다. 과일을 사 오는 제자, 옷을 사 오는 제자, 술을 사 오는 제자도 있다. 지금도 추석이나 설 명절, 내 생일 날이 되면 잊지 않고 선물을 보내는 제자들이 있다. 선물을 받을 때마다 감사하는 마음과 함께 현직에 있을 때 더 잘 해주지 못한 아쉬운 마음이 든다.

지난해에는 스승의 날 즈음에 제자들이 찾아와 놀다 가면서 봉투 하나를 내미는 것이 아닌가? 이게 뭐냐고 물어보니

"돈을 좀 넣었어요." 이게 무슨 짓이냐며 나무라자 제자들이 하는 말이 걸작이다.

"교수님 덕분에 저희들도 이제 돈을 벌고 있으니 이 정도 용돈은 드릴 수 있어요."

하며 막무가내로 놓고 간다. 교수님이 아버지 같아 드리는 것이라고까지 하며 받으시란다. 아름다운 제자들의 마음에 순간 마음이 울컥했다. 나도 저런 딸 하나 갖고 싶다는 생각도 들었지만, 딸보다 제자가 낫다는 생각에 눈시울이 붉어졌다. 언젠가 때가 되면 이자를 쳐서 돌려줄 생각으로 고맙게 받았다. 혹시 이것도 뇌물죄가 되는지 모르겠다.

# 인연

오다가다 만나는 것도 인연이라고 한다. 사람은 사회적 동물이라고 말하기도 한다. 이 말은 인간은 혼자는 살 수 없다는 말을 내포하고 있다. 더불어 사는 것이라는 말이기도 하다. 좋은 사람과 이웃하며 즐겁게 사는 것은 복이 아닐 수 없다. 이따금 위아래 층에 사는 사람끼리 소음 때문에 싸움을 하고, 심하면 칼부림까지 하는 경우가 있다는 뉴스를 접하면서 더욱 그런 생각이 든다.

우리는 위아래 집은 아니지만 문을 맞대고 25년 이상을 살고 있는 이웃이 있다. 특별히 친하게 지내는 사이는 아니지만 언제나 만나면 반갑게 웃으면서 인사를 나누고, 서로 안부를 묻는 정도다. 그러나 집을 비울 때 소포가 온다거나 물건이 배달되어 문 앞에 쌓이면 부탁하지 않아도 자기 집에 들여놓았다가 우리 집에 인기척이 나면 전달해 주는 고마운 분들이다. 매일 같이 만나 정을 나누는 사람 이상으로 속마음이 깊고 믿고 의지하며 살 수 있는 이웃이다.

내가 못 쓰는 글 쓰는 것이 평생소원이 된 동기는 신석정 선생님을 만난 것이 계기가 되었다. 중학교 2학년 첫 학기 국어시간에 키가 크고 이목구비가 훤칠하신 선생님이 들어오셨다. 그분이 바로 신석정 선생님이셨다. 그 당시에 선생님처럼 키가 크신 분을 보기는 쉽지 않았다. 그런

구척장신 같으신 분이 국어수업을 하시는데 말은 조용조용하고 얼굴엔 늘 미소를 띄우고 계셨다. 많은 선생님들이 호랑이처럼 무서웠는데 선생님은 늘 인자하신 모습으로 우리들에게 강의를 해 주셨다. 선생님이 무섭지 않으셨던지 애들의 수업태도는 좀 어수선했던 것으로 기억에 남아있다. 그 후로 선생님에 대한 많은 기억들은 세월 속에 모두 잊혀졌다. 단 한 가지 기억에 남아있는 것이 있다. 선생님은 수업시간에 설명하시면서 혼자 웃는 얼굴로 "킁킁"하는 콧소리를 내셨는데 선생님을 생각하면 그 소리가 지금도 귀에 들리는 것 같다.

어느 날 학교 앞 골목길을 걸어 하교하는 데, 선생님께서 동네 꼬마들이 놀고 있는 모습을 대문 앞에 앉아 부처님 같은 미소를 지으며 유심히 바라보고 계시는 것을 보았다. 나를 잘 기억하고 계시진 않으셨겠지만, 교복을 입고 가다가 선생님을 알아보고 인사를 드렸더니 다정하게 받아 주셨다. 그게 수업시간 외에 밖에서 선생님을 뵌 처음이자 마지막이었다.

그 이후 중학교를 졸업하고 고등학교에 들어가서 대학 입시공부를 하는데 신석정 선생님의 시를 접하게 되었다. 그때야 신석정 선생님이 훌륭한 시인이라는 사실을 알게 되었다. 그 뒤부터 선생님을 마음속으로 존경하게 되었고, 선생님처럼 글을 쓰는 사람이 되고 싶었다.

내가 국방의무를 하고 있을 때 선생님의 부음 소식을 들었다. 늦게나마 선생님을 추모하는 의미에서 내가 좋아하는 선생님의 대표적인 시 「아직 촛불을 켤 때가 아닙니다」를 여기에 옮겨 본다.

저 재를 넘어가는 저녁 해의 엷은 광선들이 섭섭해합니다.
어머니, 아직 촛불을 켜지 말으셔요.

그리고 나의 작은 명상의 새 새끼들이 지금도 저 푸른 하늘에서 날고 있지 않습니까?

이윽고 하늘이 능금처럼 붉어질 때 그 새끼들은 어둠과 함께 돌아온다 합니다.

언덕에서는 우리의 어린 양들이 낡은 녹색 침대에 누워서 남은 햇볕을 즐기느라고 돌아오지 않고 조용한 호수 위에는 인제야 저녁 안개가 자욱이 내려오기 시작했습니다.

그러나 어머니, 아직 촛불을 켤 때가 아닙니다.

늙은 산의 고요히 명상하는 얼굴이 멀어가지 않고 머언 숲에서는 밤이 끌고 오는 그 검은 치맛자락이 발길에 스치는 발자국 소리도 들려오지 않습니다.

멀리 있는 기인 둑을 거쳐서 들려오는 물결소리도 차츰차츰 멀어 갑니다.

그것은 늦은 가을부터 우리 전원을 방문하는 까마귀들이 바람을 데리고 멀리 가버린 까닭이겠습니다. 시방 어머니의 등에서는 콧노래 섞인 자장가를 듣고 싶어 하는 애기의 잠덧이 있습니다. 어머니, 아직 촛불을 켜지 말으셔요.

인제야 저 숲 너머 하늘에 작은 별이 하나 나오지 않았습니까?

— 신석정, 「아직 촛불을 켤 때가 아닙니다」 전문

먹고 사느라 문학을 하는 것은 내게 사치였다. 글 쓰는 것이 운명인지 아니면 필연인지 직장을 대학으로 옮기게 되었고, 대학에서 유명한 문인들을 만나게 되었다. 그중에 우리 대학 국문과에 계시는 허영자 교수님을 만나게 된 것이다. 언제나 흐트러짐 없이 단아하고 아름다운 자태 신사임당 같은 분위기에 맵시 나게 입으신 의상 어느 하나 흠잡을 데 없이 아름다웠다.

내 눈에는 그렇게 보였다. 내가 바라던 우리 어머님의 모습, 나의 사랑하는 부인의 자태, 미래에 갖고 싶었던 내 귀한 딸의 맵시, 그리고 꿈에 그리던 내 누님 같은 모습이 바로 허 교수님의 모습이었다. 가까이 하기엔 어렵고, 멀리하기엔 너무 아쉬운 그런 분이셨다. 숫기가 없던 터라 멀리서 바라보는 것만으로도 행복하게 생각하며 지냈다. 그 뒤로 교정에서 오가다 만나게 되거나 연수회나 회의 때 뵙게 되면 존경하는 마음으로 인사를 드렸다. 같은 직장에 함께 근무한다는 것만으로도 영광이었다.

그렇게 지내다 세월이 흘러 교수님은 정년퇴임을 하시게 되었다. 가끔 보면 시집간 누님을 보는 것처럼 아니 사랑스런 연인을 만난 것 같이 즐겁고 행복했는데, 그런 분을 더는 뵐 수 없다는 생각에 매우 섭섭했다. 언젠가 기회가 되면 꼭 한 번 찾아뵙고 이런저런 이야기를 하고 싶었다.

그러던 중에 기적 같은 일이 일어났다. 우리 부부에게 40년 이상을 친하게 지내온 4쌍의 부부 모임이 있다. 이 모임에서 시이야기를 하다가 내가 허 교수님 이야기를 했다. 내 이야기를 듣고 있던 일행 중에 두 여인이 허 교수님의 고등학교 제자였다. 참 우연치고는 신기한 우연이 아닌가.

우리 부부 모임에 허 교수님을 한번 초대하기로 하였다. 나야 동료 교수이자 찐팬의 입장으로 만나는 자리였고, 두 친구 부인에게는 몇십 년 만에 스승을 만나는 자리가 되었다. 옛 스승을 만난 제자들은 지난 학창시절에 있었던 추억을 더듬으며 즐거워했다. 나는 그런 모습을 바라보며 스승과 제자 간의 사랑이 무엇인가를 느끼며 기뻤다. 허 교수님도 감격스러우셨는지 평소의 교수님답지 않게 들뜬 모습이셨다. 제자들이 준비한 작은 선물을 받고도 어린아이처럼 많이 기뻐하셨다.

그 이후로 나는 허 교수님과 가끔 통화를 하게 되었고 함께 식사 자리도 갖게 되었다. 그러던 어느 화창한 봄날 허 교수님과 함께 안성에 있는 교수님 시골집을 가 보기로 했다. 가는 길에 교수님은 나를 박두진문학관과 조병화문학관을 구경시켜 주셨다. 내게 문학관을 보여주고 싶었던 모양이었다. 역시 유명시인과 동행하여 문학관을 가니 느끼고 배우는 것이 많았다. 들리는 문학관마다 허 교수님을 사랑하는 팬들도 만났다. 교수님 제자 분들도 만났고, 캐나다에서 왔다는 허 교수님 팬클럽을 만나 즉석 팬 미팅을 함께한 영광도 누렸다.

문학관을 돌다 내가 중학교 때 신석정 선생님한테서 국어를 배웠다고 했다. 이 말을 듣더니 허 교수님이 깜짝 놀라시면서, 신석정 선생님 사위 되시는 분을 잘 알고 있다며 저를 소개해 주시겠다고 했다. 사실 나는 문인들을 만나는 것을 좋아하는 편은 아니다. 글 쓰는 재주를 가지신 분들을 존경하고 글쓰기를 즐기지만, 문인들과 대화를 나눌 만큼 문학적인 소양이나 지식을 가지고 있지 못했기 때문이다. 허 교수님도 그 분을 한번 뵙고 싶다며 언제 함께 전주에 가자고 했다.

오월 어느 날 허 교수님을 모시고 신석정 선생님의 사위 되는 분을 만나러 전주로 향했다. 전주에 내려와 신석정 선생님 사위분을 그분의 문학관으로 가서 만났다. 그분은 전북대학교 국문과에서 근무하시다 정년퇴직하신 최승범 교수님으로 유명한 시인이자 『혼불』의 작가의 스승이며 집안 어른이라고 했다. 자리를 옮겨 점심 식사를 하면서 허 교수님께서 나를 수필가라고 소개해 주셨다. 그 순간 죄지은 사람 경찰관 앞에서 범죄 이야기할 때 느끼는 심정으로 등골이 오싹했다.

점심을 마치고 예기치 않게 두 분이 우리 고향집까지 방문해 주셨다. 내겐 잊지 못할 영광이었다. 마침 텃밭에 심어 놓은 마늘이 한 참 좋을

올리고 있던 때라 두 분이 마늘종도 뽑고 밭 구경도 하며 시간을 보내셨다. 허 교수님은 팔순이 넘으셨고, 최 교수님은 구순을 넘으신 분들이라 장거리 여행이 힘드셨을 텐데도 불구하고 먼 길을 찾아와 주신 은혜에 몸 둘 바를 몰랐다. 오신 김에 방명록에 글을 남겨 달라고 부탁을 드렸는데 최 교수님은 "산도 물도 아름다운 골골 천년지지 만년도 더 누리라"라는 글과 함께 그림 같은 사인을 남겨 주셨다. 허 교수님은 "어디 예쁜 것이 꽃뿐이랴"라는 예쁜 글을 써주셨다.

먼 길을 하루에 오가시는 것이 피로하실 것 같아 허 교수님께 일박을 권해드렸지만, 주무실 준비를 하지 않으셨다며 가셔야 한다고 했다. 내가 50년 전에 그리운 고향을 떠나 한양으로 올라갈 때 처음 찾았던 임실역에서 기차를 태워 허 교수님을 보내 드렸다.

그 후로 최 교수님은 글쓰기가 많이 서툰 내게 원고 청탁을 하셨고, 최 교수님 덕에 전북문학에 세 번에 걸쳐 글을 싣는 영광을 갖게 되었다. 신석정 선생님의 제자라는 인연으로 맺어진 또 다른 인연을 신주모시듯 잘 간직하며 살겠다는 각오를 다졌다. 어쩜 만남의 인연은 하늘이 주는 것도 아니요, 땅이 주는 것도 아닌, 간절한 소망에서 오는 선물인 것 같다. 최 교수님, 허 교수님 한 번 더 오시면 씨암탉 잡아 드리겠습니다.

(이 글을 쓰고 원고정리를 하는 중에 최 교수님이 타계하셨다는 부음을 들었다. 이 자리를 빌려 교수님의 명복을 빕니다.)

# 아름다운 사람

여자가 아름다우면 미녀라 부르고, 남자가 아름다우면 미남이라한다. 미남 미녀에 대한 기준은 시대나 지역이나 종족에 따라서 다양하다. 그러나 동서고금을 막론하고 일반적으로 미남 미녀라 하면 내면적인 것보다는 외형적으로 이목구비가 바르고 건강한 모습으로 균형 잡힌 모습을 의미할 것이다.

아름다움을 추구하는 데에는 여러 가지 이유가 있다. 무엇보다도 자기만족을 꼽을 수 있을 것이다. 같은 값이면 다홍치마라고 남보다 조금 예쁘다는 말을 듣는 것을 싫어할 사람은 없을 것이다. 추하지 않은 모습은 스스로를 흡족하게 여기게 하여 자아만족을 갖게 한다.

다음으로는 종족보존의 본능이 아닐까 생각한다. 더 능력 있고 건장하며 이왕이면 잘생긴 후손을 두고 싶은 것은 인지상정일 것이다. 특히 요즘처럼 외적기준이 경쟁력을 가지고 있는 시대에는 더욱 외적 아름다움이 요구되고 있지 않은가?

끝으로 상대에게 사랑받고 싶어 아름다워지고 싶을 것이다. 어느 누가 아름다운 사람을 싫어할까? 어린 손자 녀석들이 예쁜 친구를 찾는 것을 봐도 삶에 아름다움이 얼마나 도움이 되는지 알 수 있다. 이 외에도 아름다워지고 싶은 이유가 더 있을 것이다.

조물주는 인간을 모두 아름답게 만들지 않았다. 한날한시에 한 뱃속에 나온 일란성 쌍둥이도 서로 다름이 있다. 미인의 기준은 시대와 장소에 따라서 상이하다. 아프리카의 미인과 서양의 미인 그리고 동양 미인의 기준이 같지 않다. 이를 보면 조물주는 사람을 인물로 먹고 살라고 창조한 것이 아닌 성싶다. 능력에 따라 살기를 바라는 마음에서 그렇게 창조하신 것은 아닐지?

외형의 아름다움도 중요하지만 진정한 아름다움은 내면의 아름다움이 아닐까? 밤하늘에 반짝이는 샛별처럼 빛나는 눈도 좋지만, 미소가 가득한 눈이 더 아름답고, 남의 아픔을 보면 눈가가 촉촉해지는 갓난아이 눈처럼 선한 눈, 마주치는 눈길마다 미소로 답하는 눈, 여기에 사랑하는 사람의 마음까지 볼 수 있는 눈이라면 더욱 좋은 눈이 아닐까? 아무리 아름다운 눈이라 해도 남에게 눈치나 주는 눈, 웃음기 사라진 눈, 원한이 가득한 눈, 독기가 오른 눈 그리고 건강하지 못한 눈이면 그게 어디 아름다운 눈이라 할 수 있을까?

코는 얼굴의 한 가운데 위치하여 처음 만나는 사람이 가장 인상적으로 보이는 곳이다. 사람을 잘 모를 때 "그 사람 코빼기도 못 봤다."라고 하는 말이 있듯이, 코는 얼굴을 기억하는데 가장 중심이 되는 것이다. 그만큼 코의 생김새에 따라서 얼굴의 미모에 미치는 영향이 크다 하겠다. 길고 백련산처럼 오똑하게 서 있는 코를 보면 부티가 나 보이는 것도 사실이다. "귀 잘생긴 거지는 있어도 코 잘생긴 거지는 없다."라고 하는 말이 있듯이 코는 예로부터 부를 상징하는 것으로 믿어 왔다. 잘생긴 코도 좋지만 오뉴월 고향에 핀 찔레꽃 향기처럼 향기로운 냄새를 맡을 수 있는 코가 더 아름다운 코라 생각한다.

귀 또한 사슴 귀처럼 예쁘면 좋으나 좋은 말과 나쁜 말을 걸러 듣는 그런 귀가 더 좋은 귀가 아닐까? 나는 오십 대 후반부터 귀가 나빠져 현재는 보청기에 의존하여 살고 있다. 하루아침에 장애인이 된 것이다. 대화가 어려우니 말수가 줄어들고 모임에 참석하고자 하는 의욕이 많이 사라졌다. 한순간 소통문제로 마음고생도 했지만, 긍정적으로 생각하니 잡다한 소리 공해에서 해방될 수 있어 좋은 점도 있다. 정상적인 귀를 가지고 있을 때는, 매우 민감하여 자다가 옆에서 부스럭대는 소리에도 깨곤 했는데, 귀가 잘 들리지 않고 나서는 옆에서 기차가 지나가도 잠을 잘 잘 수 있으니 얼마나 행복한 일인가.

앵두 같은 입술을 가진 작은 입이 예쁜 입으로 알려져 있다. 물론 요즘은 도톰한 입술에 큰 입을 선호하는 이들이 많아 성형수술도 그렇게 하고 있다 하니, 지금 내가 쓰고 있는 이목구비에 대한 이야기가 세월이 지난 후에는, 말 같지도 않은 이야기가 될지도 모르겠다. 앵두 같은 입술을 가진 입이든 도톰한 입술을 가진 입이든, 개인의 성향에 따라서 호불호가 다르겠지만 아무튼 "입은 비뚤어졌어도 말은 바로 하라."는 말이 있듯이 바른말, 예쁜 말, 상냥한 말이 나오는 입이 예쁜 입일 것이다.

"미인박명이라 하지 않던가." 지나친 아름다움은 시기를 부른다. 더불어 사는 사회는 유별난 사람을 좋아하지 않는 경향이 있다. 외형상으로 특별나게 생긴 사람을 기인 취급하는 것을 봐도 그런 느낌이 든다. 지나친 외형지상주의가 낳은 부작용의 예는 하나둘이 아니다. 성형수술을 하다 망가진 얼굴, 분수에 맞지 않게 아름다움을 가꾸고자 패가망신을 당하는 예를 주변에서 얼마든지 찾아볼 수 있다. 여인의 변신은 무죄라는 이야기도 있다. 틀린 말은 아니다. 나같이 늙어빠진 사람도 외출할 때는 조금이라도 아름답게 보이기 위해서 얼굴에 스킨도 바르고 로션도 바른다. 내 자신의 취향 또는 만족을 위해서도 하지만 남에게 조금이라도 잘 보이게 하는 면도 간과할 수 없다. 아침마다 집사람이 얼굴과 손에 뭐 좀 바르라고 한다. 내가 집사람에게 그렇게 못생겨 보이는가? 혹 말년에 소박맞을까 봐 두렵다.

아름다운 사람이란 외형만이 아름다운 사람을 뜻하지는 않는다. 건전한 사고, 믿음직한 말, 바른 행동, 아름다운 마음씨를 가지고 이웃과 더불어 행복하게 살 수 있는 자가, 세상에서 제일 아름다운 사람이라고 생각한다. 나도 그런 아름다운 사람이 되기 위해 부단히 노력 중이다.

# 친구의 부음을 받고

며칠 전에 친구의 부고를 받았다. 늘 가까이 지내던 친구의 죽음을 대하는 마음이 아침 안개처럼 뿌옇다. 친구 따라 내 정신도 따라간 것이다. 순간 말문이 막힌 것이다. 며칠 전만 해도 마라톤을 완주했다느니 운동을 해야 무병장수할 수 있다느니 하며 건강을 자랑하던 친구가 아닌가? 병마와 싸우다 저세상으로 떠나게 된 친구라면, 그러려니 할 텐데 친구들 중에서도 건강하던 친구였기에 마음의 충격이 컸다. 인명은 재천이라고 죽고 사는 일은 누구도 알 수 없다지만 친구의 죽음은 당장 받아들이기 어려웠다. 태어남이 있으면 죽음이 있기 마련이지만, 나름의 기대수명이 있는데 일찍 가기에 아쉬움이 남고 슬프고 애통했다.

몇 해 전만 해도 부고를 받으면 친구의 부모님이 돌아가신 경우가 대부분이었다. 이제는 가끔 친구들의 부고를 접한다. 세월이 그만큼 흘렀다는 증거다. 우리 세대가 후대를 위해 자리를 비워줘야 할 시대가 온 것이다. 하루라도 더 살려고 발버둥 쳐보지만 때가 되면 예외 없이 자기 자리를 비워줘야 한다. 이게 자연의 순리다. 천년만년 살고자 불로초를 찾아 먹었다던 시황제도 백 세를 채우지 못하고 저세상으로 갔다. 영원히 세상을 좌지우지할 것 같던 영웅호걸들도 모두 떠났다. 머지않아 우리도 떠나야 한다. 이게 우리의 운명이다. 운명을 바꾸거나 부정할 수 없는 것이라면 순응하는 수밖에 도리가 없다. 죽음을 아쉬워할 필요도 없고, 슬퍼할 이유도 없다. 히말라야에서 사는 어느 부족은 죽음을 애도하는 것이 아니라 축하한다고 한다. 역설적이지 않은가.

죽음이 당연하다면 우리는 이를 당당히 받아들여야 한다. 안 되는 것을 되게 하는 것 같이 어리석고 힘든 일은 없다. 죽음도 그렇다. 잊고 살다가 찾아오면 즐거운 마음으로 받아들이는 것이 현명하다. 미지의 세계로 여행하는 기분으로 홀가분하게 떠나는 것이다. 사지로 떠나는 여행이라 겁도 나고 무섭기도 하겠지만 신천지로 떠나는 여행인데 그 정도의 위험은 감수해야 하지 않겠는가?

여행을 떠나려면 준비도 많이 해야 하고 경비도 많이 든다. 그러나 저세상으로 떠나는 여행은 준비가 필요 없다. 짐도 필요 없고, 돈도 들지 않는다. 빈손으로 떠나면 된다. 이런 여행을 왜 걱정하고 두려워해야 하는가? 셀 수 없이 많은 우리 선인들이 떠났지만, 한 사람도 다시 돌아오지 않은 것을 보면, 분명 저세상은 이세상보다 살기 좋은 곳이라는 생각이 들지 않은가? 죽은 사람은 슬퍼하지 않는다. 슬퍼하는 이는 살아있는 자다. 레오나르도 다빈치는 "죽은 자를 위해 울지 마라. 그는 휴식을 취하고 있다."라고 했다.

천상병 시인은 다음과 같은 주옥같은 시를 남기고 돌아올 수 없는 곳으로 가셨다.

나 하늘나라로 돌아가리라
새벽빛이 와 닿으면 스러지는 이슬
더불어 손에 손을 잡고, 나 하늘로 돌아가리라.
노을빛 함께 단둘이서 기슭에서

놀다가 구름 손짓하면 나 하늘로 돌아가리라.
아름다운 이 세상 소풍 끝나는 날
가서 아름다웠더라고 말하리라

우리가 죽어서 갈 데가 있다는 것이 얼마나 고마운 일인가? 의식주 걱정 없이 살 수 있는 곳 그곳이 바로 우리의 영원한 고향이며 안식처다.

사랑하던 친구는 이미 떠났다. 누구보다도 안타깝고 슬프지만 참고 있다. 그리고 한편 부럽다. 친구의 죽음을 맞이하여 슬프고 눈물 흘려주는 친구가 있는데 내가 떠나는 날엔 누가 눈물을 흘려줄까? 친구는 또 다른 세상에 일찍 도착해 뒤에 오는 친구들을 따뜻하게 맞이해 줄 것이다. 웃어야 하는데 눈물이 나는 까닭은 무슨 이유일까? 그가 홀로 떠나 외로운 것이 아니라 남은 자들이 외롭기에 슬퍼하는 것은 아닐지?

이제 조용히 떠날 마음의 준비를 해야겠다. 남겨 줄 만한 것도 없고, 가지고 갈 것도 없으니 가야 할 시간이 되면 기쁜 마음으로 떠나련다. 살면서 신세 진 것은 모두 갚고 떠나고 싶다. 혹시 잊고 그냥 떠나거든 떠나는데 노잣돈 주었다고 생각하고 용서해주기 바란다. 남은 시간 그동안 산답시고 어지럽게 늘어놓은 것들 다 정리하고 깔끔하게 떠나고 싶은데 뜻대로 될지 모르겠다. 그동안 함께 살아줘서 고맙다. 다시 만나면 우리 더 행복하게 살자.

# 일편단심 민들레

봄이 왔다고 하지만 아직 깊은 산골짜기엔 잔설이 남아있는 겨울의 끝자락이다. 봄은 남쪽 어느 메인가 머물고 있을 것이다. 봄이 오면 겨우내 삭막했던 산과 들에 꽃이 필 것이다. 꽃피는 봄 상상만 해도 마음은 벌써 꽃내음으로 가득하다.

나는 꽃 중에서 특히 장미꽃, 백합꽃, 아네모네 꽃, 민들레꽃 그리고 목련꽃을 좋아한다. 장미꽃은 붉을수록 더 좋다. 열정적인 사랑을 해보고 싶기 때문이 아닐까 싶다. 백합꽃은 순결, 변함없는 사랑이라는 아름다운 꽃말을 가지고 있기에 좋아한다. 그런 모습의 여인과 죽도록 사랑하고 싶다. 아네모네 꽃은 이름이 아름다워 좋아하게 되었다. 배신, 속절없는 사랑이라는 꽃말을 가지고 있지만, 파란색의 꽃이 신비스럽고 어쩐지 동화 속에 나오는 먼 나라 공주님 이름 같기에, 그냥 좋아하게 되었다.

목련꽃은 내게 잊지 못할 사연이 있다. 고교시절 어느 5월 일요일 오후로 기억된다. 하숙집에서 점심 식사를 마치고 황홀한 봄빛에 취해 마음이 비틀대고 있었다. 그때 누군가 내 방 창문을 두드리는 소리가 들렸다.

누구지? 창문에 다가가 문을 여니 내 눈엔 세상에서 가장 아름다운 여학생이 수줍은 듯 웃음 지으며 두 손을 등 뒤로 하고 서 있었다. 그녀는 내게 "안녕! 잘 지냈어?"하고 나서 약간 떨리는 손으로 내게 꽃다발을 내밀었다. 그 꽃이 자목련 꽃이었다. 내 17년 인생에 처음 받아 본 꽃다발이었다.

그녀는 지금 어느 하늘 아래에서 무얼 하며 살고 있는지 모른다. 별나라에서 옛날을 회상하고 있는지 알 길이 없지만, 당시 그녀가 내게 준 감동은 말로는 다 표현할 수가 없다. 그런 사연이 있기에 목련꽃을 좋아하게 되었고, 지금도 목련꽃을 보면 옛사랑 추억이 새롭다.

그녀가 떠난 뒤 사랑의 시련은 감내하기 어려웠지만, 지금은 고맙게 생각하고 있다. 메마른 가슴에 사랑이라는 나무를 심어 준 사람이 그녀였기에 그렇다. 아무도 찾아 줄이 없는 늙은 말년에 이런 아름다운 추억이 있다는 것은 돈으로 살 수 없는 행운이 아닐 수 없다. 그녀가 주고간 꽃은 흔적조차 없이 사라진 지 오래지만, 그 향기는 지금도 코끝에 남아 지워지지 않고 있다. 사랑은 형체가 아니라 형상이기에 오래도록 가슴에 남아있는 것이다.

목련의(목련과에 속하는 낙엽교목, 학명은 Magnolia kobus A. P. DC.,) 개화 시기는 3월~4월이다. 목련의 종류도 여섯 가지나 있다고 한다. 우리가 아는 꽃은 주로 자주색 꽃이 피는 자(紫)목련과 흰색 꽃이 피는 백(白)목련이다. 자목련은 믿음 숭고한 사랑의 꽃말을 가지고 있고, 백목련은 다하지 못한 사랑이라는 꽃말을 가지고 있다고 한다. 백목련이 아닌 자목련 꽃을 준 것은 첫사랑 여인도 나와 같이 믿음과 숭고한 사랑을 하고 싶었던 것이라고 해석하고 싶다. 그 후 많이 기다렸지만 그녀는 흰 목련꽃도 주지 않고 떠났다.

목련꽃에 얽힌 전설은 사랑의 막장 같다.

옛날 하늘나라에 예쁜 공주가 살고 있었습니다. 공주는 아름답고, 착하고, 상냥하여 많은 젊은이들에게 사랑을 받고 있었답니다. 그러나 공주는 어느 젊은이에게도 관심이 없었답니다. 이유는 어느 날 북쪽 마을에서 바다지기 신을 본 적이 있었는데 그 늠름하고 잘생긴 모습에 그만 사랑에 빠지고 말았기 때문이었습니다. 그런데 그 바다지기 신은 이미 결혼을 했던 것입니다. 그뿐만 아니라 모습과는 달리 포악하고 흉악한 사람이었습니다. 이런 사실을 알지 못했던 공주는 어느 날 몰래 궁궐을 나와 바다지기 신을 찾아 북쪽 마을로 갔습니다. 묻고 물어 바다지기 신의 집을 찾았지만 바다지기는 이미 결혼을 하여 아내와 살고 있었습니다. 이 사실을 알게 된 공주는 실망한 나머지 바다에 몸을 던지고 말았습니다. 바다지기는 뒤늦게 이 사실을 알고 공주의 사랑에 감동을 받아 공주의 시체를 건져 잘 묻어주었습니다. 그날부터 바다지기는 매사에 의욕을 잃고 지냈습니다. 바다지기 신은 이를 걱정한 아내를 귀찮아하더니 결국 약을 먹여 죽였습니다. 이 소식을 들은 하늘나라의 왕은 바다지기 신을 사모하다 죽은 공주와 바다지기 신의 아내를 꽃으로 태어나게 했습니다. 공주의 넋은 백목련으로 아내는 자목련으로 태어나게 했답니다. 목련을 일명 북방화(?)라고 하는데 이는 바다지기를 잊지 못해 북쪽을 바라보고 핀다고 해서 붙여진 이름이라고 합니다.

요즘은 민들레꽃에 내 마음이 머물고 있다. 꽃도 아름답지만 밟히고 밟혀도 굴하지 않고 살아가는 모습이 내 인생만큼이나 모질기 때문이다. 언제 피었나 싶은데 며칠 지나면 아름답던 꽃은 흰 솜사탕을 남기고 자취를 감춘다. 새 세상에 삶의 뿌리를 내리고 살아갈 생명의 씨앗을 남기는 역사를 만드는 것이다. 꺾이고 밟혀도 누굴 탓하지 않는 모습에서 자식들 기르시느라 고생을 하신 주름진 어머님의 얼굴이 보이기도 한다.

민들레가 가지고 있는 이야기도 목련꽃처럼 비극적이다.

옛날에 한 노인이 민들레라고 하는 손녀와 함께 살고 있었습니다. 세월이 지나고 민들레는 자라서 예쁜 처녀가 되었다지요. 이때 이웃 살던 덕이라는 총각이 민들레를 보고 그만 사랑에 빠지게 되었습니다. 어느 날 많은 비가 내려 냇가 옆에 있던 민들레의 집이 물에 잠기게 되어 덕이 집으로 피신을 하게 되었습니다. 덕이에게는 사랑이 제 발로 찾아 든 셈이지요. 아무튼 민들레와 덕이는 할아버지를 모시고 행복하게 살았답니다.

좋은 일에는 마가 낀다고 하지요. 사랑과 행복에도 시기의 신이 있기 마련인가 봅니다. 마침 나라에서 처녀를 뽑아간다는 방이 붙었습니다. 민들레 소녀는 덕이와 같이 살았지만, 정식으로 결혼한 사이가 아니기에 법적으로는 처녀였습니다. 민들레는 끌려가기 전에 자결하고 맙니다. 민들레가 죽은 자리에 예쁜 꽃 한 송이가 피어났는데 사람들은 민들레 소녀의 넋이라 생각하고 그 꽃을 민들레꽃이라 불렀다고 합니다.

훗날 첫사랑의 꿈을 간직하고 싶은 마음에 집 모퉁이에 자목련나무 몇 그루를 사다 심었다. 여름내 잘 자라던 나무가 한겨울을 지나고 나니 죽고 말았다. 혹독한 추위를 견디지 못한 것인지 아니면 토양이 맞지 않는 것인지 모르겠다. 나는 자목련의 꿈속에서 민들레 같은 정신으로 살고 싶다. 첫사랑 여인을 만나면 내게 자목련 꽃을 준 사연을 듣고 싶다. 아무튼 내겐 첫사랑과는 인연이 없었지만, 그녀와 만든 아름다운 추억만으로 감사하며 살고 있다. 자목련 꽃이 글이 되었다.

# 옹이

내가 태어나 자란 고향은 아침에 일어나 뒷산에 올라 땔 나무를 해다 밥을 지어 먹었던 두메산골이다. 좋게 말하면 산 좋고 물 맑은 곳 인심 좋고 살기 좋은 곳, 봄에는 진달래 개나리 복사꽃이 만발하고 냇가엔 물고기가 유유자적하게 헤엄치며 살고 있던 곳, 실개천이 집 앞으로 흐르는 곳이다. 눈 감고 생각하면 한 폭의 산수화가 그려지는 곳이다. 세파에 때 묻지 않아 자연 그대로의 모습을 지닌 곳, 자급자족이 가능했던 곳, 첩첩 산으로 둘러싸인 곳이다. 한동네에서 나고 자라고 결혼까지 하며 살던 곳, 그런 곳이 나의 고향 동네다. 바꿔 말하면 문명의 이기가 가장 늦게 도달했던 곳, 병원이나 약국이 없어 병이 나면 무당을 불러 점을 보고 굿을 했던 곳, 목욕탕이 없어 겨울에는 물을 데워 고무다라에서 때를 밀던 곳, 하루에 마을버스가 세 번 다니는 곳, 라면 한 봉지 사려면 십 리를 걷거나 자전거를 타고 가야 하는 곳, 불편하기 그지없는 곳이 바로 내 고향이다.

봄이 오면 밭을 갈고 씨앗 뿌리는 곳, 여름이면 거름 주고 김을 매야 하는 곳, 가을이면 익은 곡식을 거두어들여야 하는 곳, 겨울에는 사랑방에 나가 새끼를 꼬며 지내던 곳 그런 곳이 꿈에도 그리던 내 고향 신돌마을이다. 내세울 곳 별로 없고 자랑할 것도 변변치 못하지만 언제나 변함없이 고향을 지켜주는 백련산이 우뚝 솟아있고, 맑고 고운 시내가 사시사철 흐르는 곳, 화려하지는 않지만 가던 구름도 쉬어가는 온화한 어머님 품 같은 곳이 바로 내 고향이 있는 곳이다.

천하를 호령한 영웅호걸은 없었지만 나라가 위기에 처하고 어려울 때면 조국을 위해 목숨도 아끼지 않았던 조상들이 살던 곳, 가진 것은 없어도 이웃과 콩 한 쪽이라도 나누며 살던 곳, 물은 말라도 인정은 마르지 않던 곳, 그래서 떠나도 잊지 못하는 곳이 바로 내 고향이다. 그런 고향에 늘그막에 내려와 살고 있다는 것은 복이요 행운이다. 내 고향 모습도 지난 세월만큼 바뀌었지만, 인적이 드문 곳이라 타지에 비하여 그래도 원형이 아직 많이 보존된 곳이다.

지난 추억이 죽어가는 더 지난 추억을 깨우고, 시들어가는 기억을 되살려 준다. 어둡고 힘든 시기를 지내는 동안 그리도 원망스럽던 고향은 이제 다시 타협과 용서를 통해 사랑으로 되살아나고 있다. 기쁜 마음으로 보면 모든 것이 아름다워 보이고, 슬픈 마음으로 보면 모든 게 슬픔으로 보이듯 지난날을 용서하고 아픔마저 보듬으니 모두가 사랑이요 모든 것이 기쁨이요 행복이다.

삶이 얼마나 힘들었으면 정든 고향을 울면서 떠나야 했던가? 얼마나 한이 맺혔으면 그리운 고향산천 부모형제를 뒤로하고 떠나야 했던가? 고향을 떠나 원망하고 그리워했던 만큼 더 보고팠던 고향 이제 돌아와 자리에 누우니 만감이 교차한다. 지난 치욕의 순간마저 웃으면서 자랑스럽게 이야기할 수 있어 다행이다. 보릿고개라는 말이 오늘날 젊은이들에게는 먼 옛날 동화 속에서나 읽을 수 있다는 사실이 한편 대견하고 자랑스럽다.

고향을 지키시던 어르신들은 북망산천에 가신 지 오래고, 고왔던 색

시들은 이제 주름진 얼굴에 그 할머니의 할머니가 되어있다. 활처럼 굽은 허리가 지난 옛날의 애환을 말해주고 있다.

어렸을 적 어머니 따라 집에서 조금 떨어진 밭에 가다가 밭 주위를 거니는 늑대를 보고 줄행랑을 쳤던 기억이 어제 일처럼 새롭다. 늑대가 밤에 마을에 내려와 키우던 닭을 잡아가거나 돼지를 물어가는 일이 자주 일어나곤 했다. 우리 집에서 기르던 돼지도 늑대에게 물려갔던 일이 있었다. 6.25사변으로 피폐한 살림 속에서 먹고 살기도 어려운데 자연과 싸우는 일까지 있었으니 그야말로 죽지 못해 사는 시기였다.

당시 나는 너무 어려서 생존의 현장에 직접 참여하지는 안했지만, 동네 어른 아이 할 것 없이 모두 먹고사는 일에 매달려 있었다. 노는 것이 일이요, 일이 노는 것이었다. 들이나 산에 나가 놀다가도 집에 돌아올 때는 고사리 같은 손에 나뭇가지라도 하나씩 들고 집으로 왔다. 아궁이에 불을 때야 잠을 잘 잘 수 있다는 것을 경험을 통해 알고 있었기 때문이다.

비록 어렵게 지낸 나의 유년 시절이지만 그런 혼란과 궁핍 속에서도 죽지 않고 살아왔다는 것이 감사할 뿐이다. 말로 다 형언할 수 없는 어려움을 견디며 정신은 정신대로 메말랐고, 육체는 육체대로 성한 곳이 없을 지경이었다. 손이 발인지 발이 손인지 구별하기 힘들 정도로 갈라지고 터지고 아팠다. 오랜 노동으로 손마디마다 흉터로 가득했고, 짐을 져 나르던 어깨에는 물어뜯어도 아프지 않은 굳은살이 박여있었다. 삶의 연륜이요 고생의 징표였다.

산에 솔나무가 무성했는데 큰 소나무에는 죽은 가지가 있기 마련이다. 이 죽은 가지가 오래되면 관솔이 된다. 관솔은 송진이 굳어 있는 죽은 가지인데 기름기가 있어 오래 탄다. 기름이 귀한 시절에 밤에 불을 밝히는데 요긴하게 쓰였다. 그런데 그을음이 아주 많아 관솔불 옆에 오래 있으면 눈과 코가 새까매진다. 우리 인생도 오래 쓰면 몸과 마음에 상처가 남는 것처럼 관솔이 있는 나무를 제재하면 관솔이 있던 자리가 옹이로 남는다. 이는 죽은 가지의 상처를 보여주는 것이다. 이를 비유하여 마음에 옹이가 맺힌다는 말도 있다.

이제 여유로운 마음으로 고향에서 다시 나의 새로운 옹이를 만들고 싶다. 이웃들과 지난 과거를 얘기하며 즐겁고 아름다운 고향의 이야기를 하며 새로운 이야기와 전설을 만들며 살고 싶다. 이렇게 살며 웃는 모습으로 나의 긴 여행을 마치고 싶다. 같은 값이면 새로 만드는 옹이는 후세들에게 기쁨과 행복을 주는 옹이였으면 좋겠다.

# 이를 어쩌나?

"어렸을 땐 네 발로, 젊었을 땐 두 발로, 늙어선 세 발로 걷는 동물은 무엇일까요?"라는 수수께끼가 있다. 답은 사람이다. 어려서 기어 다니다가 커서는 두 발로 걷다가 늙으면 지팡이를 짚고 다니는 모습을 보고 만들어진 것이리라. 나이가 지긋하신 분들은 누구나 어린 시절 이런 수수께끼 놀이를 하며 낄낄대며 웃다가 마침 지팡이를 짚고 걸어가는 할머니와 할아버지를 보면 수수께끼가 거짓이 아니구나 하는 생각을 하며 지냈던 날이 있었을 것이다.

이제 머지않아 세 발로 걸어야 할 연배에 도달했다. 지난 어린 시절 지팡이를 짚고 다니는 어르신들을 보며 안타깝고 측은하게 생각했던 그 어르신 대열에 오른 것이다.

집사람이 늦은 5월 어느 날 동네 앞에 나갔다가 이웃에 사는 연로하신 할머님을 만났다. 허리가 많이 휜 할머니는 어렵게 발을 옮기며 지팡이 대신 보행기를 밀고 계셨다. 고향에 내려오면 연세가 들어 보이는 사람은 알든 모르든 인사를 먼저 하는 것이 좋다. 우리 친척이든 아니든 동네 할머니 할아버지 모두 내겐 어릴 적부터 부모님 같은 분이니 인사한다고 손해날 것 없다. 인사 잘한다고 욕 얻어먹을 일 없고 돈 들일도 아니니 만나는 사람마다 인사 잘하라고 일렀던 터라, 집사람은 그날 할머니를 뵙고 인사도 하고 아는 체를 한 모양이었다.

그 할머니는 낯모르는 사람이 인사를 하며 아는 체를 하니 궁금하여 누구냐고 묻고, 집사람은 내 이름을 대며 그 사람 집사람이라고 대답했다고 한다. 그리고 나서 집사람은 할머니가 짐을 가득 싣고 끌고 있는 보행기를 집까지 끌어다 드리겠다고 한 모양이다. 집사람이 끌어다 드리겠다고 몇 차례를 이야기해도 할머니는 극구 사양하더라는 것이다. 집사람으로서는 아주 이례적인 선행(?)을 자처한 것이다. 거절을 하다 못해 난처해진 할머니가 어렵게 말을 꺼낸 모양이다.

"나는 이 보행기가 없으면 걷질 못 혀 라우."

할머니는 걷는 것이 불편하여 보행기에 의존해야 걸을 수 있었던 것이다.

아차!

이를 어쩌나?

집사람은 그때야 자기의 어리석음을 깨닫고 쑥스러운 마음에 고개를 연신 숙이고 왔다고 한다.

"만만한 게 홍어 뭣"이라고 집사람은 민망했던 마음을 풀만 한 사람이 나였나 보다. 당신이 모르는 어른들에게도 인사 잘하라고 해서 인사했다가 이런 일이 생겼다며 내게 화풀이를 했다. 집사람은 큰마음 먹고 도움을 주려다 오히려 할머니를 불편하게 했다며 속상해했다. 나는 집사람 어깨를 두드리며 "몰라서 한 것이니 그것은 잘못이 아니다. 선행을 베풀 마음을 가진 것 자체가 아름다우니 전혀 미안해할 일이 아니다."라고 말하며 위로했더니 그때야 기분이 좀 풀린 모양이었다.

며칠 후 그 할머니는 빵을 들고 우리 집을 찾아온 것이다. 내가 외출했다 돌아와 보니 집사람이 할머님이 집을 찾아와 빵을 주고 가셨다고 했다. 아들이 만든 빵이라고 두 덩어리나 가지고 오신 것이다. 순간 마음이 찡했다. 이게 바로 돈으로는 살 수 없는 주고받는 아름다운 정인 것이다.

두 발로 걷는 사람이 세 발로 걷는 사람의 심정을 백 퍼센트 이해 못해 생긴 해프닝이다. 살다 보면 이처럼 내가 선으로 생각하는 일도 경우에 따라서는 악이 되는 일이 얼마든지 있다. 그래도 선한 행동은 선한 마음보다 더 값진 일이다. 아마도 그 할머님도 당신의 선한 마음을 충분히 이해하고 속으로 기뻐했을 것이니 앞으로도 계속 좋은 일 많이 하며 살라고 했다. 그런 마음을 나한테도 자주 보이면 안 될까? 선한 일을 하고 뺨을 맞는 일이 생긴다 해도 나는 기꺼이 선한 일을 하며 살고 싶다.

# 욕이 입에서 나올 때

누구나 욕을 하며 살고 있다. 욕을 하지 않고 사는 사람이 있다면 성인의 반열에 올려놓고 존경하고 싶다. 욕이란 남의 인격을 무시하는 모욕적인 말이나, 남을 저주하는 말을 포괄적으로 이르는 말이다. 어느 누가 욕을 얻어먹고 좋아할 사람이 있을까? 욕은 가능하면 하지도 말고, 듣지도 않고 사는 게 바람직하다. 그러나 살다 보면 입에서 자동적으로 욕이 나오는 경우가 있다. 사람의 탈을 쓰고 사람답지 않는 행동을 볼 때가 그런 경우다.

어릴 때 욕을 많이 하고 산 기억이 난다. 친구를 부를 때도 이름을 부르거나 아니면 "야"라고 부르면 되는 것을 꼭 "얌마! 야 이 새끼야!"로 불렀다. 그렇게 살아왔기에 그게 당연한 것으로 알고 살았다. 눈에 넣어도 아프지 않다는 아들에게도 어머니가 "야 이놈아, 지랄하고 자빠졌네"와 같은 말을 자연스럽게 했다. 지랄이라는 말이 어떤 말인가? 간질(癎疾)이라는 불치병의 뜻이 있는 무서운 말이 아닌가. 그런 말을 세상에서 가장 사랑하는 어머니가 아들에게 하며 살았다니 놀라울 일이 아닐 수 없다. 부모가 자식이 지랄병에 걸리길 바라는 사람은 아무도 없을 것이다. 너무 법석을 떨고 행동이 우스꽝스러워서 사랑스런 의미로 썼을 것이다.

욕은 성을 대상으로 하는 것이 있고, 부모를 욕 되이게 하는 욕이 있고, 동물에 빗대 하는 욕 등이 있다. 내 기억으로는 군대생활 할 때 욕을 가장 많이 쓰고, 얻어먹은 것 같다. 특별한 자리가 아닌 일상생활에서 상사가 부하에게 쓰는 말은 욕이 표준말이다. 욕으로 시작해서 욕으로 끝난다 해도 과언이 아니었다. 입에 담기도 부끄러운 육두문자를 써가며 기분을 상하게 했다. 처음에 욕을 먹으면 기분이 나쁘다가도 늘 들으면 그러려니 하면서 욕이 일상의 언어가 된다. 아마도 고된 군영생활에서 오는 피로감과 허탈감을 그렇게 풀었을 것이라 생각된다. 요즘은 상사가 부하들 눈치를 보는 세상이라니 세상이 변해도 참 많이 변했구나 하는 생각을 지울 수 없다.

며칠 전 모 방송국 TV프로에 연예인과 원로 아나운서가 출연하여 대담하는 중에 아나운서가 자기는 욕을 하지 않고 산다고 했다. 옆에 있던 출연자들이 "야 이놈아" 소리도 안 해보았느냐고 물으니 "야 이놈아" 대신 "야 이 사람아"라고 한다고 대답했다. 다른 출연자가 그게 무슨 욕이냐 다른 욕은 해보지 않았느냐고 묻자. 운전할 때 깜빡이도 없이 갑자기 끼어들 때 놀라서 "저 사람 미쳤나 봐"라고 했던 것이 전부라고 했다. 이 말을 듣고 출연진들이 한참 웃는 것을 보며 나도 웃음이 났다.

저렇게 하는 것도 욕이구나. 나 같았으면 당장 "아이시! 저 새끼가 죽으려고 환장을 했나?" 아니면 "최소한 경적이라도 울렸을 것이다." 욕을 한다고 문제가 해결되는 것은 아니지만 이 정도는 해야 내가 당한 분이 풀릴 것 같기에 그렇다. 아직도 인격수양이 덜 되어서 그런 행동이 나타나는 모양이다.

이디끼지가 욕일까? 욕도 듣는 장소니, 분위기, 대회지에 따라서 천차만별일 것이다. "야 이놈아" 정도가 누구에게는 욕일 수도 있고, 누구에게는 웃어넘길 수 있는 애칭일 수도 있다. 친한 친구들은 지금도 만나면 스스럼없이 욕을 하기도 한다. 욕이 나쁘다는 것을 몰라서 하는 것이 아니라 친근감을 나타내는 한 방법으로 쓰는 것이리라. 말은 그 사람의 품위를 나타내는 척도라고 한다. 욕을 얻어먹는 사람보다 욕을 한 사람의 인격에 나쁜 영향을 주는 것이기에 듣는다고 너무 화를 낼 일은 아니다. 보지 않는 곳에서는 임금에게도 욕을 한다고 하지 않던가?

욕은 왜 하게 될까? 상대방이 한 언행이 마음에 들지 않을 때, 도가 지나쳤을 때, 보통 인간으로서 이해하기 힘든 언행을 했을 때 입에서 욕이 나오는 것 같다. 직접 한마디 할 수도 있겠지만 번거롭고, 혹시 큰 다툼으로 이어질까 두려워 행동 대신에 거친 말을 하게 되는데, 그게 바로 욕이다. 욕하는 것이 좋지 않은 것임을 알면서도 굳이 욕을 하게 되는 것은 정의로운 사회를 만들고자 하는 선한 마음이 있기 때문이 아닐까? 불의를 보고 그냥 지나친다면 정의로운 사람은 아니다. 두들겨 패주고 싶으나 그렇게 할 수 없는 처지에 욕이라도 해야 직성이 풀리는 것 아닌가.

사실은 욕 얻어먹을 짓을 서로 안 하면 된다. 그러나 사람이 살면서 본의 아니게 욕 얻어먹을 짓을 하는 경우가 있다. 그러면 미안한 마음을 가지고 표현을 하면 된다. 그런데 너는 다 잘하고 사느냐? 너는 이런 경우가 없었느냐?며 따진다. 적반하장이다. 뭐 뀐 놈이 성질낸다고 자기 잘못을 반성하려고 하지 않는다. 오히려 성화다. 오해에서 오는 때도 있을 수 있다. 대개 욕은 특별한 경우가 아니면 입속으로 중얼거리는 경우가 허다하다.

욕을 하지 않고 사는 것이 가장 훌륭하게 사는 방법이지만 나는 이런 때 욕을 해주고 싶다. 교통법규를 무시하고 난폭운전을 하는 사람을 볼 때, 젊은 사람이 나이 든 사람에게 무례한 언행을 할 때, 자기 의무는 다하지 못하며 권리만 찾으려고 하는 사람을 볼 때, 알량한 권력으로 위세를 부릴 때, 국가를 위해 일하라고 뽑은 선량들이 일은 안 하고 작당이나 하고 다닐 때 입에서 쓴 욕이 나온다. "이 SS?" 아니다. 점잖은 입으로 쌍스런 욕은 할 수 없고 "이 나쁜 놈들!"이라고 한다.

내 자신이 욕을 얻어먹지 않을 만큼 잘살고 있어서 이런 글을 쓰고 있는 것은 아니다. 이 각박하고 어려운 시대를 함께 사는 우리들이 말이라도 아름다운 말을 쓰고 살면 좋지 않을까 하는 마음에서 이 글을 썼다. 욕을 한다는 것은 아직도 애정이 남아있다는 뜻이다.

# 나쁜 분들

영화 〈좋은 사람〉에서 주인공 경석이가 "중요한 것은 자기가 잘못한 거 인정하고 되돌리는 거야, 그런 용기만 있으면 좋은 사람이 될 수 있다."라는 대사가 나온다. 잘못했음을 깨닫고 시정할 수 있는 용기야 말로 좋은 사람으로 거듭날 수 있는 기본자세라 생각한다.

점잖은 입으로 상스런 말은 못 하고 마음에 안 들면 "나아~쁜 놈들" 이라 말하는 사람들이 있다. 사람이 좋은 사람인지 나쁜 사람인지 평가 한다는 것은 어둠 속에서 바늘 찾는 것보다 더 어려운 일이지만, 우리는 자주 친구나 이웃을 좋은 사람 나쁜 사람이라 쉽게 평가하며 살고 있다.

사람은 누구나 양면성이 있다. 좋은 사람도 어떤 면에서 보면 나쁜 면이 있을 수 있고, 나쁜 사람도 좋은 면이 있을 수 있다. 나에게는 좋은 사람인데 당신에게는 나쁜 사람일 수도 있다. 쉽게 말해 자기를 이롭 게 하면 좋은 사람이고, 해롭게 하면 나쁜 사람인 것이다.

이처럼 자기의 이해타산에 따라서 좋은 사람 나쁜 사람이라 평가하는 것이 우리 보통사람들의 일반적인 사고가 아닐까? 공정한 사회를 만들 기 위해서는 입맛에 맞는 평가는 권장할 만한 것이 아니다. 친구는 친구 로서, 이웃은 이웃으로서 정직을 기반으로 아름다운 유대를 이어가야 될 것이다. 편견이나 선입관을 가지고 대하는 것은 공정하고 정의로운 사회라 말하기 어려울 것이다.

편견이 있는 곳엔 계산이 있고, 계산이 있는 곳엔 이해가 있으며, 이해가 있는 곳엔 불공정한 관계가 이뤄지기 마련이다. 이런 관계는 언젠가 이해(利害)라는 장벽에 막혀 불행하게 끝나게 될 확률이 높다. 가깝고도 사랑하는 사람일수록 믿음을 기반으로 신뢰가 지속되어야 한다.

믿음을 얻기 위한 가장 확실한 방법은 정직하고 정성을 다하는 섬기는 자세라 생각한다. 이런 자세로 살아가는 삶 속에는 이해타산적인 사고가 개입할 여지가 없다. 계산되지 않은 사랑 속에는 이런 자세가 충만해 있다. 사랑하는 사이에 거짓말을 하고, 정직하지 못하면 언젠가 그 끝은 불행으로 끝나게 될 것이다.

나쁜 사람은 신뢰할 수 없는 사람일 것이다. 자기 이익을 위해 착한 이웃을 속이고, 겸손이란 눈 씻고 찾아볼 수 없이 교만하기가 하늘을 찌르고, 남의 공을 자기 것으로 둔갑시키는데 천재적인 지능을 가지고 있는 자, 말과 행실이 다른 자, 자기 의무는 소홀히 하면서 권리에 대해서는 목소리 높이는 자, 남에게 피해를 주고도 부끄러움을 모르는 자를 나는 나쁜 사람이라 부르고 싶다. 이 기준에서 보니 나 자신도 나쁜 사람의 범주를 벗어날 수 없는 듯하다. 앞으로도 많은 반성과 노력을 하며 살아야 할 것 같다.

세상이 좋은 사람으로 가득하기를 바라는 마음이 솔직한 심정이지만 지금까지 이런 세상이 이 땅에 있었을까 싶다. 많이 배웠다는 분들만이라도 그런 사람이 많았으면 하는 바램이다. 국민의 지도자를 자처하는 분들만이라도 좋은 사람들이 되었으면 한다. 높으신 분들에게 점잖은 입으로 "나쁜 놈들"이라고 할 수 없고 대신 "나쁜 분들"이라고 하면 좀 나아질까? 잎으로 욕이 입에서 나오지 않는 아름다운 세상을 기대한다.

예끼! 나쁜 양반

# 제2부
# 빈말

말
적어도 탈
많아도 탈
그래서 침묵을 금이라 하는가 보다.

하는 사람은 좋은 말 한다고 하지만
듣는 이는 잔소리라고 생각하니
해야 할까 말아야 할까.

비싼 밥 먹고
사람 잘되라고 하는 말인데
잔소리라고 하니 더 할 말이 없다.

그래도
할 말은 하는 게 어른의 도리라 믿고
오늘도 나 혼자 좋다고 빈말하며
빈 하루를 보낸다.

# 난 너의 친구가 되고 싶다

낙향하여 7년을 살았다. 이제 타향살이 냄새가 어느 정도 몸에서 지워진 것 같은 생각이 든다. 고향의 냄새가 어떤 냄새인지는 확실히 글로 표현하기는 어렵지만, 나무들이 만들어내는 신선하면서도 상큼한 산 냄새, 이름 모를 들꽃과 풋풋한 풀들 그리고 논밭에서 익어 가는 곡식들이 만들어내는 들 냄새, 서로 도우면서 열심히 일하며 살아가는 마을 사람들의 정겨운 땀 냄새, 그리고 내 사랑하는 가족들의 사랑 냄새가 뒤섞인 그런 냄새일 것이다.

그 냄새는 박하사탕 냄새 같기도 하고, 어떤 때는 두엄 냄새 같기도 하고, 어느 때는 흙냄새 같기도 하다. 때로는 어머니 젖 냄새 같기도 하다. 이 냄새에 취하여 7년이라는 세월을 버텨냈다. 한번 취하면 영원히 깨지 않는 그런 향기가 고향의 향기라 생각한다. 어느 술이 이렇게 오래 깨지 않으며, 어느 향수가 이렇게 오래 남아 있을까?

이런 곳에서 살다 보면 때론 너무나 인간적이고, 너무나 도식적이고, 예의 바른 도시 사람 냄새가 그리울 때가 있다. 말동무가 그립고, 술친구가 그립고, 만나서 편한 친구가 그리울 때도 있다. 이럴 때는 북쪽 하늘을 바라보며, 그들을 그리워하거나 바람에 나부끼는 형형색색의 나무들, 천만년을 한자리에 우뚝 서서 마을을 지켜온 선바위 그리고 하늘을 나는 철새들에게 말을 걸어 보기도 한다. 예전엔 없던 버릇이다. 그도 저도 아니면 꿈속에서라도 그리운 벗들을 만나보기 위해 오수(午睡)를 청해보기도 한다.

"하나를 얻으면 하나를 잃는다."라는 것이 자연의 섭리라고 하더니 그 말은 적어도 지금의 내게는 맞는 말이다. 어디서 무엇을 하며 살든 만족하지 못하는 마음의 허함은 누구에게나 있을 것이다. 이런 허함을 달래는 방법 또한 정도의 차이는 있으나 모두 가지고 있을 것이다. 세상을 다 갖는다고 해도 마음 한구석에 모자라는 것이 있다. 마음이 가득 차 있다고 해도 가끔 찾아오는 외로움까지 다 채울 수는 없다. 누군가 그리워지고 미련이 마음을 뒤집어 놓는 때가 있다. 이런 때 목적 없이 집을 나선다. 뛰어봤자 벼룩이라고 나가봤자 집 앞에 뻗어 있는 뚝방길이다.

어느 날 뚝방길을 걷다가 냇가에서 먹이를 찾는 새 한 마리를 만나게 되었다. 등은 회색이고, 아래 배 쪽은 흰색, 가슴과 옆구리는 회색빛을 띠고 있는 것으로 봐서 왜가리인 것 같다. 나도 혼자요 쟤도 혼자다. 서로 외로우니 친구나 하자고 하며 가까이 가니 긴 나래를 펴고 하늘로 올라간다. 얘야? 나는 네 친구가 되고 싶어 하는데 너는 나를 피하는구나. 나는 널 믿는데 너는 나를 믿지 못하는구나. 얼마나 인간에게 당하고 살았으면 눈만 마주쳐도 달아나니. 그래 다 우리 잘못이다. 네가 내 친구가 될 수 있다면 세상은 지금처럼 외롭지 않았겠지.

그 후로 왜가리를 짝사랑하게 되었다. 알고 보니 왜가리는 언제부터인가 하루도 빠짐없이 이른 아침부터 온종일 개울에 내려앉아 먹이가 있을 법한 자리에서 먹이를 찾고 있있다.

시간이 흘러 이제 낯도 익었을 법한데 아직도 내 모습만 보면 긴 날개를 펴고 자리를 피한다. 멀리 날아 가는 것이 아니라 50보나 100보 정도 날다 내려 앉아 먹이를 찾는다. 추운 아침이면 날개를 웅크리고 목을 내리고 물가에 앉아 있다, 해가 나고 기온이 오른 낮에는 한자도 넘어 보이는 할아버지 담뱃대처럼 가느다란 긴 목을 빼고 차가운 물 속에 다리를 담그고 먹이를 찾는다.

이따금 흰 황새들도 몇 마리씩 짝을 지어 찾아오는데 이 왜가리는 언제나 혼자다. 짝을 잃어서일까? 아니면 어떤 연유에서 혼자일까? 관심을 갖다 보니 어제의 친구처럼 궁금해진다. 왜 혼자 다니며, 잠은 어디서 자며, 암컷인지 수컷인지, 나이는 몇 살인지 모든 것이 궁금한데 알길이 없어 안타깝다. 집에 초대하여 미꾸라지 안주에 술이라도 한잔 함께 나누고 싶다. 이렇게 몇 년이 지났다. 아직도 둘 사이에 냉기만 흐른다. 진정 날 믿지 못하는가 보다. 인간을 얼마나 증오하면 저럴까 싶다. 인간이라는 사실이 미안하다 못해 부끄럽다.

나도 나를 못 믿는 세상인데 네가 어떻게 나를 믿을 수 있겠니. 나는 너를 친구로 생각하고 있으니 나를 멀리하지 말고 외로운 것들끼리 서로 의지하며 살면 어떠냐. 나를 보고 피할 때마다 내 마음이 아프다. 보면 모르겠니? 내가 너를 해칠 사람으로 보이니? 나와 친구가 될 순 없겠니? 물어도 물어봐도 응답이 없다. 그래도 수년을 만나다 보니 요즘에는 조용히 지나가면 날아 가지 않고 내 동태를 주시하는 눈치다. 때론 긴 목을 빼고 나를 바라보고 서 있다. 그러다 조금만 태도가 이상해 보이면 날아오른다.

애야! 날 보거든 무서워하지 말고 너 하던 일 계속하려무나 내 어찌 원한도 없는 네게 해코지를 하겠느냐. 나는 이미 너를 내 벗으로 삼고 있는데 너는 나를 아직도 못된 사람으로 여기는구나. 알고 보면 나쁜 사람 아니란다. 네가 자유롭게 먹이를 찾고 있는데 내가 방해를 해서 미안하다. 제발 날 한번 믿어 보렴. 너는 날 어떻게 생각해도 나는 널 내 친구로 알고 지내련다. 그 정도는 너도 허락하겠지…….

왜가리 친구의 안녕을 바라며 미꾸라지 안주에 막걸리 한잔하는 날이 오길 고대해 본다.

# 나의 신앙에 대하여

어제는 오랜만에 고향 친구 부부와 저녁을 했다. 친구는 나와 달리 일찍이 귀향하여 고향 발전을 위해 많은 헌신과 봉사를 해온 사람이다. 점심을 같이하자고 했는데 일이 있어 저녁이 좋겠다고 했다. 시골은 밤 6시만 되면 문을 닫는 가게가 많다. 손님이 없기 때문이다.

이웃 마을에 사는 친구이기에 가끔 서로 왕래하며 살았는데 코로나로 인해 근 2년 동안 보지 못했다. 내심 오랜만에 보는 친구라 점심을 먹고 바로 헤어지는 것보다는 차라도 한잔 나누면서 밀린 이야기도 좀 하고 싶었던 것이다.

친구는 소일로 농사일도 하지만 인근 교회에서 장로라는 직책을 맡아 선교에도 열심이다. 그뿐만 아니라 시간만 나면 보육원이나 양로원을 찾아다니며 어려운 사람을 가족처럼 돌보고 다니며 사랑을 몸소 실천하고 있다. 여러모로 본받을 만하여 내가 평소에 존경하는 친구다.

만나자 점심을 못 하고 저녁을 해야 했던 이유를 얘기했다. 보호자가 없는 어르신이 쓰러져 병원에 입원시키고 수술까지 하는 것을 도와주느라 며칠 밤을 병원에서 지냈다는 것이다. 오늘도 점심시간에도 병간호하느라 저녁을 할 수밖에 없었다고 했다. 내 일도 벅차게 생각하며 사는 내 자신이 부끄러웠다. 고개가 절로 숙였다. 사랑은 입이나 머리로 하는 것이 아니라 손발과 가슴으로 하는 것이다. 이런 친구가 있다는 것이 한 없이 자랑스러웠다.

나는 신앙에 대하여 늘 관심은 가지고 있었으나 믿음이 충만하지는 않다. 다만 어려서부터 어머님이 눈이 오나 비가 오나 새벽닭이 울기 전에 나가 정한수를 떠다 부뚜막에 놓고 자식들 잘되라고 지극정성을 드리는 것을 보고 자랐다. 이를 지켜보며 왜 저렇게 고생을 하며 저런 일을 하실까? 하는 생각을 하며 신앙이라는 것에 자연스럽게 접하게 되었다. 또한 제사 때마다 정성껏 음식을 장만하여 제사를 지내는 것을 보며 자랐기에, 무의식중에 신앙이 마음에 자리 잡게 된 것으로 생각한다. 제사라는 것을 통해 유교라는 것도 어렴풋이 알게 되었다.

내가 외가에서 초등학교에 다닐 때는 외할머님이 일 년에 한두 번씩 머리에 쌀을 이고 집에서 십여 리 떨어진 절에 다니셨다. 가끔 따라가 불공을 드리는 것도 보았다. 할머님이 무엇을 위해 공을 들이는지는 알 길이 없었으나 아마도 6.25 때 학도병으로 나갔던 아들이 살아 돌아오게 해달라며 기도를 드렸거나 집안이 무탈하게 해달라고 소원을 빌었을 것이다.

중학교 때 도회지로 유학을 와서야 여기저기 뾰쪽한 십자가가 있는 것이 교회라는 것도 알게 되었다. 절은 불교요, 교회는 기독교라는 것도 이때쯤 알게 된 것 같다. 유교나 불교나 기독교가 어떤 것인지 구체적으로 알진 못했으나 자라면서 종교가 내 안에 자연스럽게 들어오게 되었던 것이다. 이 외에도 이슬람교 등 여러 가지 종교가 더 있다는 것도 차차 알게 되었다.

중학교 때 일이다. 어느 서울 친구 따라 교회에 놀러 갔다가 친구하는 것을 보며 따라 했던 예배가 내가 처음 경험하게 된 교회의식이었다.

후에 성당에 다니는 외숙모를 따라갔다가 천주교인으로 등록도 하게 되었고, 작은어머니를 따라 원불교에 갔다가 누님 같은 교목 선생님을 만나 원불교 교인으로 등록을 하기도 했다. 많은 종교를 가지면 더 많은 복을 받는 줄 알았다. 고등학교까지 이런 경험과 생각으로 종교에 대한 정체성이 없던 시기였다.

대학과 군대생활로 이어진 시기에는 어려움에 직면하게 될 때마다 마음속으로 하느님을 찾았다. 어려움을 겪을 때는 왜 내게 이런 가혹한 시련을 주느냐며 원망하기도 했다. 신을 만날 수 있다면 담판을 하고 싶은 적도 한두 번이 아니었다. 학생 신분이 끝나고 먹고살기 바쁜 시간을 보내면서 신앙에 대한 생각은 멀어졌다.

결혼 후 마누라 덕에 한때 세검정교회에 나가 등록을 하고 교인이 되기도 했다. 서울에서 경기도로 집을 이사하면서 믿음을 가지고 한번 살아보자는 생각에 처음으로 내 발로 교회에 찾아갔다. 열 명도 채 안 되는 작은 개척교회였다. 60세가 넘으신 여자 목사님의 헌신적인 목회활동에 감명 받아 몇 년 동안 내 딴에는 꽤 열심히 다녔다. 어려운 사람들을 돌보는 목사님이 위대해 보이기도 하고 내 삶이 얼마나 사치스러웠는지 뒤돌아보는 계기가 되기도 했다. 이후로 성직자들에 대한 존경심과 경외하는 마음을 갖게 되었다.

시애틀에 있는 UW(University of Washington)에서 방문교수로 일 년 동안 지내면서 다시 교민들이 다니는 한인교회에 나가게 되었다. 하나님을 믿는 형제라는 이유 하나로 교회에 다니는 교민들과 쉽게 친해질 수 있었다. 비록 짧은 시간이었지만 내 생애에 가장 아름다운 신앙생활이었다고 생각한다. 고국을 떠나 이역만리 먼 타향에서 고생하며 외롭고 살아가는 교민들이 모인 곳이라 형제자매 같은 분위기로 주말만 되면 이집 저집 옮겨 다니며 성경공부도 하고 대화를 나누며 지냈다. 이때처럼 주말이 기다려진 적은 없었다. 언젠가는 꼭 한번 읽어 보려 했던 읽기 어렵다던 성경책도 일독을 해봤다. 그리스도의 생애와 구원 그리고 사랑을 실천은 못했지만, 심적으로 아주 조금 믿음의 맛을 보기도 했다.

믿음이 굳건하지 못한 탓에 귀국하여 교회에 나가는 것이 뜸해지고 그러다 나 홀로 믿는 고독한 교인이 되었다. 집사람 말을 빌리면 교만하기 때문에 그렇다고 한다. 그러나 내게도 그만한 이유 아니 변명거리가 있다. 오십 대 후반부터 귀가 들리지 않는 것이다. 설교를 들어야 하고, 교인들과 대화도 나눠야 하는 교회생활을 원활히 하는 것이 어렵다. 이런 이유를 대면 하나님은 다 아시고 계시니 교회에 나오라고 한다. 믿음은 마음으로 믿는 것이지 입으로 믿는 것이 아니라고 한다. 지극히 타당한 말씀이다.

그리스도는 매우 긍정적인 분이다. 모든 것이 설명되고 이해되고 수용된다. 긍정은 원수를 백번도 더 사랑할 수 있게 한다. 그러나 나는 백 프로 긍정을 할 수 있는 사람이 아니다. 단지 평범한 사람이며 교인일 뿐이다. 시련이 주어지면 이기지 못해 고통을 감내해야 하는 지극히 어린 양일 뿐이다. 시험에 들지 않게 해 주셔도 되는데 시험에 들게 하는 하나님이 때론 원망스럽다. 절이 미우면 절을 떠나라고 한다. 그렇다. 떠나면 된다. 그런데 왜 하나님은 인간을 창조하셨다고 말하는가? 창조하셨으면 창조한 책임이 당연히 있지 않은가? 인간도 자식을 낳으면 양육을 책임지며 산다. 우리 아버지 되시는 하나님도 당연히 우리를 행복하게 키워 주셔야 할 책임이 있다고 생각한다. 내가 잘 못 생각하고 있는지 모르겠다.

믿음은 의심을 하거나 맞다 틀리다 좋다 나쁘다는 것과 같은 판단의 대상이 되지 않는다고 한다. 이에 대하여 나는 아직 의심이 풀리지 않는다. 전지전능하신 하나님이 왜 그런 질문에 대한 답을 스스로 찾으라고 하시는지 모르겠다. 답답하다. 답답함이 길어지면 불치의 병이 될 것 같다.

오늘부로 하나님에 대한 의심은 끝내려고 한다. 의문이 풀려서가 아니다. 더 이상 의심을 가지고 있는 것이 무의미하게 느껴지기 때문이다. 현재의 내 능력과 짧은 지식으로 그 답을 찾을 수 없기 때문이다. 말은 이렇게 하지만 내 인생에 종교라는 것은 큰 희망이요 짐이다. 내가 살아있는 그 날까지 믿어야 할까 말아야 할까, 내적 갈등은 계속될 것이다.

나의 믿음은 지극히 인간적이다. 아니 이기적이라고 하는 말이 맞을 것이다. 절대자가 필요할 때 나는 종교를 기웃거렸다. 생활이 어려울 때나 정신적 고통이 심할 때 천연덕스럽게 교회를 찾은 것이다. 어렵고 무서울 때 어머니를 찾는 그런 심정으로 하나님을 찾았다. 매우 이기적인 사람이 아닐 수 없다. 그러면서도 의심의 눈초리는 끝내 버리지 못하고 있다. 속으로 좋으면서 차마 좋다는 말은 못 하고 속을 태우는 어린아이들처럼 그렇게 마음에 없는 짓을 하고 있다.

무신론자든 유신론자든 이웃하여 동고동락하며 지내는 우리 이웃이다. 좋으나 싫으나 얼굴을 맞대고 살아가야 할 공동운명체이기도 하다. 이들과도 어울려 즐겁고 행복하게 살아야 할 운명을 지고 태어난 것일지도 모른다. 그럴 바에야 서로 모른 체하며 불편하게 살 필요는 없다. 주님을 믿는 분들은 원수를 사랑하라고 말씀하신 예수그리스도의 말씀을 잘 알고 있을 것이다. 원수도 사랑하고, 하나밖에 없는 목숨까지도 기꺼이 내놓으신 그리스도의 희생정신을 생각하면 이루지 못할 것이 없을 것이다. 믿지 않는 자는 믿는 자를 믿는 자는 믿지 않는 자를 친구로 인정하며 서로 믿고 이해하고 인정하며 살 때 이 땅에 하나님이 바라는 평화가 올 것이라 믿는다. 내 자신부터 솔선하여 그렇게 살고 싶은 생각에 이런 능청을 떨어본다.

# 조물주에게 드리는 질문 하나

나는 가끔 조물주에게 묻고 싶은 몇 가지 질문이 있다. 그중 하나가 인간을 신을 닮게 만들었다고 하는데 그렇다면 "왜 신의 아들끼리 싸우게 만들었는가?" 하는 질문이다. "쇠가 쇠를 먹고 살이 살을 먹는다."라는 말이 있다. 인간은 인간과 싸우며 살고, 코끼리는 코끼리들끼리 싸우며 산다는 뜻이다. 어느 종족을 불문하고 하나밖에 없는 소중한 목숨을 걸고 서로 싸운다. 이 얼마나 모순되는 일인가? 이 물음에 어느 분은 "하나님은 인간에게 자유의지를 주셨다."라고 대답해 주었다. 그러나 내가 조물주였다면 그런 의지를 주는 대신 싸움을 하지 못하게 했을 것이다.

나는 지금 닭을 몇 마리를 키우고 있다. 키운다기 보다 사과나무와 복숭아나무를 심어놓은 밭에 방목하고 있다. 암탉 3마리에 수탉 한 마리로 시작했는데 자기들끼리 눈이 맞아 어느 날 예쁜 병아리를 4마리 데리고 나왔다. 자연이 준 선물이었다. 그렇게 몇 년이 지나니 이제는 40마리나 되는 대식구로 늘어났다. 요즘 친구들이 뭐하고 사느냐고 물으면 농담 반 진담 반으로 양계사업을 한다고 대답할 정도다. 먹이를 주고 물을 주고 개나 고양이, 솔개로부터 닭을 지키느라 고된 점도 있지만 늙은 말년에 무료한 시간 보내기에 이만한 것도 없을 성싶다. 나는 닭을 돕고 닭은 내게 알을 낳아준다. 때론 집에 귀한 손님이 오면 하나밖에 없는 목숨도 내놓는다. 내게 이만한 충성을 바치는 이가 닭 말고 누가 있을까?

어느 날 밭에 나갔더니 수탉 두 마리가 사생결단으로 싸우고 있었다. 처음엔 조금 싸우다 말겠지 하고 지켜보았다. 그런데 내 상상을 초월하는 혈투를 벌이고 있는 것이 아닌가? 싸움 구경을 좀 더 하고 싶어 보고 있었는데 벼슬이 찢어져 피가 나고 지쳐 쓰러지면서도 싸움은 그치지 않았다. 싸우다가 지치면 쉬었다가 다시 싸우길 수차례 두 마리 다 피투성이가 되었다. 이러다 죽을 것 같기에 싸움을 말려서 분리하여 놓았다. 무엇이 이렇게 동족 간에 피를 부르는 싸움을 하게 만든 것인가? 다른 동물에게는 관심도 없이 살면서 자기들끼리는 이렇게 물불을 가리지 않고 싸우는 것은 무슨 이유일까? 이래서 쇠는 쇠를 먹고, 살은 살을 먹는다고 했나 싶다.

인간 세계는 또 어떤가? 하루가 멀다하고 싸움질 아닌가? 애들에서부터 성인에 이르기까지 서로 만나기만 하면 미워하고 시기한다. 너 죽이고 나는 살겠다며 싸운다. 지나가다가 몸이 좀 부딪쳤다고, 째려봤다고, 건방지다고 치고 싸우는 꼴을 뉴스에서 보노라면 조물주가 원망스럽다. 그걸 왜 조물주 탓하느냐고 하는 사람도 있을 것이다. 그런 사람을 만든 분이 바로 조물주라기에 하는 말이다. 낳아주신 부모님 책임이라 할 수 있지만 그분도 역시 조물주 작품이기에 드리는 말이다. 눈만 뜨면 싸움질하며 사는 것이 조물주가 만들었다는 인간인가 싶어 하는 이야기다.

어린이나 배움이 모자란 사람들은 사리핀단이 부족하여 싸운다고 치자. 그렇다면 많이 배웠다는 분들은 왜 시도 때도 없이 싸우는가? 배웠다는 분들이 싸우는 꼴을 보면 더 자괴감이 들기도 한다. 살다 보면 싸울 수밖에 없다고 할지 모른다. 순진한 생각으로는 이해하기 어렵다. 대화와 타협이라는 단어를 모르지는 않을 텐데. 어리고 우매한 사람들이 싸우면 말려야 할 사람들이 오히려 그런 사람들보다 치열하게 싸우는 꼴은 볼썽사나울 정도가 아니라 저주스럽다.

일반 국민이 그래도 볼썽사나울 텐데 소위 지도자라는 분들이 맨 날 싸우고 걸핏하면 피켓 들고 거리로 나와 시위나 하고 있으니 꼴불견도 이런 꼴불견이 없다. 사람들이 무지하고 어리석은 시대가 아니다. 지도자라는 사람들보다 더 학식이나 인격이 높은 국민이 많이 있다. 지도자가 국민을 계도하고 훈계하는 시대가 아니다. 폼이나 잡던 시대는 지나갔다. 지도자는 군림하는 사람이 아니라 봉사하는 자가 되어야 한다.

세상이 끝나기 전까지는 싸움은 끝나질 않을 것 같다. 싸움이 생존 자체라면 할 말이 없다. 어느 누구도 싸움을 조장하고 원하는 사람은 없을 것이다. 오직 이런 일을 하는 사람이 있다면 이들은 자기의 목적이나 이익을 달성하기 위해 인간을 이용하는 아주 악질적인 질 나쁜 사람임이 틀림없다. 세파에 물든 인간을 개조해서 쓰기에는 너무나 멀리 와 있다. 존재하는 인간을 새롭게 하여 쓰는 대신 새로운 인간을 만드는 것이 더 가성비가 좋을 것 같다. 싸움과 전쟁으로 인해 고귀한 생명이 죽어 나가고, 재산이 잿더미로 변하는 것을 보며 이런 발상을 해본 것이다.

사랑만 하고 살아도 짧은 시간을 왜 그렇게 싸우며 살아야 하는가? 당신이나 싸우지 말고 잘 살라고 한다. 나는 가능하면 싸우지 않고 살고 싶다. 그렇게 살도록 노력하며 살고 있다. 지고 사는 것이 때론 이기고 사는 것이라고 하지 않던가? 오늘도 웃으며 행복하게 살려고 노력하고 있다. 아름다운 세상이 되는 날까지 우리 모두 싸우지 말고 사랑하며 살다 가면 안 될까요? 오른뺨을 때리거든 왼뺨도 대 주는 아량은 없을 망정 서로 이해하고 양보하고 도우며 살면 우리가 사는 이 세상이 천국이 아닐까 싶다.

# 어느 꼰대의 헛소리

어느 가을날 인근 유원지에 산책하러 나갔다가 소풍 나온 어린 학생들을 만난 적이 있다. 점심시간이라 그런지 학생들은 삼삼오오 모여 앉아 집에서 싸 온 도시락을 먹느라 왁자지껄했다. 옛날 어린 시절이 떠올라 나도 모르게 얼굴에 할아버지 미소를 지으며 바라보고 있었다. 다른 학생들은 선생님과 둘러앉아 가지고 온 도시락을 먹고 있었다. 도토리를 주어 입에 물고 있는 다람쥐들처럼 볼에 음식을 가득 넣고 즐겁게 식사를 하고 있었다. 그때 한 학생이 무리에서 떨어져 도시락을 무릎 앞에 놓고 눈물을 흘리고 있었다.

나는 그 울고 있는 학생 옆에 가서 왜 우느냐고 물었다. 대답도 없이 눈물만 흘리고 있었다. 재차 물으니 젓가락이 없어서 밥을 못 먹고 있다고 했다. 엄마가 도시락을 싸주시면서 젓가락 넣는 것을 깜빡하신 모양이었다. 나는 학생을 달래며 선생님한테 가서 말씀드렸더니 선생님도 이미 알고 계셨다. 다른 젓가락을 줘도 자기가 집에서 먹던 것이 아니라며 울고 있다는 것이었다.

그 내막을 듣고 돌아서서 가다가 "저 나이에 나는 어땠을까?" 하는 의문이 들었다. 그 당시로 되돌아가 살라고 하면 하루도 버티기 힘들겠지만 지난 추억은 추억으로서 아름답게 떠올랐다. 그 시대에는 도시락이 없어서 먹던 밥그릇에 밥을 담아 그릇 뚜껑으로 덥고 보자기에 싸서 어깨에 메고 소풍을 다녔다. 젓가락은 대부분 가지고 가지도 않았다. 소풍 가는 장소가 학교 근처의 소나무 숲이나 냇가 아니면 산골짜기였기에 그곳에서 나뭇가지를 꺾어 젓가락으로 사용했다. 누가 가르쳐 준 것도 아니다. 어려서부터 눈으로 보고 배운 지식(?)이다.

물론 학생이 울고 있던 장소에는 꺾을 나무도 없었지만 내가 저 상황에 처했다면 울지는 않았을 것 같은 생각이 들었다. 젓가락이 없거나 대용품도 구할 수 없다면 손으로라도 집어서 먹었을 것이다. 그 학생은 젓가락이 없었던 것도 아니었다. 자기가 늘 사용하던 젓가락이 아니라는 이유로 먹지 않고 있었던 것이다. 모든 학생들이 다 그렇지는 않겠지만 불면 날아갈까 놓으면 깨질까 하며 귀하게 키운 자식들이니 충분히 이해는 간다. 우리가 열심히 일하고 잘 살려고 하는 것도 우리는 굶주리고 고생하며 살았지만, 자식들에게는 그런 대물림을 하지 않겠다고 물불안 가리고 열심히 일한 것 아닌가. 한편으로 뿌듯하고, 한편으로는 부럽기도 하다.

어릴 적 고생은 사서도 한다는 말을 진리로 알고 살아온 우리들 세대의 삶이 틀린 것일까? 자식 세대 아니 이제 손자 세대들에게 옛날이야기를 하면 "삼촌 아니 할아버지? 또 시작이다."라며 귀를 막는다. "나 땐 말이야" 꼰대들의 언어라고 젊은 세대들이 가장 혐오하는 말이란다.

그렇다. 이제 "나 때"는 지나갔다. 지나간 때를 붙잡고 있는 것이다. 아쉬워서일까? 가는 세월이 야속해서일까? 말을 꺼내다가 깜짝 놀라 아차! 내가 잘 못 한 게 있나. 이제 "나 때"를 말하기도 겁나는 세상이 된 것이다. 하기야 어른을 꼰대라 칭하고 일찍 죽으라는 젊은이들도 있다고 하니 조용히 살다 죽어야 할 것 같다.

이제 칠순을 넘은 나이이니 죽어도 그렇게 슬퍼할 일도 아니지만, 젊은이들의 미래를 생각하면 마음이 답답하다. 살아봤기에, 경험해 봤기에, 후회해 봤기에 후손들에게 한 번뿐인 인생을 시행착오 없이 살라고 비싼 밥 먹고 해주는 말인데, 잔소리로 생각하다니 마음이 불편하다. 듣기 싫은 말이라고 그런 말을 해주는 사람을 고맙게 생각하기는커녕 꼰대라고 놀리거나 일찍 죽으라는 막말도 서슴지 않으니 세상을 더 살아본 사람으로 사랑하는 후손들의 사고와 행동을 걱정하지 않을 수 없다. 이런 생각마저도 기우이길 바라는 마음이다. 너희들도 나이 먹어봐라 우리보다 더 할지도 모를 일이다.

세상이 늘 태평성대라면 얼마나 좋을까? 그러나 세상은 유전하기 마련이다. 좋을 때가 있으면 나쁠 때가 불청객처럼 반드시 찾아온다. 그때를 대비해서 유비무환의 자세가 필요하다. 세상이 다 제 것인 양 떵떵거리며 살던 사람이 하루아침에 알거지가 되는 것을 심심치 않게 보아오지 않았는가? 나라도 국민들이 정신을 못 차리고 이전투구나 일삼고 지도자는 지도자들대로 정략, 모략, 책략 그리고 선동으로 그들만의 이익을 구하면 부강했던 나라도 하루아침에 빈국이 되고 만다는 역사적 교훈이 있지 않은가?

요즘 우리나라의 군대복무기간은 2년이 채 안 되는 것으로 알고 있다. 그것도 길다고 한다. 3년 정도를 군복무를 했던 세대의 한 사람으로 세월을 한탄하지 않을 수는 없다. 불평이 없을 수는 없다. 그러나 군 생활을 한 것에 대해서 나라를 원망해 본 적은 없다. 나라의 사정이 그랬기에 어느 누구도 그런 시대를 산 사람은 그랬을 것이라고 생각하기 때문이다. 당연한 것으로 알고 받아들이고 살았다. 지금 보면 바보처럼 다 받아들였기에 당하고 살았다고 할지 모른다. 선임자는 군림했고 후

임자는 복종이 미덕이었다.

삶의 지혜가 모두 교과서에 있는 것이 아니다. 생활 속에서 배우는 무궁무진한 지식과 지혜가 오늘의 나를 있게 한 참지식이다. 도둑질만 말고 다 배우라는 옛말은 요즘 젊은이들에게도 필요하지 않을까? 제발 우리 후손들이 나와 같은 역경을 겪지 않고 살길 바라지만 언젠가 혹시 닥쳐올지도 모를 어려움을 대비하는 것은 유비무환의 정신이 아닐까? 어느 꼰대가 비싼 밥 먹고 헛소리하고 있는 것은 아닌지 모르겠다.

# 네 탓하며 사는 사람들

한 때 "내 탓이요"라는 구호가 종교단체를 중심으로 유행했던 때가 있었다. 사람들이 얼마나 남의 탓만 하고 살았으면 이런 말이 유행했을까? 못사는 것도, 배가 아픈 것도, 괴로운 것도 다 누구의 탓이라고 하는 사람들도 있었다. 농담 반 진담 반으로 비가 많이 와도 누구 탓이요, 술을 마시는 것마저도 누구의 탓이라고 말하는 사람들도 있었으니 이런 말이 유행할 법도 했을 것이다. 물론 남을 탓하고 산 것이 어제오늘 이야기만은 아니다. 누구나 살다 보면 의도적이든 아니든 남의 탓을 할 때가 있다. 내 탓이라고 하면 입장이 난처해지거나, 막중한 책임을 져야 할 경우가 그렇다. 위기를 모면하기 위해서 우선 네 탓으로 돌리고 싶은 것이 사람들의 솔직한 심정일 것이다.

나 자신도 열 손가락으로 다 꼽을 수 없을 만큼 남의 탓을 하고 살았다고 고백할 수 있다. 초등학교 다닐 때 집에서 놀다가 값나가는 그릇을 깬 적이 있었다. 혼날까 두려워서 집에서 기르던 닭이 그랬다고 했다가 끝내 들통이나 닭기 똥 같은 눈물을 흘린 적이 있다. 중학교 때는 저녁에 자다가 오줌을 쌌는데 창피하여 동생이 쌌다고 둘러댔다. 같은 이불을 덮고 잔 죄로 동생이 꼼짝없이 뒤집어쓰고 말았다. 두고두고 동생에게 미안한 생각을 하며 살았다. 성인이 된 후에도 의식적이든 무의식적이든 남의 탓이라고 하며 지낸 경험이 있다. 어릴 때는 매가 무서워서 그랬고, 성장해서는 책임이 두려워서 그랬다. 지금 와서 생각해 보면 못난 자신이 부끄럽다.

학교도 많고 교회도 많고 절도 많다. 어려서부터 좋은 사람 착한 사람 되라고 귀가 따가울 정도로 들으며 살아왔다. 그런데도 남의 탓하며 사는 사람은 조금도 줄지 않는다. 교육이 잘못되었거나 설교가 잘못된 것일까? 무식하다고 하면 당장 명예훼손이라고 시퍼렇게 두 눈을 부릅뜨고 달려들 사람이 넘쳐나는데 어찌하여 세상은 더 각박해지고 삶은 더 어려워지는 것일까?

사회나 국가는 사람이 만든다. 그 사회나 국가가 바로 서고 살맛 나는 세상을 만들어가는 것은 모두 사람들이 한다. 과는 내가 지고, 공은 남에게 돌리는 것이 성인의 자세이고, 지도자의 덕목이라고 배웠다. 웬만한 일은 업으로 알고 군말 없이 사는 게 미덕이라 여기며 살았다. 남의 탓으로 돌릴 줄 몰라서 그런 게 아니다. 그렇게 하는 자세가 사람의 도리고 가치 있는 삶이라 여겼기 때문이다. 어른이나 애나, 배운 사람이나 못 배운 사람이나, 지도자나 백성이나 똑같다면 그 사회는 죽어가는 사회에 불과할 뿐이다. 남의 잘못을 내가 책임을 지지는 못할망정 자신의 잘못을 남의 탓으로 돌리는 몰염치한 짓은 삼가고 사는 사회가 되었으면 하는 마음 간절하다.

요즘 그렇게 살면 바보라고 한다고 한다. 그러나 하루를 살아도 올곧게 사는 것이 참 인간이라 생각한다. 남의 탓만 하며 산 사람들의 결과가 좋을 수 있을까? 자기 마음을 속이며 사는 사람들이 진정 행복할 수는 없을 것이나. 삶이 얼마나 힘들었으면 자기 자신까지 속이며 살고 있는가를 생각하면 불쌍하다는 생각을 지울 수 없다.

글을 쓰고 있는 내 자신도 많이 반성하고 회개하며 이 글을 쓰고 있다. "네 탓이요"가 아니라 "내 탓이요"라고 말하며 사는 세상은 영원히 오지 않을까? "서로 내 탓이요."라고 하며 사는 아름다운 세상을 상상해 본다.

# 삭발

성인이 되고 나서 두 번의 삭발을 했다. 한번은 나라의 부름을 받고 군에 입대할 때다. 또 한 번은 어머님이 요양병원을 나와 집에 들렀다 가신 날이다. 처음 삭발은 나라를 지키는 의무를 수행하기 위해 타의에 의해 행해진 것이고, 두 번째는 불효자의 반성과 자책 때문에 자진해서 했던 삭발이다.

군대에 가기 위해 삭발한 것은 내 뜻과는 다르다. 의무적으로 삭발을 해야 했기 때문이다. 이발소에서 긴 머리카락이 싹둑 잘려 바닥에 떨어질 때 느꼈던 오싹함을 지금도 잊을 수가 없다. 내 몸을 내 뜻대로 할 수 없다는 부자유와 군에 입대하여 어떤 일이 일어날지 모르는 불안감 그리고 미지의 사람들을 만나 함께 지내야 한다는 두려움이 가슴을 짓누르고 있었기 때문이다.

두 번째는 내가 스스로 머리를 자른 경우다. 자식이 부모를 모셔야 한다는 윤리의식이 마음 깊은 곳에 남아 있는지라 부모를 요양병원에 모신다는 것이 자식의 도리로 용납되지 않았기 때문이다. 자식에게 어머님이란 어떤 존재인가? 하늘과 같은 존재 가 아닌가? 생명의 은인이 아닌가? 하나둘도 아니고 칠남매를 키우시며 이미님은 평생 얼마나 많은 자기희생을 하셨던가? 하나밖에 없는 목숨까지도 기꺼이 내놓으실

수 있는 어머님 아니셨던가? 그런 어머님이 두 분도 아니고 오직 한 분인데 모시기 어렵다는 이유로 현대판 고려장이라고 일컫는 요양병원에 모시는 것이 나의 도덕관과 윤리관을 사정없이 부수고 있었기 때문이다. 오늘 이후로 효도 이야기를 입 밖으로 낼 수도 없을 뿐만 아니라 들을 자격도 없게 되었다고 느꼈다. 무슨 면목으로 효도를 이야기하며 어디서 자식의 도리를 마음 편하게 이야기할 수 있을까? 아무튼 입이 열 개라도 할 말이 없다.

집에 모시지 못한 큰 이유가 대소변을 가리지 못한다는 것이다. 그것만이 전부는 아니었다. 3년 병수발에 효자 없다고 혹시 모시면서 어머님에 대한 미움이 생길까 두려웠던 것도 모시지 못한 이유였다. 어머님 혼자 고생하시면 자식들이 생업에 지장이 없을 것 같다는 뜻이 또 하나의 이유라면 이유였다. 어찌했던 모두가 자식들의 변명이며 핑계가 아닐 수 없다. 내가 어머님을 대하는 것을 지켜보는 내 자식들은 어떤 생각을 할까? 똑같은 아니 더 가혹한 벌을 받지 말라는 법이 없다. 그래도 싸다고 생각한다.

내가 오늘날까지 살아온 존재의 이유를 곰곰이 생각해 보니 첫째는 내 부귀영화를 위함이요. 둘째는 좀 거창하게 들릴지 모르지만 날 낳아주시고 키워주신 부모님께 효도하고, 내가 살고 있는 조국에 충성하라는 선인들의 가르침을 지키고자 함이 아니었나 싶다. 아무도 알아주는 이 없어도 나름 이 두 가지를 지키며 살아왔다고 믿고 싶었다. 물론 이 평가는 내 자신이 내게 내리는 후한 평가일 것이다. 의무교육 충실히 받았고, 34개월 이상 국방의무 수행하였고, 38년간 직장에서 성실히 근무하고 정년퇴직했으니 근로의무 완수했으며, 수입 있는 곳에 세금 꼬박꼬박 내고 있으니 납세의무 완수하고 있다. 국민의 4대 의무를 지금까지 잘 지키며 살고 있다. 목숨을 바친 충성은 아니지만 일반인 수준의 충성은 하고 살았다고 생각한다.

효는 내가 평가하는 것은 아니다. 아들 된 도리를 하는 것을 보고 부모님이 평가하는 것이다. "당신 자식들이 효자요?"하고 물으면 "아니요"하고 대답하는 부모가 몇이나 될까? 효란 사전적 의미로는 "어버이를 잘 섬기는 일"이라고 쓰여 있다. 어버이를 어떻게 섬기는 것이 잘 섬기는 것일까? 부모님들이 행복하게 사실 수 있도록 해드리는 것이 잘 섬기는 것이 아닐까?

유가의 효경에는 입신양명(立身揚名)을 제일의 효로 쳤다. 출세하여 이름을 세상에 떨치는 것을 말한다. 후세에 이름을 떨쳐 부모를 영광되게 해드리는 것이라고도 한다. 부모님의 낯을 세워주는 자식이 효자라는 말이다.

나는 7남매의 장남이다. 직장에 다닐 때까지는 가족과 떨어져 살아서 부모님을 모시지 않고 살았다. 아버님이 돌아가시고 어머님 혼자 남게 된 뒤부터 어머님 모시는 것이 집안의 큰일이 되었다. 건강하실 때는 문제 될 것이 없었는데 거동을 못 하시게 되자 누군가가 어머님 곁에서 돌봐야 했다. 누가 돌봐야 하느냐? 타협 끝에 요양병원에 모시기로 했다. 어머님도 내색은 안 하시지만 사정을 이해하시고 어쩔 수 없이 받아들이신 느낌이었다. 그리고 지금껏 별일 없이 지내고 계신다.

어제 일이다. 96세의 생신을 맞아 거동도 못 하시는 어머님을 동생들이 집으로 모시고 왔다. 얼마나 고향집이 그리웠겠는가? 눈만 감으면 시체같이 마르시고 이제 머리도 가누지 못하는 어린애 같은 어머님의 모습을 보는 순간, 얼굴은 웃고 있었지만 마음속으로 한없이 눈물이 흘러내렸다. 점심 식사를 끝내고 동생들이 어머님을 다시 모시고 가겠다고 했다. 그 순간 자식으로서 어머님을 모시지 못하는 죄책감과 무능함으로 마음이 뒤집히기 시작했다. 며칠이라도 집에서 모시고 싶었다. 어머님은 우리를 대소변까지 향기롭다시며 키우셨을 텐데, 7남매 중에 어느 자식 하나 어머님 모시겠다며 나서는 자식이 없으니, 죄송함을 지나 세상이 뒤집히는 느낌이 들었다.

동생의 등에 엎혀 차에 오르실 때 말없이 나를 바라보시는 어머님의 눈동자가 "야 불효막심한 놈!" 하시는 것 같았다. 지금까지 내 삶을 근근이 지켜온 나의 자존심이 순간 날아가는 느낌이었다.

어머니! 어머니! 어머니! 죄송합니다.

내게 천벌을 내려 주세요. 앞으로 어머님이라 부르지도 못하겠습니다. 신성한 어머님을 이렇게 모시면서 또 무슨 염치로 어머님이라 부르겠습니까?

어머님이 떠난 후 바로 실성한 사람처럼 밖으로 뛰어나갔다. 하늘을 향해 이 불효자에게 벌을 달라고 소리쳤다. 무작정 뛰었다. 한 십 리 정도를 뛰다 보니 이발소가 앞에 있었다. 사죄하는 마음으로 삭발을 하고 싶었다. 이렇게라도 해야 살 것 같았다. 이발소로 들어갔다. 그리고 군대 제대 이후에 내 얼굴과 내 이미지를 지켜왔던 머리카락을 미련 없이 이발사에게 맡겼다. 삭발을 해달라고 하니 이발사가 말린다. 깎기는 쉬운데 기르는데 시간이 걸린다며 그래도 괜찮으냐는 것이다. 나는 고개를 끄덕였다. 말이 떨어지기가 무섭게 싹둑 하는 소리와 함께 머리에서 백발이 떨어지고 있었다. 참았던 눈물이 나도 모르게 흘러내렸다.

오늘 이 순간부터 나는 없다. 내 양심은 이제 죽은 것이다. 내 마지막 남은 자존심이 나를 떠난 것이다. 어제의 나는 이제 없는 것이다. 이 글을 쓰는 순간도 하늘이 부끄럽고, 제자들이 부끄럽고, 가족친지들이 부끄럽다. 하늘이 두렵고, 땅이 무섭다. 감히 어머님께 용서도 빌지 못하 겠다. 그래도 어머니 많이 사랑했습니다. 가시는 날까지 편하게 지내 시다 가시길 기도합니다. 다시 태어나시거든 저 같은 자식 두지 마시고 효자 자식 두어 행복하게 사세요. 어머니 사랑합니다.

# 껄떡거리지 말거라

입으로 먹이를 먹고 사는 생물은 모두가 식탐이라는 욕심을 가지고 있다. 욕심이라기보다 본능이다. 죽는 순간까지 먹어야 살기 때문이다. 배가 불러도 먹고 또 먹는다. 먹다 남으면 보관까지 한다. 배가 고플 때를 대비하는 것이다.

사람은 어떤가? 다른 동물에 비하여 더하면 더했지 결코 뒤지지 않을 것이다. 살기 위해 태어났기에 살기 위해 쉬지 않고 먹어야 한다. 먹지 않고는 살 수 없기 때문이다. 먹지 않고 살 수 있게 조물주가 인간을 창조했다면 이런 일은 발생하지 않았을 것이다. 하루에 한 끼만 먹고 살게 했었어도 세상은 지금과는 달라졌을 것이다. 하루 두 끼도 아니고 세끼를 먹고 살게 만들었다. 세끼를 먹고 살기 위해 한 끼만 먹고 사는 것에 비해 세배 일을 더 해야 한다. 이게 인간의 비극이다.

지구상에 먹고 사는데 필요한 음식들이 충분하다면 문제는 없다. 그러나 먹이가 부족하다. 당장에는 풍족했다가도 조금 지나면 부족 현상이 발생하기도 한다. 이를 안다. 그러기에 내일의 부족을 대비해야 한다. 내 자신의 먹거리만을 준비하는 것으로 끝나지 않는다. 내 후손을 위해 비축하려 한다. 대대손손 부귀영화를 누리기 위하여 욕심을 부리고 있다. 과욕이다. 이러니 한 푼 벌면 두 푼 벌려고 하고 두 푼 벌면 세

푼 벌려고 한다. 늘 부족하다. 먹거리가 부족한 것이 아니라 마음이 부족한 것이다. 가난이 일을 시킨다. 불철주야 일해야 한다.

먹고살 만한데도 남의 것을 탐한다. 더 많은 것을 구하려고 도둑질을 하거나 횡령을 하거나 사기를 친다. 서로 더 갖겠다고 싸움을 한다. 나라끼리 더 갖겠다고 싸움을 하면 전쟁이다. 살기 위해 더 많은 것을 원하면 결국 파멸이 온다는 것을 안다. 알면서도 또 그런 행위를 자행하고 있다. 역사가 우리에게 그렇게 살면 안 된다고 말하고 있는데도 말이다.

남의 것을 몰래 가져오면 도둑질이고, 공직자가 공금을 슬쩍하면 횡령이 된다. 열심히 일해서 먹고살면 탈이 없다. 자기가 번 만큼 쓰고 살면 문제가 없다. 남의 것을 탐내는 데 문제가 발생한다. 속된 말로 껄떡거리다 문제가 생기는 것이다. 조금 덜 먹는다고 죽지 않는다.

세상에 일 열심히 하는 사람 중에 굶어 죽은 사람이 몇이나 될까? 아마 없을 것으로 생각한다. 일을 안 하고 남의 것을 탐내는 것은 도둑들이나 할 일이다. 물론 일할 능력이 없어 살기 어려운 분들은 사회나 국가가 먹고 살게 도와줘야 한다.

낚시를 좋아하지 않지만 언제가 친구를 따라간 적이 있다. 나는 친구가 빌려준 낚싯대를 가지고 시간을 낚고 있었다. 낚시광인 친구는 미끼로 가짜 미끼를 쓰고 있었다. 어떤 고기가 가짜 미끼를 물까 생각했는데 그 가짜 미끼를 먹으려다 잡힌 고기가 있었다. 고기가 진짜와 가짜를 구분할 수 있다면 그런 일이 발생하지 않았을 것이다. 그러나 고기에게 그런 능력이 없기에 비극이 발생한 것이다. 평소에 먹고 살던 대로 먹었더라면 잡히지 않았을 것이다. 더 좋은 깃 디 많이 먹으려다기 잡힌 것이다. 껄떡거리다 목숨을 잃게 된 것이다.

사람도 다르지 않다. 껄떡거리다 제 명에 못산다. 좀 더 많이 벌고, 좀 더 맛있는 것 먹으려다가 낚시에 걸린다. 고기가 껄떡거리다 목숨을 잃듯이 사람 또한 껄떡거리다 패가망신을 당하거나 망하게 되는 것이다.

뭐든지 분수를 지키며 사는 삶이 아름답다. 혼자 잘사는 세상은 오래가지 못한다. 더불어 잘사는 사회가 되어야 한다. 모두가 잘사는 사회 바로 모든 사람의 바라는 이상향이다. 벤담은 최대 다수의 최대 행복을 주창하였다. 존 스튜어트 밀(John Stuart Mill 1806~1873, James Mill의 장남)은 양보다는 질적 쾌락주의를 중요시하였다. 밀은 벤담주의를 신봉하는 공리주자였다. "만족한 돼지보다는 불만족한 사람이 낫고, 만족한 바보보다는 불만족한 소크라테스가 낫다."라고 한 것이다. 물질적 중요성보다 정신적 중요성을 주장한 것이리라.

살기 위해 일하다 죽는 어처구니없는 일을 당하기 전에 좀 더 현명해질 필요가 있다. 너무 나대거나 서둘거나 껄떡거리지 않는 행동을 할 필요가 어느 때보다 절실하다.


껄떡거리지 말거라
이렇게 말하면
살기 위해서 껄떡댄다고 하겠지
살면 얼마나 산다고 그렇게 껄떡대느냐고 물으면
천만년 살고 싶다 하겠지

껄떡거리지 말거라 체할라
이렇게 말하면
고파서 그런다고 하겠지

살라고 껄떡거리다가 제명에 죽지 못하느니
너무 껄떡거리지 말거라

늙은이 말이라고 허투루 듣지 말거라
공짜로 늙은 몸이 아니다
허투루 듣지 말거라
살 속에 뼈가 감춰져 있듯
어른 말에도 뼈가 있나니

허투루 듣지 말거라
지금은 잘 모르겠지만
네가 내 나이 되어보면
왜 이런 말을 하는지 알게 되는 날이 올지니

# 고뇌하는 인간은 잠들지 않는다

고뇌는 인간에게 주어진 반갑지 않은 특권이다. 고뇌(苦惱)의 사전적 의미는 괴로워하고 번뇌(煩惱)하는 것을 의미한다. 번뇌는 몸과 마음을 괴롭히는 노여움이나 욕망 따위의 망념(妄念)을 뜻한다. 알고 보니 고뇌는 우리에게 꼭 유익한 것은 아니다. 피할 수 있으면 피하는 것이 상책이다. 그러나 사유하는 능력을 갖춘 인간은 피하기도 쉽지 않다. 피할 수 없는 것이라면 즐거운 마음으로 받아들이고 사는 것이 몸과 마음에 좋지 않을까?

잘되는 일 가지고 고뇌하는 사람은 없을 것이다. 어딘지 모르게 소망하는 일이 잘되지 않기 때문에 고뇌하는 것이리라. 하는 일이 잘 풀리지 않거나 불확실한 미래로 인하여 불안한 마음을 가진다거나 함께하는 사람들로 인하여 불편함을 겪는 것이 곧 고뇌일 것이다. 마음을 잘 다스리는 내공이 쌓인 자에게는 큰 문제가 되지 않을지 모르나 보통 사람들은 고뇌로부터 자유롭기란 쉽지 않다.

고뇌가 늘 해로운 것만은 아니다. 고뇌를 통해서 자신의 행위를 반성하는 계기가 될 수도 있기 때문이다. 사람은 이런 과정을 통하여 내적 갈등을 해결하고 성장하는 계기를 마련할 수 있게 된다. 아름다운 무지개를 보기 위해서는 구름이나 소나기가 내려야 하는 것처럼, 악이 선을 인식시키게 하기 위해 존재하는 것처럼 고뇌는 우리에게 삶의 심오한 의미를 맛보게 한다.

칸트는 "고뇌란 활동하는 데 박차를 가하게 한다. 그리고 그 활동 속에서만 우리들은 자신의 생명을 느낀다."라고 했다. 고골리는 "고뇌를 경험한 뒤 나는 비로소 인간의 마음이란 서로 아주 가까운 혈연관계에 있다는 것을 알았다. 자기가 고통과 괴로움을 겪고 나면 모든 사람들의 괴로움을 알게 되며 그 사람에게 무슨 말을 해줘야 할지 확실히 알게 된다."라고 했다. 생각이 없는 사람에게는 고뇌란 무의미한 것이다. 칸트의 말처럼 고뇌로부터 살아있음을 확인하고 삶에 대한 애착을 갖게 되는 계기가 되기 때문이다. 의식이 없는 삶 속에는 고뇌가 담길 공간이 없는 것이다. 허무한 삶이 고뇌로부터 깨어나기도 하는 것이다. 따라서 무위도식으로부터 깨어나는 방법이 바로 고뇌인 것이다.

인간이 성장하기 위해서 고뇌가 필요하다고 해도 피할 수 있다면 피하며 사는 것이 좋은 삶일 것이다. 고뇌는 잘살기 위한 방편으로 잠시 겪는 수단이지 영원히 함께해야 할 필수품은 아니다. 사노라면 누구나 어쩔 수 없이 겪어야 해서 겪는 것이다. 고뇌는 하되 고뇌의 노예가 돼서는 안 된다. 고뇌는 성장하고 성숙해지는 데 필요한 수단으로 족하다. 살아가는데 피치 못할 고뇌라면 아파하는 것보다 즐기는 편이 낫지 않을까?

고뇌가 인류를 구원한다거나 나라를 구하기 위한 일념으로 노심초사하는 것이라면 그래도 봐줄 만하다. 그러나 지나친 욕심으로 이룰 수 없는 일에 집착하여 근심 걱정을 밥 먹듯이 하는 인간이 있다. 자신의 영달을 이루지 못해 고뇌의 노예가 된 자들이다. 이런 사람들에게는 고뇌는 고뇌일 뿐 삶에 조금도 도움이 되지 못한다. 바람직하지 못한 허욕으로 고뇌하는 것은 고상한 인간을 너무도 고상하게 만들어 버린다. 동물들도 부끄러워서 하지 못 할 일을 인간답게 한다.

생각보다 많은 사람들이 오지도 않은 미래를 고민하고 괴로워하고 있다. 배웠다고 하는 사람은 좀 나을까? 답은 아니다. 배웠다는 사람들이 오히려 나름의 불완전한 지식과 생각으로 세상을 비관하거나 오판하여 고뇌 속에서 사는 사람들이 의외로 많이 있다. 틀린 사고로 틀린 인생을 살며 고뇌하는 자들이다. 그 결과는 비극적인 삶이 기다릴 뿐이다. 살아보면 세상은 그렇게 비관적인 곳도 아니요, 살기가 그렇게 험한 곳도 아니다. 비관적인 가치관은 치료하기 어려운 중병이다. 그런데도 자기 세계에 빠져 고뇌하는 삶을 사는 사람들 있다는 것은 비극이 아닐 수 없다.

삶을 비극의 원천으로 보는 사람들이 있다. 삶 자체가 문제투성이이고, 삶이 바로 고뇌라는 인식을 하는 자들이다. 물론 누구나 이런 사고를 하지 않는다고 단언할 수는 없다. 다만 그 정도가 문제다. 삶에 지장을 줄 정도라면 문제가 되는 것이다. 자기 자신의 고뇌로 끝나면 다행이다. 인간은 혼자 사는 것이 아니다. 가깝게는 가족과 함께 살고, 멀게는 친구나 이웃과 더불어 살고 있다. 서로에게 영향을 주고받으며 살고 있다. 한 사람의 불행이 그 한 사람으로 끝나는 것이 아니라 이웃에게도 영향을 주고 있는 것이다. 자식이 불행하면 부모도 괴로워하고 부모가 괴로워하면 가정이 불행해지는 것이다. 자신의 괴로움이 가정은 물론 이웃을 불행하게 하고, 사회를 불안하게 하는 것이다.

언젠가 영국의 한 과학자가 지구와 횡성이 충돌할 것이라는 예언을 한 적이 있다. 많은 사람들이 종말이 온다고 생각하여 최후의 날을 맞을 준비를 한 것이다. 어떤 사람은 방황하였고, 어떤 사람은 전 재산을 처분하여 즐겼고, 어떤 이는 광란의 질주를 하였고, 어떤 이는 그간 경험하지 못했던 거창한 이별의 파티를 했던 것이다. 예견한 시간이 다가왔다. 그러나 혜성과 지구는 충돌하지 않았고, 지구는 무사했다. 예언했던 사람은 뒤늦게 계산에 착오가 있었다고 발표했다. 한 사람의 잘못으로 얼마나 많은 사람이 걱정했으며 경제적 손실을 보며 허망했을까?

지금 생존하고 있는 모든 것은 죽어야 할 운명에 처해있다. 사람이라고 예외가 아니다. 다 알고 있다. 어떻게 살다 가는 것이 잘사는 것일까? 누구나 한 번쯤은 생각하는 화제다. 생각은 해도 그 생각으로 고뇌까지 할 필요는 없다. 받아들이고 살다가 갈 때가 되면 가면 되는 것이다. 아직 일어나지도 않은 일에 인생을 걸 필요는 없지 않은가? 생각은 자유다. 그러나 말이나 행동은 제약이 따른다. 자신의 생각을 아무렇지도 않게 얘기하는 것은 때로 남에게 고뇌를 주기도 한다. 그 사람이 유명인이라면 더 할 것이다.

모르는 것은 불안하다. 미래는 한 치 앞도 알 수 없다. 그래서 미래는 불안한 것이다. 우리가 해결할 수 없는 불안이라면 불안을 안고 고뇌하며 살 것이 아니라 고뇌를 운명처럼 받아들이며 사는 것이 현명한 방법이 아닐까? 나 역시도 한 치 앞을 내다볼 수 없는 무능한 인간이다. 그렇기에 전지전능하신 조물주를 믿으면서도 시도 때도 없이 원망을 퍼부으며 살고 있다. 내 삶의 고뇌를 이렇게 털어가며 살고 있는 것이다. 알고 보면 다 부질없는 일이다. 원망한다고 해결되지 않는다는 것도 알고 있다. 그래도 순간순간 밀려오는 삶의 고뇌 속에서 마음을 달래기 위한 방법이라 여기고 그렇게 하고 있다. 일이 잘 풀리지 않을 때 원망할 건더기를 찾는 셋이나. 책임회피다. 희생양을 찾는 것이다. 그 희생양이 자기를 있게 한 조물주 아니면 조상님이다.

오늘도 유튜브나, 사회관계망(SNS), 찌라시 등에 사람을 유혹하거나 미혹하려는 의도로 부정확한 정보나 지식들이 많이 떠다니고 있다. 우매한 인간을 미혹하는 말들이다. 서로 속이고 속고 살아간다. 이런 세상에서 우리는 살고 있다. 삶 자체가 고뇌다. 그러나 살아 있기에 고뇌도 있는 것이다. 고뇌는 인생을 설치게 한다. 이래저래 고뇌하는 인간은 잠들지 못한다.

# 다시 고향으로 돌아가자

루소는 자연으로 돌아가자고 외쳤다지요. 이 말은 심오한 의미를 내포하고 있는 말이지만 그 골자는 인간의 의지를 배제한 원초적인 자연 상태로 되돌아가기를 바라는 철학적인 대사라 생각한다. 인간이 자연상태를 파괴한 주범이라는 가정하에 인간에게 내린 명령이 아닐까 싶다. 아무튼 자연은 언젠가 우리 모두 돌아가야 할 본향임은 틀림없다.

떠나온 고향은 언제나 그리운 곳이다.

정지용 시인은 일찍이 향수라는 시를 발표하여 고향에 대한 그리움을 표현했다. 이 시를 읽을 때마다 고향이 더욱 그리워지는 것은, 내 몸에 남아 있는 씻을 수 없는 향수 때문일 것이다. 고향을 떠나 반세기를 살다 다시 돌아온 고향, 꿈에도 잊지 못했던 고향, 삶이 무거워 지쳐있을 때 나를 지켜주던 고향, 남의 눈엔 보잘것없이 보일지 몰라도 내겐 세상에서 가장 아름답고 그리운 곳이다.

산토끼가 스스럼없이 거닐고
깨자대는 실개천이 마을 어귀를 맴돌아가고
혼자 남아 집을 보던 송아지가 울며 일 나간 엄마 기다리던 곳

그런 고향을 누군들 잊을 수 있으랴

가을걷이가 끝난 논밭에 지나가던 가을바람이 춤을 추고
삶에 지친 부모님이 잠들어 몸을 뒤척이시던 곳
그런 고향을 누군들 잊을 수 있으랴

버릇없이 막되게 자란 내 고향 내음 그리워
아무렇게나 살아온 어린 시절 찾으려 기웃거리다 지친 곳
그런 고향을 누군들 잊을 수 있으랴

추억 속에 간직했던 밤하늘의 별들처럼 헤아릴 수 없는 사연
가난 속에서도 마냥 행복했던 비린내 나는 나의 형제와
법이 없이도 서로 믿고 의지하며 이웃이 웃고 함께 지내던 곳
그런 고향을 누군들 잊을 수 있으랴

산비둘기 겁 없이 드나들던 한적한 마을
기구한 삶 속에서도 좌절하지 않고 꿈을 꾸던 초라한 집
멍석 깐 마당에 모여앉아 모기 침 맞으며 키득대던 곳
그런 고향을 누군들 잊을 수 있으랴


윗글은 정지용의 「향수」를 흉내 내어 써본 내 고향의 향수다. 젊어서
부터 향수라는 시에 반해 지냈기에 이런 고향을 꿈꾸며 살아 온 것만은
확실하다. 책상머리에 앉아 아무리 머리를 짜내고 몸부림을 쳐도 이 같
은 시가 나올 리 없지만 지금도 그 꿈은 버리지 못하고 있다. 언감생심
이지만 평생 그런 시 한 편 쓰고 죽으면 소원이 없겠다.

특별히 자랑할 것은 없으나 내겐 어느 고향 못지않게 아름답고 살기
좋은 곳이 내 고향이다. 정들면 고향이라고 하지만 정으로만 고향이 만

들어질 수는 없다. 말로는 표현하기 어려운 그 무엇이 있다. 고향의 기(氣)일 수도 있고, 익숙함일 수도, 편안함일 수도, 정신적인 여유일 수도 아니면, 가족의 우애일 수도 있다. 잊지 못할 추억들이 동네 골목길에서부터 냇가의 돌멩이, 앞산의 나무와 산 그림자, 그 위에 뜨고 지는 달과 별 그리고 밤에 우는 소쩍새의 구슬픈 울음소리까지 모두가 내겐 어디서도 느낄 수 없는 감흥과 애련한 마음이 어려 있다. 이런 것을 정으로 다 설명할 수는 없다. 이런 이유가 없다고 해도 나는 내 고향이 좋다.

나만이 맡을 수 있는 고향의 냄새가 몸에 녹아 있기 때문일까? 나는 이유 없이 그냥 팔푼이처럼 고향을 좋아한다. 고향에 뼈를 묻고 싶고 다시 태어나도 내 고향에서 태어나고 싶다.

자라면서 오지에 있는 고향을 많이 원망도 해보고 불평도 했지만 지금 와서 보니 미안할 뿐이다. 파도가 일렁이는 푸른 바다가 없어도, 사시사철 아름다운 절경은 없어도 내 고향은 아름다운 마음과 인정이 넘치는 곳이다. 슬플 때 같이 슬퍼하고, 기쁠 때 같이 기뻐해 주는 이웃이 있어 살맛 나는 곳이다. 문을 열어놓고 살아도 도둑이 들었다는 이야기를 들어 본 적이 없는 곳이다. 주어진 자연에 순응하며 더도 덜도 바라지 않고 자기 분수에 맞게 소리 없이 살아가는 평화로운 곳이다. 이런 고향을 어디에서 찾을 수 있을까? 마음이 평화롭고 여유로우니 이만하면 더 바랄 것이 없다.

내 고향은 내 눈에 안경인가 보다. 글을 쓰고 있는 지금 내 골방에 아름다운 햇살이 창문으로 내려와 친구가 되어주고, 지나가던 산새들이 조잘대며 아침 인사를 건넨다. 봄바람 소리가 문풍지를 스치고 가며 봄을 알려주고 먼 산에 보이는 물오른 초목들이 봄 구경 나오고 손짓을 하는 곳이다. 이런 고향을 어떻게 떠나 살 수 있을까? 고향에서 살다가 고향 땅에 묻히고 싶을 뿐이다. 이런 산골로 시집와 늙은 말년에 삼식이 밥해 주느라 끙끙대는 집사람의 뼈있는 농담이 봄바람을 타고 전해 온다. "가진 것은 없어도 마음이 부자라 행복하다"라고 하는 각시의 속 마음이 진짜인지 늘 궁금하다. 아이 러브 유.

# 가을날의 소망

가을엔 더 바랄 게 없습니다.
있다면
하늘에 구름 한 조각
고추잠자리 머물다간 단풍잎 하나면 족합니다.

이왕이면
구름은 내 애인을 닮고
단풍잎은 사랑에 멍든 가슴이었으면 좋겠습니다.

잠자리는 닭 벼슬처럼 빨간
고추잠자리라면 더 바랄 게 없겠습니다.


내 생일은 가을에 있다. 음력으로는 구월 초하루이고, 양력으로는 개천절이다. 그래서 그런지 가을을 많이 탄다. 가을을 탄다는 말은 가을에 유난히 마음의 동요나 변화를 느낀다는 말이다. 낙엽이 지면 마음이 가을 맞으러 나도 몰래 가출을 한다. 방황의 시작이다. 무작정 떠난다. 이유 없이 마음이 허전하다. 누군가 옆에 있어 주었으면 하는 마음이 든다. 함께 멀리 여행할 수 있는 사람이면 더 좋겠다. 그 사람이 사랑하는 사람이라면 더욱 좋겠다. 사랑하는 여인과 수다를 떨고 밤새워 춤을 추고 싶다.

　조금은 루틴한 생활을 돌아 샛길로 걸어보고 싶다. 지루한 생활을 벗어나고 싶다. 연어가 되고 싶다. 미지의 세계로 떠나는 어린 연어가 되고 싶다. 닥쳐올 불안이나 위험은 안중에도 없다. 거추장스런 옷을 벗어던지고 알몸이 되고 싶다. 그냥 현실에서 벗어나고 싶을 뿐이다. 지금도 나는 가을이면 작은 이탈을 하고 싶어진다. 남들의 눈에 띄지 않을 정도로 말이다.

　가을에는 산을 탄다. 깊어가는 가을에 산에 오르면 마음이 풍요롭다. 산 곳곳에 열매 익는 소리가 귀에 박힌다. 탐스런 열매가 이웃집 영이처럼 암팡지다. 산 정상에서 발아래 펼쳐지는 황금빛 벌판을 바라볼 수 있는 것은 등산의 백미다. 오다가다 만난 등산객들과 나누는 대화는 덤으로 얻는 가을의 맛이다. 사랑하기에 딱 좋은 계절 가을 산에서 산사람을 만나고 싶다. 산을 나보다 더 사랑하는 그런 산사람을 만나고 싶다.

　언젠가 산을 타다 산에서 만나 결혼을 했다는 커플을 만났다. 봄에 산에 올랐다가 만나 가을에 결혼했다고 했다. 봄날 산에 오르다 물이 떨어져 목이 타고 있었는데 길옆에서 쉬고 있던 산 여인이 물을 마시고 있었다. 갈증을 참을 수 없어 그 여인에게 물 한 모금만 달라고 했다. 그 여인은 아무 소리 없이 병 채 주더란다. 그게 인연이 되어서 결혼까지 했단다.

　가을이 가기 전에 산에 오르고 싶다. 가을은 사랑이니까.

# 소박한 농부로 살고 싶다

1968년 봄이 한참일 때 청운의 꿈을 안고 가방 하나 달랑 메고 눈물 바람으로 정든 고향을 떠났다. 그리고 근 반백 년이 지나 2015년 복사꽃 피는 화창한 봄에 그 고향으로 돌아왔다. 연어처럼 남은 인생을 고향에서 마무리하려고 온 것이다. 고향을 떠난 지 반세기 만에 고향에 돌아오니 사실 두렵기도 하고, 기쁘기도 하고 설레기도 했다. 맞지 않은 옷을 입고 있는 것처럼 매우 어색하기도 했다. 먹고, 마시고, 입는 것뿐만 아니라, 말과 행동이 다 조심스러웠다. 때론 마을 분들이 어떻게 생각할까 하는 눈치도 보였다. 마치 외국에 온 이방인 느낌이었다.

어떻게 하면 동네 분들과 격의 없이 지낼 수 있을까? 두 가지 방법이 생각이 났다. 하나는 그분들을 따라서 사는 방법, 또 하나는 내 주관대로 사는 방법이었다.

첫 번째 방법은 동네 분들의 삶의 방식을 익혀 모방하며 사는 방법이다. 수동적인 방법이다. 고향 분들이 살아가는 방식에 적응하여 살면 되는 것이다. 일하면 일하고, 먹으면 먹고, 놀면 놀고, 자면 자는 그런 생활을 하는 것이다. 이런 방법은 내가 고향에 내려올 때 꿈꾸던 방식은 아니었다.

두 번째 방법은 상록수가 되는 것이다. 내겐 귀향의 꿈이 있었다. 전

근대적인 방식에서 현대적인 방식으로 삶의 패턴을 바꿔 이상향을 만들어 보고 싶었다. 의도는 좋으나 많은 노력과 주민들의 협조가 없이는 불가능한 방식이다. 그러기에 더욱 매력이 있었다. 결론부터 말하면 지금까지는 실패다. 원인은 첫째도 둘째도 나의 능력 부족이다. 이제 두 가지 모두 포기하고 속 편하게 살고 있다.

새로운 환경에 적응하는 것은 말처럼 그렇게 쉽지 않다는 것을 배웠다. 타향살이하면서 겪은 소외감을 귀향해서 풀고 고향에 도움을 주고자 귀향했는데, 오히려 도움을 받고 있다는 생각을 하면 마을 분들 뵙기가 송구스러울 뿐이다. 미안한 마음으로 살고 있는 중이다. 앞으로 남은 시간 고향에 조금이나마 보탬이 되는 사람이 되기 위해 나름 열심히 노력하고 있다.

이제는 내 개인의 삶에 충실하며 살려고 한다. 연로하신 어머님을 모시고 낮에는 일하고 밤에는 독서하는 주경야독의 삶이다. 이 또한 계획이지 현실은 아니다. 초등학교부터 어머님을 떠나 살았기에 어머님 남은 삶이라도 같이 하고 싶었다. 그러나 지금 첫 꿈부터 깨지고 말았다. 어머님 거동이 불편하시다는 이유로 요양병원에 입원시켜 놓은 상태다. 현대판 고려장이라고 하는 곳에 어머님을 보내놓고 살고 있다. 내가 눈 감는 날까지 이는 나의 지울 수 없는 상처가 아닐 수 없다. 나도 후손들에게 이런 대우를 받아도 할 더 말이 없다.

주경야독의 꿈도 흐지부지되고 있다. 이유는 구체적인 계획이 없었고, 하고자 하는 의지가 약해졌고, 게다가 나이가 들어가면서 육체적으로 농사일을 감당하기가 쉽지 않게 되었다. 무엇보다도 농사를 짓고 글을 읽는 일이 절박하지 않았다는 것이다. 지나고 나니 낙향할 때의 초심은 사라지고 현실에 안주하는 지극히 평범한 아니 지극히 이기적인 사람이 되어있다. 후회만 남아 마음이 아프다.

현직에서 이루지 못한 꿈을 말년에 한 번 이루어 보겠다고 굳은 마음
으로 낙향하여 8년의 세월을 보냈다. 그런데 눈에 띄는 결과가 하나도
없다. 제2의 인생도 그렇고 그렇게 흘러가고 있다. 그간 큰 사건사고 없
이 건강하게 지낸 것이 소득이라면 소득이다. 앞으로 누가 "어떻게 살
고 싶으냐?"고 묻는다면 나는 "소박한 농부로 살고 싶다."라고 말하고
싶다.

# 히스토리가 있는 삶을 살자

직장에 다닐 때는 주어진 일을 다람쥐 쳇바퀴 돌 듯하거나 아니면 긴급히 떨어지는 일을 하는 것이 대부분이었다. 창의적인 일을 하는 경우도 있지만, 대부분의 직장 일이라는 것은 루틴이 정해져 있다. 월요일부터 금요일까지 이렇게 반복적인 일을 하다 보면 인간의 자주성과 창의성은 사라지고 기계부품과 같다는 생각이 들 때가 있다. 지루해지고, 권태로워지고, 짜증 나는 경우가 발생하고, 급기야 일로부터 탈출하고 싶은 욕망이 강하게 된다. 그러다 우울증에 걸리기도 하고, 일탈행동을 보이기도 하는 것이다. 매사에 의욕이 없게 되고 무기력하게 된다. 살아있어도 살아있는 느낌마저 들지 않는다. 비교적 자유롭다는 직업을 가지고 살았던 사람도 이런 생각을 하였는데 그렇지 못한 사람들이야 오죽했을까?

우리 세대를 산 사람들이 대부분 그랬겠지만 먹기 위해 일했지 놀기위해 일한 것 같지는 않다. 성공해야 한다는 단 하나의 목표 외에는 다사치였다. 성공이 뭔지도 잘 모르고 성공의 노예가 되어 일생을 살아온것이다. 물론 당시에도 집에 외제차가 있고, 취미로 승마를 했다는 사람이 없는 것은 아니다. 그러나 대부분은 그렇게 살지 못했다. 겨우 입에풀칠하며 생존욕구를 채우는 수준으로 살았다. 내가 하고 싶은 일을 하며 살고 싶어도 환경이 그렇게 기회를 주지 않았다. 그런 환경을 박차고 나갈 용기도 힘도 의지도 없었다.

　나는 어릴 때 운동을 좋아했다. 초등학교 때에는 군(郡) 대표선수로 선발되어 축구대회에 나갈 정도였다. 축구를 좋아해서 시간만 나면 동네 애들과 어울려 축구를 하며 놀았다. 요즘처럼 축구공이 흔한 것도 아니요, 축구화란 국가대표선수들이나 신는 신발인 줄 알았다. 잔디구장이 있었느냐고? 이는 뉴스에서나 듣던 단어였다. 공을 차고 놀만 한 곳이라야 학교 운동장이 전부였다. 그나마 학교와 거리가 먼 동네에 사는 애들은 그것도 그림의 떡이었다. 운동장 대신 동네 골목길에서 육탄전을 펴는 게 축구였다. 축구공이라 해야 고무로 만든 말랑말랑한 공이 전부였다. 그것마저도 흔하지 않았다. 공에 가시만 박혀도 펑크가 나기 일수였다. 공이 없을 때는 지푸라기를 뭉쳐서 차거나 동네에서 돼지를 잡게 되면 돼지 오줌보를 얻어서 입으로 불어 공 대신 차고 놀았다.

　축구 덕분에 지금도 내 오른발 엄지발가락은 영광의 상처가 남아있다. 축구화가 뭔지도 모르고 공만 있으면 고무신을 신고 차거나 그것도 아니면 맨발로 차며 놀았다. 동네 골목, 냇가 모래밭, 앞마당이 넓은 친구 집이 축구장이었다. 축구를 하다가 넘어져 무릎을 다친 것이 한두 번이 아니다. 나이 든 사람의 무릎에 상처가 나 있다면 대부분 운동하다가 넘어져 생긴 영광스런 상처일 확률이 높다. 그게 당시의 상황을 잘 대변해 주고 있는 것이다. 요즘은 넘어져 상처가 나면 병원으로 달려가지만, 당시에는 병원에 갈 돈도 없거니와 시골에는 병원도 없었다. 따라서 다쳐서 피가 나면 멈출 때까지 기다리거나 아니면 상처 난 부위에 가는 모래를 뿌려 지혈을 하는 것이 응급처치였다. 조금 다쳤다고 노는 것을 포기하지 않았다. 피를 흘리면서도 뛰고 놀았다. 야생마처럼 어린 시절을 보낸 것이다.

그렇게 하고 싶었던 축구를 가족들의 만류로 하지 못했다. 이유도 가지가지였다. 운동한 사람은 커서 가난하게 산다거나, 공부하기 싫은 깡패들이나 운동한다거나, 운동하다 다쳐서 장애인이 된 사람들이 많다는 등의 이유를 들었다.

이성의 눈을 뜨는 사춘기 때는 영국의 왕위까지도 버리고 사랑을 택한 에드워드 8세 같은 사랑을 하고 싶었다. 그러나 그 당시에는 연애하다 들키면 정학이나 심하면 퇴학을 당했다. 머리에 피도 안 마른 놈이 연애는 무슨 연애냐며 그런 소문만 나도 집안 망신이었다.

나도 하숙집 근처에 사는 여고생과 요즘 말로 썸을 좀 탔었다. 불량학생이었던 셈이다. 둘이서 극장에 갈 때는 찻길을 가운데 두고 길 양쪽으로 헤어져 걸어가 극장 안에서 만나는 데이트를 해야 했다. 하지 말라면 더하고 싶은 어린 마음에 몰래 한 데이트가 지금도 생각하면 마음이 아리다.

나의 어릴 적 꿈은 성악가가 되고 싶기도 했고, 성직자가 되고 싶기도 했다. 이런 나의 모든 꿈은 수포로 돌아갔다. 남들이 가는 길을 따라 살았던 것이다. 내 인생을 내 마음대로 살지 못한 모방한 삶이었다. 그게 보통 사람들의 삶이었으나 한편 아쉬움이 남는 것도 사실이다. 그렇다고 지금의 삶을 크게 후회한다는 의미는 아니다. 내가 하고 싶은 일을 하며 살았다면 지금 더 후회하고 있을지도 모를 일이다. 물론 그 반대일 수도 있지만 인간은 한 치 앞을 예측할 수 없다. 그렇기에 한번 주어진 인생 자기 의지대로 자기답게 자신감을 가지고 떳떳하게 살다 가는 것이 멋진 인생이 아닐까?

남들이 갓 쓰고 다닌다고 나도 갓 쓰고 다닐 필요는 없지 않은가? 목적 없이 휩쓸려 살지 말라는 이야기다. 후회할 일은 하지 말고 살라는 의미다. 확고한 의지와 희망을 품고 후회 없는 인생을 살아야 한다는 데는 반론의 여지가 없다. 이래도 한평생 저래도 한평생인데, 자기가 원하는 생의 목적을 향해 가는데, 조금 고생스럽고 돌아간다 해도 내 인생을 내 마음대로 살다 갔다는 자부심과 자존감을 가지고 산다면, 그보다 더 큰 자랑이 어디 있을까? 이런 생각을 하는 것은 나 자신이 그렇게 살지 못한 아쉬움에서 하는 이야기일 수도 있다. 지루하게 사는 인생보다는 굴곡 있는 삶 히스토리가 있는 인생도 살만한 가치가 있다고 생각한다. 다시 태어난다면 그런 인생을 살고 싶다. 젊은이들이여! 하고 싶은 일이 있으면 망설이지 말고 당장 하라. 젊음은 기다려주지 않는다.

# 부러운 친구

1980년대 후반 일이다. 그 당시만 해도 해외여행이 지금처럼 일반화되지 못했다. 대학으로 자리를 옮긴 지 얼마 되지 않았을 때였다. 직장이 바뀌고 새로운 일에 적응하느라 많이 긴장된 생활을 했다. 연구하고 가르치는 일이 생각보다 어려웠다. 새내기 교수로 존경받는 교수가 되어야겠다는 욕심에 하루도 긴장을 놓을 수 없었다. 이렇게 긴장된 생활을 하다 보니 나도 모르게 건강이 나빠진 것이다.

봄이 한창인 어느 날 대학 본부에서 연락이 왔다. 이번 여름방학에 학생들을 인솔하여 영국에 좀 다녀올 수 있겠느냐는 것이다. 내용을 알아본즉 여름방학을 이용하여 해외 어학연수 희망 학생을 모집했는데 15명쯤 된다는 것이다. 그래서 지도교수와 직원 1명이 인솔을 하는 것이란다. 예년에는 학생처장님들이 갔었는데 이번 처장님께서는 일이 있어 갈 수 없으니 나더러 대신 다녀오란다. 당시에는 학교에서 방학을 이용하여 어학연수생을 모집하고 지도교수가 인솔하여 연수를 시켰다.

일정을 살펴보니 2주간 영국에서 영어연수를 하는데 인솔자나 학생 모두 숙식은 민박으로 되어있었다. 수업 시간에만 연수원에서 만나는 것이었다. 연수 장소는 런던에서 기차로 한 시간 남짓 걸리는 코벤트리(Coventry)라는 오랜 역사를 가진 작은 도시였다. 처음에는 몸 상태가 안 좋아서 거절했다. 조금 지나 담당 직원으로부터 다시 전화가 왔다. 처장님의 간곡한 부탁이라며 얘기하기에 승낙하고 말았다. 나중에 알고 보니 처장님이 내가 학교에 오기 전 연구소에 있을 때 벨기에에서 연수한 경력이 있다는 것을 아시고 부탁했다는 것이다.

연수원에 가보니 우리 학생들만 있는 것이 아니라 영어를 배우러 여러 나라에서 학생들이 와 있었다. 첫날 오리엔테이션을 하고 바로 수업이 시작되었다. 평일에는 아침 9시부터 오후 5시까지 수업을 했고, 주말에는 휴식이었다. 수업을 마치고 나오니 학원에서 인솔자들을 모아 다과회를 마련해 주었다. 소개를 듣다 보니 각 나라마다 인솔자가 있었다. 참여한 나라는 한국, 일본, 대만, 그리고 케냐 등 4개국이었다. 인솔 선생들은 수업을 참관해도 되고, 다른 일을 봐도 무방하다고 했다. 우리 인솔자들은 학생들의 안전을 위해 각자 집으로 가기 전까지는 학생들과 함께 행동하기로 했다. 나는 일본과 대만에서 온 인솔자들과 가깝게 지내며 대화를 많이 나눴다.

우리 연수생들은 모두 대학생들이었는데, 일본이나 대만에서 온 연수생들은 대부분 나이가 든 일반인들이었다. 우리 학생들은 취업을 목적으로 연수를 왔는데 일본이나 대만은 세계여행을 하기 위해서 영어를 배우러 왔다는 것이다. 그 당시 일본은 우리보다 잘사는 나라로 소문이 나 있기에 그런다 해도, 대만 사람들도 세계여행을 위해서 영어를 배운다는 사실이 놀라웠다. 경제수준이 우리나라와 비슷한 나라로 생각했었는데 그네들이 세계여행을 위해 언어를 배운다니 내가 세상 돌아가는 데 얼마나 우물 안 개구리였나 하는 생각이 들었다.

연수를 마치고 1년이 지나 여름방학을 맞이했다. 영국 연수를 함께했던 담당 직원이 내게 이번 여름방학에 대만에 같이 놀러 가자고 했다.

연수에서 인연을 맺었던 대만의 인솔자가 헤어질 때 대만으로 꼭 놀러 오라고 했다며 같이 가자고 했다. 인솔자도 만나고, 그네들이 얼마나 잘 살고 있는가를 확인도 할 겸 가벼운 마음으로 대만으로 출발했다. 대만 타이베이 쑹산공항에 도착하여 연수원에서 보았던 인솔자와 연락하여 만났다. 기대했던 이상으로 우리를 반갑게 맞이해 주었다. 우릴 자기 집으로 데리고 가서 극진한 대접을 해주었다. 남편분이 손수 운전하여 타이베이 시내 구경도 시켜주었다. 백문이 불여일견이라고 대만에 직접 와보니 내가 생각했던 것보다 훨씬 잘살고 있음을 확인할 수 있었다.

고향에 내려와 자주 만나는 고등학교 친구들이 있다. 서울 생활만 하다가 고향에 내려오니 걱정했던 대로 가장 아쉬운 것은 마음을 털어놓고 이야기할 수 있는 친구가 없다는 것이었다. 그런 나를 위해 서울에 있는 친구가 고향에 사는 동창생을 소개해줬다. 그동안 소원했던 세월만큼 서먹해진 것은 사실이었지만 동창이라는 이유 하나만으로 금세 친해지게 되었다. 요즘은 세상에 둘도 없는 친구라고 생각하며 자주 만나 즐거운 시간을 보내고 있다.

며칠 전 일이다. 한 친구가 동남아에서 온 사람과 태국 말로 자연스럽게 대화를 나누고 있었다. 나는 깜짝 놀라 "아니 자네 어떻게 태국 말을 그렇게 잘하는가?" 하고 묻자 빙그레 웃을 뿐 말이 없었다. 그때 옆에 있던 다른 친구가 "저 친구 동남아 여행을 하기 위하여 태국 말을 배웠다."라고 했다. 나는 귀를 의심했다. 깜짝 놀라 다시 물었다. 뭐 여행하기 위해 태국 말을 배웠다고? 대단한 친구구먼! 배우고 있는 것도 놓을 나이가 아닌가?

사업을 위해 새로운 언어를 배운 것도 아니고 동남아 여행을 위해 태국 말을 배웠다고? 내가 이렇게까지 놀란 이유는 친구가 외국어를 배우는 자체에 대해 놀란 것이 아니라 이제 우리나라 어르신들도 해외여행을 위해 외국어를 배우고 있다는 사실에 대해 놀랐던 것이다. 40여 년 전에 영국에서 언어연수를 하며 느꼈던 충격이 떠올랐기 때문이다.

친구가 부럽고 자랑스럽다. 나이를 핑계로 방구석에 틀어박혀 인생을 축내고 있는 내게 친구는 많은 용기와 삶의 희망을 주었다. 세상에는 할 일이 쎄고 쎘다. 하지 않기 때문에 일이 없는 것이다. 나도 이제부터 죽음을 기다리며 하루하루 달력을 넘기고만 있을 게 아니라, 잊혀가는 영어단어라도 하나씩 기억하며 살련다. 하루하루를 따분하게 지내는 방황하는 영혼들에게 희망을 주는 이야기라 믿어 이렇게 글자로 남겨 본다.

# 고장 난 사회

늘 보던 TV가 갑자기 고장이 나니 금단현상이 나타나는 느낌이다. 집에서 딱히 할 일도 없는 어른들에게 TV는 심심풀이의 도구가 아니라 가장 친한 벗이자 연인이다. 공기나 물 같은 존재가 된 것이다. 이런 존재가 고장이 났다고 할 때, 밥은 한두 끼 굶어도 되지만 TV를 하루 이틀 보지 않고 살기란 쉽지 않은 사람들이 많이 있을 것이다.

애인이 없어도 살 수 있지만, 이것이 없으면 살 수 없다는 것이 있다. 바로 핸드폰이다. 요즘 젊은이들에게 핸드폰을 못 쓰게 하면 어떻게 될까? 상상할 수도 없는 일들이 벌어질 것 같다. 그만큼 핸드폰은 우리 생활의 일부가 아니라 분신이 된 것이다. 당연히 있을 것으로 알고 생활하고 있는데, 없을 때 겪는 고초는 이루 말할 수 없다. 평소에는 느끼지 못하고 살고 있지만, 이들이 없는 세상을 상상해 보라. 바로 죽음이다.

우리가 사는 사회도 마찬가지라 생각한다. 평화롭게 살고 있을 때는 사회에 대한 고마움이나 감사를 모르고 산다. 그런 사회가 제대로 작동하지 않을 때 느끼는 어려움이란 말로 표현하기 어렵다. 우리가 마음 편하게 발 뻗고 잘 수 있는 것도 사회가 안전하기 때문이고, 생업에 종사할 수 있는 것도 사회가 안전하다는 가정하에 가능한 것이기 때문이다.

반면에 사람들이 보고 있는 앞에서 돈이나 귀중품을 훔쳐 가는 소매치기나, 대낮에 공공장소에서 무차별 폭행을 저지르는 사람도 있다. 세계에서 제일 선진국이라는 나라도 대도시에서 밤거리를 홀로 활보하는 것은 위험하다. 사회 안전이 백 프로 작동하고 있지 않기 때문이다. 이런 사회가 바로 고장 난 사회다. 고장 난 사회에서 살아간다는 것은 고장 난 시계나 TV처럼 존재는 하되 제 기능을 하지 못하며 무용지물이 되어 살고 있다는 것이다.

고장 난 사회는 법과 질서가 무너진 사회이다. 원칙이 없는 사회다. 정의가 통하지 않는 사회다. 힘의 논리만이 우선시되는 사회다. 강자독식의 사회이다. 무법천지가 된 사회다. 법이 있어도 법이 제대로 작동되지 못하고, 도덕이 있어도 무용지물인 사회다. 어느 누가 이런 사회를 원하겠는가? 고장 난 사회를 바라는 사람이 아무도 없는데 누가 고장 난 사회를 만들고 있을까? 고장 난 사회를 만드는 사람은 바로 이런 사회에서 득을 보는 사람들이다. 법 위에 군림하길 바라는 사람이거나 법을 무시하는 사람들이다. 이런 사람들이 어느 나라나 사회에 존재하고 있다. 사회나 나라의 암적 존재들이다.

법 없이도 살 수 있는 사람들은 자기 일을 열심히 하는 사람들이다. 법보다 먼저 윤리나 도덕을 지키며 살아간다. 윤리, 도덕, 법도 인간이 만들었다. 법으로 인간 삶의 모든 행위를 규정할 수는 없다. 또 그렇게 해서도 안 된다. 법을 만드는 사람들은 사건만 터지면 무슨 법을 만들어야 한다고 한다. 법전의 두께는 시간에 비례하고 있는 느낌이다. 소 잃고 외양간 고치는 경우가 허다하다. 소도 없는데 왜 외양간을 고치냐고 물으면, 다음에라도 소를 잃고 싶지 않기 위해서란다. 말은 좋다. 문제는 사심이다. 자기의 이익을 구하기 위하여 어떤 규정이나 규칙을 정하게 되면 반드시 문제가 발생할 수밖에 없다. 법은 만인 앞에 공평해야 한다고 배웠다. 누구나 그런 줄 알고 살고 있다. 보통 사람은 유전무죄 무전유죄라는 말을 잘 모른다. 알 필요도 없다. 죄를 짓지 않기 때문이다. 어느 장관이 "검찰을 무서워하는 사람은 죄인뿐이다."라고 말했다. 이 말을 나는 믿고 싶다. 검찰이 공정하게 수사하고 기소한다고 믿는다. 보통 사람들은 그렇게 믿고 산다.

그렇지만 군인이 전쟁터에서 군수물자나 군량미를 빼돌린다거나, 수입업자가 생필품을 수입한다고 신고해놓고 마약을 몰래 반입한다거나, 공직자가 출장을 간다고 하고 골프를 친다거나, 사장이 주가조작을 하여 투자자들에게 막대한 손실을 입히는 경우 등 주변에 고장 난 사회를 만드는 주범들이 널려있다. 자기도 모르는 사이에 이런 일을 저지르는 사람도 있다. 서로 이렇게 하고 살면서 네 잘못이라고 한다. 누가 누구를 손가락질하겠는가?

고장 난 사회는 병든 사회가 되고, 병든 사회는 머지않아 죽음의 사회가 된다. 죽은 사회는 죽은 국가를 만든다. 사회 안전을 지키는 메커니즘이 다 망가진 후에 원인을 규명하고 책임 소재를 밝힌들 무슨 소용이 있을까? 혼자 사는 사회가 아니다. 개인의 인권이나 자유를 최대한 보장 하는 것은 민주국가로서 당연하다. 그러나 국가의 백년대계를 위하여 안전하고 살기 좋은 사회를 만들기 위해서는 고장 난 사회를 조장하는 모든 행위에 대해서는 그 대가를 충분히 치르게 해야 나라가 바로 서지 않을까?

분명히 예전에 비하면 모든 면에서 풍요롭다. 국민소득 수준이 자타가 공인하는 세계 상위수준이다. 그런데도 불평과 불만은 오히려 예전보다 더한 것 같다. 사회에 대한 불만으로 하루도 조용한 날이 없으니 하는 말이다. 요즘 세상 돌아가는 것을 보고 너무 답답하여 또 노인네 잔소리가 길어진 것 같다.

# 개혁이라는 이름으로

세월 따라 세상은 알 듯 모를 듯 바뀌어간다. 겨울이 가면 봄이 오고, 봄이 가면 여름이 오듯이 세상도 세월 따라 변하기 마련이다. 우리의 삶도 마찬가지다. 세월 따라 알게 모르게 변하고 있는 것은 사실이다. 요즘처럼 하루가 멀다고 변화되어가는 세상을 바라보며 마음 편하게 살 수 있다면 다행이다. 옆도 뒤도 돌아볼 수 없을 정도로 바쁜 삶 속에서 여유로울 수는 없다. 누구나 행복한 삶을 바란다. 정신없이 돌아가는 세상에서 행복한 삶을 살 수 있다면 다행이지만 그렇지 않다. 핑핑 돌아가는 세상에서 제정신으로 살기란 쉽지 않다. 머리가 도니 모든 것이 돈다. 그런 삶에서 온전한 생각을 하기 쉽지 않다. 온전한 생각을 갖지 않고 사는 삶이 온전할 수가 없다.

이런 세상을 바꿔보고자 하는 사람들이 있다. 개혁이라는 이름하에 세상을 변화시키려고 하는 자들이다. 변화의 목적은 좀 더 나은 삶을 추구하고자 하는 것이다. 그러나 어떤 변화든 모든 구성원을 다 만족시키는 것은 어렵다. 개혁이 창조하는 것보다 어렵다고 하는 것이 빈말이 아니다. 그렇다고 내버려 둘 수도 없다. 괴여있는 물은 썩는다고 하지 않던가? 사회도 마찬가지다. 너무 침체되어 있으면 썩기 마련이다. 최소한 썩지 않을 정도의 변화가 있어야 한다. 그 변화는 좋은 방향으로 변화를 의미한다. 아무리 좋은 변화라 해도 좋아하는 쪽과 싫어하는 쪽이 있기 마련이다. 해도 문제요 안 해도 문제다. 이게 딜레마다.

자연의 이치에 따라 변화를 맡겨 보자는 쪽이 있다. 평화롭고 자유롭게 잘살고 있는 사회를 바꿀 필요가 없다고 생각하는 쪽의 이야기다. 다른 한쪽은 지금 상황이 좋지 않으니 당장 바꾸자는 쪽이다. 자기 입장에서 보면 다 맞는 말이다. 이런 주장들이 극한으로 치닫게 되면 사회가 나아가 나라가 혼란에 빠지게 된다. 변화의 회오리바람이 일어나게 되는 것이다. 문제는 똑같은 상황을 놓고 다른 주장을 하는 데 있다. 사실을 누군가가 왜곡하고 있는 것은 분명한데 이를 확인할 능력이 우리에게 없다.

변화를 원하는 의도가 순수하면 그래도 봐줄 만하다. 개인의 이익이나 권력을 얻고자 변화를 바란다면 그것은 개혁이 아니라 변혁이다. 나라를 혼란 속에 몰아넣게 될 것이 명약관화하다. 개혁으로 나라가 몸살이 나는 것이다. 연습 삼아 해보고 문제가 있으면 다시 하면 좋은데, 나랏일이란 그렇게 단순하지 않다. 그렇게 하기엔 희생이 너무 크기에 연습 삼아 해볼 수 있는 것도 아니다.

세상은 개혁이라는 이름으로 끊임없이 변화되어왔다. 지금 이 시간에도 어디에선가 시도되고 있다. 명분은 국민을 더 잘 살게 하겠다는 것이다. 이 말이 사실이라면 두말할 필요도 없이 당장 시행해야 한다. 그러나 현실은 말과 같지 않다. 아무 탈 없이 잘살고 있는 국민들을 더 잘 살게 해주겠다고 속여 자기의 이익을 추구하는 자가 있다면 문제가된다. 속에 없는 말을 그럴듯하게 포장하여 우매한 국민들을 유혹하거나 선동하여 혼란으로 끌고 간다. 잘 타고 있는 모닥불을 더 잘 타게 하겠다고 들쑤시다가 아예 불을 끄고 마는 우를 범하는 것은 아닐지 걱정이 되는 것이다. 음지에서 독버섯이 잘 자라듯 어지러운 사회에서 이런 주장을 하는 자들이 나타나게 되는 것이다. 누구를 탓하기도 어렵다. 그 시대를 사는 국민의 의식과 환경이 그런 상황으로 만들게 된다.

우리나라는 행방 후 남북으로 두 동강이가 나 남쪽은 민주주의 북쪽은 공산주의로 나눠서 원수처럼 살고 있다. 형제부모들이 헤어져 그리워하며 살아온 지 70년이 지났다. 이런 끔찍한 일을 누가 만들었는가? 강대국들이 만들었다고 믿는 사람들이 있다. 우리나라에서 발생한 일은 일차적으로 우리 책임이다. 누구의 잘못이 아니라 우리의 잘못이다. 결국 우리 선조들이 잘 못하여 나타난 결과가 아닐 수 없다.

이론적으로는 당장이라도 남북통일을 못할 이유도 없다. 나라의 주인은 국민이고 주인인 국민이 원하면 되는 것이다. 단순한 생각으로는 남과 북의 위정자들이 만나 조건 없이 통일하여 살자고 하면 되는 것이다. 그런데 그렇게 하지 못한다. 서로의 이해가 엇갈려 그렇게 하지 못하는 것이다. 그러면서 남의 탓만 하고 있다. 누구를 탓합니까? 이 나라가 누구의 나라입니까? 어느 국민이 통일을 반대합니까?

우리 같은 민초들이야 배불리 먹고, 잘 놀고, 잘 자면 그만이다. 예전에도 지도자들은 있었다. 지금도 있다. 더 배우고 유식한 지도자들이다. 못났다고 하면 당장 화를 낼 사람들이다.

남을 바꾸려 하기 전에 자기 자신부터 바뀌어야 한다고 생각한다. 세상을 바꾸는 가장 쉽고 확실한 방법은 자기 자신이 바뀌는 것으로 생각하기 때문이다. 잘났다고 설치고 있는 양반님들 잘 타고 있는 불 더 잘 타게 하겠다며 잘 타던 불마저 끄고 마는 우를 범하기 전에 스스로 나랏일에서 손 떼시길 바란다. 돌아가 한 톨의 쌀이라도 생산하며 사는 것이 진정으로 나라를 위하는 길이고 본인도 영원히 사는 길이라고 말해주고 싶다.

누가 너더러 정치하라고 하데? 이 말을 듣기 전에 스스로 알아서 그 자리에서 내려오시길 간곡하게 부탁한다. 나라가 바로 서고, 국민이 평화롭게 살기를 바라는 마음에 조금 흥분했나보다.

"너나 잘하세요!" 하는 소리가 들리는 것 같다. 아무튼 한소리하고 나니 마음이 후련하다. 이런 맛에 비평하고 쓴소리하는 모양이다.

# 십년공부 나무아미타불

사람은 누구나 살기 위해서 일을 한다. 싫어도 먹고 살기 위해서 할 수밖에 없다. 어떤 일이든지 처음 하는 일은 서툴고 힘들다. 시간이 지나고 점차 일에 익숙해지면 일도 좀 수월해지고 요령이 생기게 된다. 세월이 지나고 나면 자기도 모르는 사이에 그 분야에 전문가가 된다. 전문가로서 자기 일에 자부심을 가지고 열심히 하면, 주위 사람들에게 인정을 받게 되고 더 발전하여 세계적인 명인으로 존경받게 되는 것이다. 이게 우리가 말하는 성공이다. 이런 전문가가 되기 위해서는 피나는 노력을 해야 한다. 하루아침에 계란 프라이 하듯이 뚝딱 만들어지는 것이 아니다. 시간과 노력이 동시에 만들어내는 인간 최대의 산물이다. 세월만 보낸다고 되는 것도 아니다. 오랫동안 닦고 연마해서 경지에 이르는 것이다.

어떤 사람은 고시에 합격하여 공직자 되고, 어떤 이는 악기를 연마하여 세계적인 음악가가 되고, 어떤 이는 운동을 열심히 하여 일류 선수가 되고, 어떤 이는 자기가 좋아하는 기술을 갈고 닦아 유능한 기술자가 된다. 이렇게 지구상에는 1만 가지가 넘는 일에 종사하며 서로 잘 났네 못났네 하며 살고 있다.

어느 젊은이가 무엇을 하며 살까 고민을 하다가 남이 하지 않는 것을 해서 돈을 벌어야겠다는 생각으로 흔해 빠진 개미를 길들이기로 했다고 한다. 동물 중에 영리하다는 개도 길들이기가 쉽지 않다는 데 하물며 미물인 개미를 길 드린다는 것이 말이나 되는 소리인가?

지성이면 감천이라고 몇 년을 공을 들여 드디어 개미가 이 젊은이 말에 반응하게 되었다고 한다. 자기의 노력이 결실을 보게 되었으니 얼마나 기뻤겠는가? 이 이야기가 세상에 알려지고 소문이 나자 방송국에서 출연 제의가 들어왔다. 이제 자기의 꿈이 이뤄진다는 생각과 밝은 미래를 생각하면 저절로 웃음이 나오는 행복한 시간이 계속되고 있었다. 방송출연 날이 다가왔다. 젊은이는 개미를 신주 모시듯 모시고 방송국을 찾아가고 있었다. 방송출연에 앞서 식사를 하러 식당에 들어갔다. 사람의 말을 알아듣는 특별난 개미를 가지고 있으니 얼마나 자랑하고 싶었을까?

식당에 들어가 자리를 잡고 앉았다. 조금 있자 종업원이 음식 주문을 받으러 왔다. 주문도 하기 전에 종업원에게 개미를 자랑하고 싶었다. 종업원에게 개미를 보여주며 이야기를 꺼내려는 순간 종업원이 "미안합니다." 하는 소리와 함께 식탁에 있던 개미를 손바닥으로 꾹 눌러 죽여 버린 것이다. 그 젊은이의 희망이요 보배가 순식간에 저세상으로 가버린 것이다. 세상에 이럴 수가? 젊은이는 말을 잃고 넋이 빠져있었다. 사정을 모르는 종업원과 젊은이 사이의 침묵이 잠시 흐르고 난 뒤에 상항을 파악한 종업원의 입장과 개미 훈련사의 입장은 어떠했을까? 독자의 판단에 맡기고 싶다.

개미가 죽고 난 다음에 개미 훈련을 했던 젊은이의 허탈감은 말로 다 헤아리지 못할 것이다. 오랜 노력 끝에 얻은 개미의 방송출연을 앞두고 그렇게 바라던 꿈이 한순간에 물거품이 되고 만 것이다. 십년공부 나무아미타불이 된 것이다. 얼마나 애통하고 허망했을까?

물론 이것은 웃자고 지어낸 이야기일 것이다. 개미는 성충이 보통 6개월 정도 산다고 하니 몇 년을 길 들린다는 것 자체가 이치에 맞지 않는다. 길들이기 불가능한 것을 길들여 그 특이성과 희소성을 이용하여 튀어보고자 하는 젊은이의 욕망이 그려진 이야기다. 남들이 하지 않은 일을 하여 주목을 받고자 하는 젊은이의 욕구를 해학적으로 보여주고 있는 이야기다.

이와 같은 이야기는 우리 고사에도 많이 등장한다. 황진이와 지족선사의 이야기가 그 백미가 아닐까 싶다. 지족선사는 송도에 유명했던 스님이다. 지족선사가 속세를 떠나 10년 동안 묵언수행을 하고 있었다. 이 사실을 전해 들은 당대의 미색 황진이가 어느 비 오는 여름날, 비를 맞아 흠뻑 젖은 몸으로 지족선사를 찾아간 것이다. 비에 젖은 옷이 몸에 딱 달라붙어 요염한 몸매가 그대로 드러나 보였다. 이런 모습으로 면벽하고 앉아있는 지족선사 옆에 살며시 다가가 앉았다. 이를 본 지족선사는 그만 10년간 수행했던 공부를 마치게 되고 말았다. 바로 10년 공부 나무아미타불이 된 것이다.

여색에 빠져 한평생 지켜온 명예와 명성이 한순간에 나락에 떨어지는 것을 경험하며 한탄도 하고 후회도 했을 것이다. 남을 원망한다고 엎어진 물을 다시 담을 수도 없는 노릇이다. 재수가 없어서 이런 일이 생긴다고 생각할 수도 있다. 그러나 원인 없는 결과는 없다. 다 원인은 내게 있는 것이다. 인생은 유한하고 삶은 치열하다.

컴퓨터에 익숙하지 않던 때의 일이다. 바쁜 시간을 쪼개가며 일주일 동안 애써 써놓은 원고가 한순간에 날아가 버린 일이 있었다. 원고를 쓰느라 저장하는 것을 깜빡 한 것이다. 일주일 공들인 원고가 순간에 사라진 것이다. 얼마나 억울하고 분했던지 애꿎은 컴퓨터를 들어 내동댕이친 경험이 있다. 일은 내가 저질러 놓고 화풀이는 죄 없는 컴퓨터에 한것이다. 그 후로 원고를 작성할 때는 저장은 꼭 빠트리지 않고 있다.

산다는 것은 모래성을 쌓는 것이라고 한다. 쌓으면 부서지고, 또 쌓으면 또 부서지는 모래성…… 인생이란 이런 것이다. 오늘도 모래성을 쌓아야 하는 우리네 인생은 가엽기만 하다.

# 전원생활의 꿈과 현실

백 년을 살아도 천년을 살아도 나는 촌놈일 뿐이다. 첩첩산골에서 태어나 언제부터 있었는지도 모를 뒷산 무덤을 놀이터 삼고 개구리, 뱀을 그리고 잠자리, 딱정벌레, 장수하늘소를 장난감 삼아 자랐다. 뼛속까지 촌놈이다. 촌에서 자란 것을 자랑스럽게 생각한다. 이렇게 자란 놈이 서울 물 몇 년 먹었다고 한양사람이 되지 않는다.

청운의 꿈을 앉고 정든 고향을 떠나 현대 문화와 문명이 집합된 희로애락의 도시 서울로 상경했다. 마치 뭍에 오른 고기처럼 내겐 모든 것이 낯설고 어설픈 곳이었다. 물도 밥도 낯설어 소화도 잘되지 않은 서울에서 한 많은 젊음을 보냈다. 그 많은 사람과 건물 속에서 소외감과 상대적 빈곤함을 느끼며 희망의 나라를 설계하는 것은 불안과 초조 그 자체였다.

세월이 약이라고 했던가? 서울 생활에 익숙해지고 나니 도시 생활이 편하다는 생각이 들었다. 고향을 배신하는 순간이었다. 이래서 사람을 간사한 동물이라고 불렀던 것인가. 서울 생활이 익숙해질수록 고향은 기억 속에서 점점 더 멀어져 갔다. 그렇게 반백 년을 지낸 어느 날 남의 일만 같던 정년퇴직이라는 것이 내게도 찾아왔다. 잘살아보겠다고 새벽별 보고 출근하여 별 보고 퇴근하는 생활을 불평 없이 해왔다. 35년을 해 오던 일상이 하루아침에 어제 일이 되고 만 것이다. 마음의 준비는 하고 있었지만, 막상 닥치고 보니 말로만 듣던 퇴직자의 삶이 어떤 것인가를 실감하게 되었다.

무위도식하며 놀고먹으니 며칠은 그렇게 편할 수가 없었다. 이게 자유라는 것이구나! 거칠 것 없는 삶을 사는 것이 자유라는 이름으로 내게 다가온 것이다. 어느 누구도 내게 간섭하는 사람이 없다. 단 한 사람 집사람이 이따금 쓴소리를 하지만 상사들에게 듣는 잔소리에 비하면 자장가다. 그리도 그리던 삶이 며칠 계속되니 슬슬 몸이 근질거렸다.

갈 데는 많아도 오라고 하는 곳은 없다. 생기는 것 없이 마음만 바쁘다. 자유시간이 죽은 시간으로 변한 것이다. 죽은 시간을 살려보기 위해서 또 나서야 했다. 그동안 소원했던 친구를 만나 지난 이야기를 소환해보기도 하고, 자연과 친해지고자 산을 찾기도 했다. 지적인 활동을 해보겠다며 도서관을 어슬렁거리기도 했다. 모든 일이 마치 몸에 맞지 않은 옷을 입고 있는 느낌이었다. 천성이 몸을 움직이는 활동적인 삶을 살아야 직성이 풀리는 사람이라 조용히 앉아서 꼼지락거리는 짓은 적성에 맞지 않았다.

앞으로 남은 생을 무엇을 하며 인생을 마무리하는 것이 좋을까? 장고 끝에 내린 결론이 귀향이었다. 고향으로 돌아가자. 가서 조상 대대로 살아온 방식에 내 방식을 접목하여 살아보자. 고향은 옛날 분들은 대부분 하늘나라로 가셨고 남은 분들도 대부분 칠십을 넘긴 분들이다. 인적이 드물다. 대신 자연의 소리로 가득하다. 닭 우는 소리는 들려도 애 우는 소리는 들을 수 없다. 마을이 현실을 말해주고 있다. 가난했지만 활기에 넘치던 옛 모습은 찾을 길 없고, 추억만이 골목길 담벼락에서 졸고 있다.

귀향한다고 반겨줄 사람이 없다는 사실을 알기에 내가 마을 사람들을 반기며 살고 싶었다. 그리고 나름 열심히 산다고 살았다. 그러나 내 생각과 달리 모든 게 새로웠다. 마치 같은 언어를 쓰는 외국에 온 느낌이었다.

계획은 말 그대로 계획에 불과했다. 지금 살고 있는 모습은 내가 낙향할 때 생각했던 삶의 모습과는 아주 멀리 와있다. 어디서 살든지 중요한 것은 삶이 희망적이고 미래가 보여야 한다. 늦은 나이에 낙향해서 뭔가를 한다는 것이 그렇게 쉽지만은 않았다. 농사일을 배워가며 한다는 생각은 가상했으나 실제 농사를 주업으로 산다는 것은 여간 어려운 것이 아니었다. 시련의 연속이었다. 온 정성을 다해 가꾸어 놓은 농작물이 늦서리에 시들어 죽어가는 모습을 보는 것은 희망이 절망이 되는 순간이었다. 인간의 나약함과 대자연과의 타협이 무엇인가를 체험하는 순간이기도 했다. 인간의 나약함을 모른바 아니지만 실제로 체험하고 나니 원망이 저절로 나온다. 농사일에 목을 매고 살지는 않았지만 자기가 노력한 일들이 한순간에 물거품이 되고 나니 맥이 풀린다.

농사일이 힘들지 않다면 그것은 새빨간 거짓말이다. 한평생을 농사일로 살아온 사람들은 묵묵히 받아들이면서 살고 있다. 선무당이 사람 잡는다고 농사도 잘 모르는 풋내기 농사꾼이 불평을 많이 한다. 아직도 배울 것이 많다. 인내할 줄 모르는 사람은 농부가 될 수 없다. 세월은 기다려 주지도 않지만 어느 누구를 위하여 존재하는 것도 아니다. 세월은 이용하는 자의 것이다.

누가 내게 전원생활에 만족하느냐고 묻는다면 "예스"나 "노"로 바로 답하기가 쉽지 않을 것 같다. 귀향할 당시에 꿈꾸었던 것과 다른 결과에 대해서 후회하고 있기에 "노"라고 답할 것 같으나 이면에는 값으로 따질 수 없는 귀한 경험을 얻은 것도 사실이기 때문이다. 내가 바라던 현재는 아니지만 지난 시간 희망과 기대 속에서 허송세월 보내지 않고 열심히 살아온 것이 소득이라면 큰 소득이다. 여기에 산 좋고 물 좋은 곳에서 주위에 크게 신경 쓰지 않고 건강한 모습으로 지냈던 것은 덤으로 얻은 선물이다. 자연 속에 여유롭게 살아본 것이 또한 큰 보람이다. 내 내면의 삶을 한 번 더 돌아보는 기회와 반성을 하며 사는 것도 빼놓을 수 없다. 겸손함을 배우고, 때를 기다리는 여유로움, 외로움을 즐길 수 있는 마음, 있으면 있는 대로 없으면 없는 대로 살아가는 소박함이 내가 고향에 내려와 체득한 것들이다.

자연은 절대로 거짓이 없다는 것, 아낌없이 우리가 원하는 것을 준다는 것, 그에 비해 우리가 얼마나 자연에 못된 짓을 하고 살았는가를 반성하고, 성찰할 기회를 갖게 된 것 또한 큰 보람이 아닐 수 없다. 자연환경에 순응하는 삶은 바로 깨달음이다. 무엇을 해야 하며 무엇을 하지 말아야 하는 기준을 자연을 통해서 터득하는 자연인이 되기 때문이다. 골방에 앉아서도 천하를 보는 사람이 있고, 넓은 광야에서도 쥐구멍만을 바라보는 사람이 있다. 자연은 큰길을 걷고 인간은 좁은 길을 걷는다. 삶의 희로애락이 마음먹기에 달려있다. 불평은 있어도 나는 고향에서 살고 있다는 사실만으로도 너무 좋다. 누에는 뽕잎을 먹고 송충이는 솔잎을 먹어야 한다고 하지 않던가? 이제 밭에 나가 상추나 뜯어 먹어야겠다.

# 제3부
## 삶에서 얻은 지혜

알면 안다고 하고
모르면 모른다고 해야
정직한 사람이라고 배웠는데

좋으면 좋다고 하고
싫으면 싫다고 해야
정직한 사람이라고 배웠는데

알고도 모른 척
몰라도 아는 척하고
싫어도 좋은 척
좋아도 싫은 척하며 살라 하니
이렇게 살아도
되는 건지 모르겠네.

이래서
사다는 것이
어렵다고 하는가 보다.

# 닭대가리 닮았다고?

　살아있는 생명을 기른다는 것은 무엇이든지 신비롭고 아름답다. 나는 요즘 닭을 기르고 있다. 한두 마리로 시작한 것이 이제 50마리가 넘었다. 올봄에는 20마리나 되는 병아리가 탄생했다. 요즘은 친구들이 뭐 하며 지내냐고 물으면 농담 삼아 양계사업을 한다고 할 만큼 닭이 많아졌다. 몇 년을 기르다 보니 닭들이 내 가족처럼 느껴질 때가 있다. 그리고 점차 그들의 매력에 빠지게 되었다.

　인간을 위해 가장 헌신해 온 동물을 고르라면 나는 주저 없이 소, 돼지, 개, 그리고 닭을 고르겠다. 소는 농사일을 거들어주고, 죽어서는 가죽과 고기를 우리에게 남겨 주는 동물로 충성도 면에서 보면 1등이 아닐 수 없다. 돼지는 농사일을 돕진 못하지만, 목숨 바쳐 우리 건강을 지켜온 충성스럽고 우직한 동물임이 틀림없다. 개는 반려동물로 가장 오랫동안 함께 하며 동거동락한 용맹하고 의로운 동물로 알려져 있다. 주인의 생명까지 지켜주는 미담을 가진 인간과 가장 친하게 생활하는 동물이다. 죽어서는 주인의 몸보신용으로 육신까지 바쳤다.

　소, 돼지, 개가 네발 달린 짐승이라면 닭은 이들에 비해 체격은 왜소하고 두 다리와 날개를 가지고 있다. 닭이 우리 인류와 함께해온 역사는 1억 5천만 년 전인 쥐라기 시대까지 거슬러 올라간다. 닭은 울음소리나 모습이 아름다워 사람들의 사랑을 많이 받아온 동물이다. 몸집이 작고 번식도 잘되며 키우기도 다른 동물에 비해 쉽다. 그리고 매일 알을 낳아주어 우리의 건강을 지켜주고, 귀한 손님이 집에 찾아오면 우선 닭을 잡아 정성껏 대접했다. 사위가 오면 장모님이 씨암탉을 잡아 주느냐 아니냐를 가지고 장모 사랑을 평가하기도 했던 시대가 있었다.

문헌에 보니 닭은 계유오덕(鷄有五德)이라 하여 5가지 덕을 가지고 있다고 한다. 문(文), 무(武), 용(勇), 인(仁), 신(信)이 그것이다. 이 말은 노(魯)나라 애공(哀公) 때에 전요(田饒)라고 하는 사람이 한 말로 한시외전(韓詩外傳)에 나오는 말이라고 한다. 머리에 관을 쓴 것은 문이요, 발에 갈퀴를 가진 것은 무요, 적에 맞서서 싸우는 것은 용이요, 먹을 것을 놓고 서로 부르며 나눠 먹는 것은 인이요, 밤을 지켜 잃지 않고 때를 알리는 것은 신이라는 것이다.

우리와 생사고락을 함께해 온 닭이기에 닭에 얽힌 일화도 많다. 박혁거세의 왕후 알영부인이 알에서 나왔다거나, 신라 경주김씨 시조 김알지도 알에서 탄생했다는 설화도 있다. 닭 울음소리는 잡귀를 퇴치하는 신비스러운 효험이 있다거나, 풍요와 다산의 상징으로도 알려져 있다. 실로 닭은 인간이 갖춰야 할 덕목을 다 갖추고 있는 셈이다.

암탉은 21일 동안 하루도 쉬지 않고 알을 품어 병아리를 깐다. 그리고 병아리가 태어나면 목숨을 걸고 새끼를 키운다. 평소에는 사람이 근처에만 가도 무서워 줄행랑을 치던 닭이 새끼를 가지면 옆에 얼씬도 못하게 죽음을 각오하고 덤벼든다. 자식 사랑이 얼마나 강한지 느낄 수 있다. 요즘처럼 자식을 버리고 죽이는 일까지 벌어지고 있는 인간 세상에서 본받아야 할 일이 아닐 수 없다.

또한 장닭의 암탉 사랑은 눈물이 날 지경이다. 암탉이 알을 낳거나 알을 품고 있을 때 장닭이 암탉 곁에 앉아 지켜주는 모습을 보면서 부끄러운 마음이 든다. 나이 들어 무관심해진 우리 부부의 애정을 다시 반성케 한다. 이뿐만이 아니라 먹이가 생기면 자기는 먹지 않고 암탉을 불러 먹게 하는 모습을 보면서 어느 인간이 저처럼 변함없이 부인을 사랑할까 감탄이 절로 나오게 된다.

닭은 자기의 서열을 지키는 일에서는 타의 추종을 불허한다. 자라면서 시도 때도 없이 서열 싸움을 한다. 성장하게 되면 그 서열은 가혹하리 만큼 엄격하다. 낯선 닭이 나타나면 바로 서열 싸움이 벌어진다. "다른 손님 노릇은 다해도 닭 손님 노릇은 못 한다."라는 말이 있듯이 낯모르는 닭이 나타나면 장닭들은 목숨을 걸고 싸운다. 사생결단으로 싸우는 모습을 보면 어디서 저런 독함이 나오나 혀를 내두를 때도 있다. 서열이 결정되면 순응하며 살아간다. 암탉들은 장닭에 비해 쉽게 서열이 정해지는 편이지만 나름 서열 싸움이 치열하다. 긍정적으로 보면 종족을 보존하기 위한 방법이겠지만 지나칠 정도로 가혹한 면이 없지 않다.

한번은 집에서 기르던 장닭을 밭에 있는 닭장으로 옮겼다. 가지고 간 장닭을 땅에 내려놓자마자 그곳에서 대장 노릇을 하던 장닭이 눈에 불을 켜고 달려들어 싸우기 시작했다. 얼마나 싸우나 보자 하고 지켜보는데 끝이 안 보였다. 결국 두 마리 모두 기진맥진하여 쓰러질 때까지 싸우는 것이었다. 숨을 헐떡거리면서도 조금 쉬다가 다시 일어나 싸우는 것을 반복했다. 결국 두 마리 다 죽게 생겨서 가지고 간 장닭을 다시 집으로 가지고 올 수밖에 없었다.

살아서는 맛있는 알을 낳아 주고, 죽어서는 고기를 주는 닭의 헌신 또한 인류의 건강과 번영을 위해 지대한 공헌을 했다고 생각한다. 수많은 동물 가운데 닭만큼 인류에게 헌신해온 동물도 없다. 이런 닭을 비하하는 사람들이 있다. 머리 나쁜 사람을 닭대가리라고 비유한다. 우리에게 생명까지 아낌없이 내주는 닭을 칙사 대접은 못할망정 이런 비속어를 쓰며 멸시하는 행위는 고마운 닭에 대한 우리의 예의가 아니라고 생각한다.

# "죽겠다"라고 말하는 사람들

"죽겠다."라는 말을 입에 달고 사는 사람들이 있다. 그렇게 죽기를 바라는가? 삶이 어려워 이런 말을 하는 사람을 보면 마음이 짠하고 눈물이 날 지경이다. 그런데 멀쩡하게 보이는 사람이 말끝마다 "죽겠다"라고 한다. 이런 말 하지 않아도 언젠가는 다 죽게 되어있다. 입으론 이렇게 말하면서 조금만 아프면 약을 먹고 병원을 찾는다. 말로만 죽겠다 하고 몸에 좋다면 까마귀까지 잡아먹는 것을 보면 참 아이러니하다.

죽겠다는 말은 살겠다는 말의 반대말이다. 우리가 이렇게 갖은 고생과 역경을 이겨내며 쉬지 않고 일하는 목적이 무엇인가. 살기 위한 것 아닌가? 그것도 행복하게 잘 살려는 것일 거다. 죽기 위해 열심히 사는 사람은 한 사람도 없다. 한강변에 가보면 얼마나 많은 사람들이 건강하게 살기 위해 쉬지 않고 운동을 하고 있는지 볼 수 있다. 맨손체조를 하는 사람, 걷는 사람, 달리는 사람, 자전거를 타는 사람, 쉬고 있는 사람 남녀노소를 막론하고 건강한 삶을 위해 눈물겨운 노력을 하고 있는 것이다. 그러면서 죽겠다고 말을 한다는 것은 거짓말이거나 엄살이거나 아니면 살고 싶다는 역설일 것이다.

우리는 누구나 죽는 순간까지 살기 위해 몸부림치고 있다. 사력을 다하고 있다는 말이 맞는 말일 것이다. 백세 가까운 어머님이 거동이 불편해서 지금 요양병원에 계신다. 남의 도움이 없이는 대소변도 해결하지 못하시는 분이다. 그런 분이 입으로는 빨리 죽고 싶다고 하신다. 그러면서도 매일 약을 찾아 드신다. 우리가 보기에는 아무짝에도 쓸모없을 것 같은 돈을 주면 고맙다고 하시며 받으신다. 어디에 쓰실 거냐고 물으면 다 쓸데가 있다고 하신다. 죽어가는 그 순간까지 살아온 본성을 놓지 못하는 게 우리 인간 참모습인가 보다. 아직 어머님 같은 나이를 살아보지 못해서 그런 생각을 하고 있는지 모른다. 바로 머지않은 날 우리의 모습인 것을 아직도 남의 일같이 생각하고 있다.

사고와 인식의 차이에 따라서 조금씩 다르겠지만 오래 살고자 하는 것은 인간의 본능이다. 건강하게 오래 살기 위하여 세상에는 얼마나 많은 약들이 나와 있는가. 오래 살고 싶은 욕망이 가득한데 늘 "죽겠다"고 하는 것은 하루라도 더 살기를 바라며 병마와 싸우는 사람에게 큰 실례가 아닐 수 없다. 또한 말이 씨가 된다고 하지 않던가? 비관적인 말은 건강에도 좋지 않을뿐더러 듣기에도 좋지 않다. 죽겠다는 사람을 좋아하고 사랑할 사람이 있을까? 이 말은 듣는 사람도 좋지 않지만 본인에게도 백해무익한 것이다.

강한 부정은 강한 긍정이라고 한다. "죽겠다"라는 말은 아마도 "살고 싶다"라는 강한 긍정의 표현일 것이다. 그러나 죽겠다는 말은 비관적인 말이다. 이런 말이 습관화되면 의식도 그렇게 고착되고 만다. 비관적인 생각으로 세상을 바라보는 것과 낙관적인 생각을 가지고 바라보는 것은 하늘과 땅 차이다. 비관적인 시각에서 세상을 바라보면 모든 것이 다 부정적으로 보인다. 세상에 밝은 구석이 하나도 없어 보인다. 기쁨이라는 것은 남이 이야기일 뿐이다. 삶이 슬프다. 살고 싶은 생각보다는 죽고 싶은 생각이 더 생긴다.

이에 반해 낙관적으로 보면 세상은 어디나 대낮같이 밝다. 모든 것이 기쁨이요 희망이다. 이 세상이 바로 천국이다. 살고 싶은 세상이다.

미국 보스턴대학교 의과대학의 연구 결과에 따르면 낙천적인 사람들은 85세 이상까지 오래 살 가능성이 높다고 한다. 가장 낙천적인 사람은 남녀불문하고 가장 비관적인 사람들에 비해 11~15%까지 수명이 길었다고 한다. 낙천적인 사람은 목표가 뚜렷하고 동시에 그걸 실현할 수 있다는 확신이 강했고, 감정조절에 능할 뿐만 아니라 스트레스로부터 스스로를 보호하는 데 능숙했다고 한다. 낙천적인 태도를 가지면 건강하게 오래 살 가능성이 높아진다는 결론을 얻은 것이다.

살아서 할 일이 얼마나 많은가. 못다 한 일도 해야 하고, 못다 한 사랑도 해야 하고, 다 이루지 못한 꿈도 이뤄야 한다. 죽도록 아파보거나 배고파 본 사람들의 입에서 죽겠다는 말이 나오면 그 말은 진심이다. 그러나 권태로운 삶에 지쳐서 하는 말은 빈말일 가능성이 높다. 말이라도 이런 말은 안 하는 것이 좋을 것 같다. "죽겠다."라는 말 대신 "살겠다."라는 말을 입에 달고 살면 어떨까? 살기 위해서 일을 하고, 돈을 벌고, 먹고, 마시고, 쉬지 않는가.

죽음에 대한 그리움은 죽을 때까지 내려놓고 살기 위해 일하는 아름다운 모습을 가지고 사는 것이, 자신은 물론 주위 분들에게도 도움이 되지 않을까? 비록 삶이 어렵고 짜증 나는 일이 많을지라도 참고 살다 보면, 살아있다는 것이 얼마나 행복한 것인지 깨닫게 될 것이라 확신한다. 삶의 무게가 지구보다 무겁다고 해도 살아있음에 감사하며 서로 사랑하며 함께 살아갑시다.

# 삶은 선택이다

삶은 선택이다. 너나 할 것 없이 사람은 순간순간 선택을 하며 살고 있다고 해도 과언이 아닐 것이다. 작게는 매일 먹고 마시는 일부터 크게는 생사가 달린 일까지 모두 선택이다. 오늘 점심은 무엇으로 때울까? 무엇을 마실까? 일과 후 어디로 가서 시간을 보낼까? 번지점프를 할까 말까? 주식을 살까 저축을 할까? 이 사람을 만날까? 저 사람을 만날까? 어떤 일을 하며 살까? 죽는 게 날까 사는 게 날까? 우리는 하루도 빠짐없이 이런 생각을 하며 살고 있다. 장고를 하는 경우도 있지만 순간순간 선택하며 살고 있는 것이다. "순간의 선택이 십 년을 좌우한다."는 모 회사의 광고처럼 순간의 선택이 일생을 좌우하는 경우도 허다하다.

나도 일생을 통해 선택의 갈림길에서 고민했던 때가 있었다. 고민 중에 지금도 어제 일처럼 기억에 생생하게 남아있는 것이 있다. 고등학교 졸업을 앞두고 대학진학을 하기 위해 어떤 대학교 어느 학과를 선택할까? 대학 졸업 때쯤엔 어느 회사에 취업할까? 또한 결혼을 앞두고는 어떤 사람을 동반자로 맞이하여 살아야 인생을 행복하게 살까? 퇴직을 하고 나니 죽는 순간까지 뭐하며 살다 죽을까? 이런 문제들로 많은 시간을 방황한 기억도 있다. 아직도 진행형이다. 아마도 죽는 순간까지도 이런 문제는 이어질 것 같다. 어찌 보면 삶이란 매일 선택이란 줄을 타고 사는 곡예와 같다.

현명한 선택은 결과가 말한다. 결과가 좋으면 잘한 선택이다. 결과가 좋지 못하면 선택한 것에 대해 후회하기 마련이다. 선택 당시에 좋았다고 결과가 좋다는 보장이 없다.

대학을 졸업할 때 친구들의 부러움을 받으며 대기업에 입사한 친구가 있었다. 수년이 지난 어느 날 그 회사가 부도가 나고 결국 문을 닫게 되었다. 그 친구는 하루아침에 실직자가 된 것이다. 재취업을 하려고 했으나 나이는 들고 경쟁은 더 치열해지다 보니 일자리를 구하기가 쉽지 않았다. 반면에 한 친구는 마지못해 입사한 회사였으나 세월이 지나면서 회사는 대기업으로 성장하였고, 그 친구는 회사의 중역이 되어 멋진 인생을 살고 있다. 이래서 인생을 새옹지마라고 하는 모양이다.

미래가 불확실하니 불안하다고도 하지만, 미래가 불확실하므로 포기하지 않고 살아가고 있는 이유일 수도 있다. 언젠가 꿈이 이뤄질 것이라는 기대가 삶의 의지를 제공하기 때문이다. 미래가 확실하다면 미래가 비참한 사람은 살아야 할 의욕이 있겠는가? 역설적이지만 불확실한 미래이기에 현재의 고난을 참고 살아가는 이유가 될 수도 있다. 순간순간 선택의 기로에서 희망을 잃지 않고 사는 것도 인생의 맛이라면 맛이 아닐까. 사람은 사유하는 동물이다. 경험과 지식 그리고 능력을 동원하여 자기가 바라는 미래를 위해 적극적이고, 주관적으로 선택하며 사는 것이 현명한 삶이라 생각한다.

선택의 폭이 작으면 고민은 그만큼 많아진다. 선택의 폭을 넓히는 것은 고민을 그만큼 줄이는 방법이다. 선택을 잘하는 방법 중에 으뜸은 능력이다. 지적능력과 물질적인 능력 그리고 빠르고 정확한 정보능력이다.

몇 년 전에 해일이 있어 동남아 일대가 물난리가 나서 많은 사람들이 목숨을 잃었다. 대비하지 못해 희생이 커졌지만, 근본적인 문제는 인간의 무지에서 기인한 것이기도 하다. 지진과 해일을 예견할 수 있는 지식이 있었다면 미리 막을 수 있었을 것이다. 우리가 많이 배우려는 것도 궁극적으로는 이런 일들이 언제 일어나는지 어떻게 대처해야 하는지를 알고자 하는 것이다. 지적능력이 뛰어나면 선택도 쉬울 수밖에 없다. 전지전능하다고 믿는 신은 다 알고 있으니 무슨 문제가 있겠는가?

능력은 선택을 자유롭게 해준다. 옷을 사고자 할 때 돈이 있는 사람은 선택할 옷이 다양하다. 없는 사람은 고가의 옷을 구입하는데 한계가 있다. 물질적인 능력에 따라서 다양한 선택이 가능하다. 직업도 마찬가지다. 뛰어난 능력을 소유한 사람은 원하는 직업을 선택할 수 있는 기회가 그렇지 못한 사람에 비해 많을 것이다. 자리는 하나인데 원하는 사람이 많을 경우 능력 있는 사람이 우선이기 때문이다. 물론 취업이 공정하게 이뤄진다는 가정하에서 그렇다.

오늘도 열심히 공부하는 학생들 돈을 벌기 위해 애쓰는 사람들 모두 순간순간 부딪치는 선택의 문제들을 좀 더 잘 풀어나가기 위해 능력을 키우는 것이라고 볼 수 있다. 우리가 공부하는 것도 좋은 선택을 하기 위해서 하는 것이다. 하루가 다르게 변화하는 세상, 눈만 뜨면 경쟁을 해야 먹고 사는 세상, 삶이 모두 전쟁인 세상, 시도 때도 없이 발생하는 사건사고 이런 혼돈과 무질서 속에서 살아남기 위해서 우리가 어떤 선택을 하는지에 따라 죽음과 삶이 결정되기도 한다.

선택은 자유이지만 그 책임은 오로지 자기 자신이 져야 한다. 천사는 없고 악마만 존재하고 있는 세상에서 조금이라도 행복한 삶을 누리기 위해서 선택의 능력을 기르는 것이 무엇보다 더 요구되는 시대가 아닐까?

# 조금만 비굴하면 삶이 순조로울 수 있다던데

비굴하게 살지 마라. 그렇게 비굴하게 사느니 차라리 죽는 게 낫다.
이런 말을 듣고 기분 좋아할 사람은 세상에 아무도 없을 것이다. 비굴
(卑屈)이라는 말은 용기나 줏대가 없이 남에게 굽히기 쉬움을 나타내는
말이다. 남에게 굽히는 행위야 여러 가지 원인이 있겠지만 대부분은 자
기의 이득을 우선으로 자존심을 버리는 행동을 한다는 것으로 읽힌다.
출세를 위해 윗사람에게 속에 없는 말로 아부를 한다거나, 비위를 맞춰
주는 행위를 하거나, 나의 안위와 이익을 위해서 우정을 헌신짝 버리듯
하면서 산다면 비굴하게 살고 있다는 말을 듣게 된다.

비굴하게 살고 싶은 사람이 있을까? 세파에 시달리며 살다 보니 자신
도 모르게 비굴한 생활에 젖어 드는 것이 아닐까? 남들은 다 그러고 사
는데 나 혼자만 바르게 산다고 세상이 달라질까? 의구심이 드는 순간
마음은 이미 어느 정도 비굴한 세계에 발을 담그게 되는 것이다. 마치
외눈박이 세상에서 두 눈을 가진 자가 불이익과 서러움을 당하는 것처
럼 감당하기 쉽지 않기 때문이다. 또한 스스로 의식하지 못한 채 윗사람
들에게 비굴한 행동을 할 수도 있을 것이다. 나는 당당하다고 생각해서
한 행동이 남들에게는 비굴한 행동처럼 비쳤을 수도 있다. 좋은 게 좋다
고 하지 않던가.

비굴하게 산다는 말을 듣지 않기 위해 나름대로 노력하며 살았다. 어린 시절 나는 몸이 허약하고 나약한 편이었다. 어느 날 하굣길에 선배형들이 나와 나이가 비슷한 이웃 마을 학생과 싸움을 시키는 게 아닌가. "쟤가 너 이긴다고 하는데 너 쟤한테 지니?"하며 싸움을 붙이는 것이었다. 그 순간 싸우지 않고 수긍을 하면 비굴한 사람이 될 것 같아 싸울 아무 이유도 없는데 고사리 같은 두 주먹을 불끈 쥐고 철천지원수를 만난 것처럼 서로 뒤엉켜 싸웠다. 그 결과 나는 코피가 터져 울고 상대도 얼굴에 상처를 입게 되는 어처구니없는 일이 발생했다. 안 싸우고 비굴하게 사느니 코피가 터져도 싸워야 했던 내 생에서 잊을 수 없는 코미디 같은 비극이었다.

춘추전국시대에 초나라의 제후를 지냈던 한신이라는 사람이 있었다. 한신이 젊었을 때 화음이라는 지방을 지나고 있을 때 한 젊은이가 나타나 한신에게 "당신이 차고 있는 칼로 나를 찔러 보라고 했고, 찌를 자신이 없으면 내 가랑이 밑으로 기어나가라"라고 했다. 한참을 생각하던 한신은 그 소년의 가랑이 밑으로 기어나갔다. 이 광경을 지켜보던 마을 사람들이 한신을 비겁한 사나이라고 비웃었다. 그 후에 한신은 출세하여 초나라의 제후가 되었고, 수모를 당했던 마을에 돌아와 마을 사람들에게는 크게 잔치를 베풀어주고, 가랑이 밑으로 기어가라고 했던 그 젊은이에게는 벼슬까지 주었다고 한다. 이 이야기로부터 가랑이 밑을 기어가는 치욕을 참는다는 뜻의 과하지욕(胯下之辱)이라는 고사가 나왔다고 한다. 큰 뜻을 지닌 사람은 쓸데없는 일로 남들과 옥신각신 다투지 않음을 빗대는 말이다.

누구나 살다 보면 비굴한 언행을 해야 할 경우가 생긴다. 부모들은 자식을 위해 어쩔 수 없이 비굴한 언행을 하게 될 때가 있다. 자기 마음에 없는 소리도 하게 되고 굴욕적인 저자세도 나오게 된다. 부모라면 자식이 학교에서 말썽을 피워 선생님을 만나거나, 놀이를 하다가 남의 물건을 훼손했거나, 애들 끼리 싸우다 상처를 입혔을 경우 비굴할 정도의 언행을 한 경험도 있을 것이다. 자식 둔 게 죄라고 하지 않던가?

어느 직장이나 인사철이 되면 하마평이 무성하다. 나의 직장도 예외는 아니었다. 언젠가 인사철을 앞두고 나를 잘 아는 선배분이 내게 윗사람한테 세배를 가는 게 어떠냐고 했다. 누구는 설날 윗분들께 세배를 간다는데 나더러도 인사 한번 하라는 것이었다. 나는 왜 지금까지 안 하던 짓을 해야 하느냐며 정중히 사양한 적이 있었다.

조금 비굴하지만 윗사람들 찾아가 인사도 드리고 눈도장을 찍고 다녔으면 더 높은 자리에 올라 부귀영화를 누리고 살았을지도 모를 일이다. 남들로부터 비굴하게 인생 산다는 손가락질을 받으니 바른말 하며 당당하게 살고자 했던 것이 내 신조요 나의 철학이 아니었던가 싶다. 아니 부족한 내 인격의 완성을 위하여 학문과 덕성을 키우며 대의를 위하여 목숨까지도 버릴 수 있는 불굴의 정신을 지키고자 하는 철없는 생각이었을 수도 있다.

돌이켜 보면 다 부질없는 일이다. 조금 비굴하면 어떻고 조금 덜 비굴하면 어떤가? 비굴하게 사는 것도 용기요 비굴하지 않게 사는 것도 용기라 생각한다. 단지 어떻게 사는 것이 인간답게 사는 것이냐? 어떻게 사는 것이 잘사는 인생이냐? 비굴한 언행은 가능하면 삼가고 사는 것이 바람직하지만 사람이 사는 세상에 상대를 조금이라도 배려하는 언행을 하며 사는 지혜가 어느 때 보다 요구되는 것 같기에 이런 생각을 해 본다.

# 멍 때리기

영어에 스페이스 아웃 혹은 존 아웃(space out or zone out)이라는 말이 있다. 우리말로는 "멍 때리다"라는 뜻이다. "멍 때리다"는 아무 생각없이 멍하게 있거나, 정신 나간 것처럼 아무 반응이 없는 상태를 말한다. 정신이 나간 상태이니 정상적인 사람은 아니다. 이러니 말 자체는 별로 좋은 뜻은 아니다. 큰 충격을 받거나 어처구니없는 일을 당할 때 허탈감에 "아니 이럴 수가 있어?"하는 생각에 순간 멍하게 서 있는 경우도 있다. 잔뜩 기대하던 것의 결과가 정반대로 나타날 때나, 믿는 도끼에 발등을 찍혔다는 생각이 들 경우 그 허탈감을 삭히느라 이런 행동을할 수도 있다.

요즘은 딱히 할 일이 없을 때 창밖을 바라보다가, 나도 모르게 눈동자가 한곳에 머물게 되고 순간 정신줄을 놓고 한참 동안 멍하니 서 있는경우가 종종 있다. 눈에 경치가 제집 드나들듯 들고나는데 눈동자는 아무런 반응이 없다. 뇌는 작동을 멈춘 상태다. 정신이 돌아와 눈동자와뇌가 정상적으로 작동하게 되면 순간 세상이 조용하고 마음은 평온함을느낀다. 마음이 평온하니 육체도 새털처럼 가볍다. 요즘 들어 자주 이런행동이 나타나는데 아마 그만큼 삶의 경쟁에서 멀어지면서 자연이 내게준 선물이 아닌가 싶다. 자연에 대한 내재되어있던 그리움 아니면 동경

일 수도 있을 것이다. 인간이기를 포기하고 자연에 순응하는 순간이기도 하다. 나이 들어 가끔 식물처럼 자연에 몸과 마음을 맡겨놓고 그냥 숨만 깔딱거리며 지내는 것도 그리 나쁘지는 않을 것 같다.

캐나다 트렌트 대학교(Trent University) 심리학과 교수인 엘리자베스 케이 니스벳(Elizabeth K. Nisbet)은 "멍 때리기"는 숲으로 나가 자연에 몸을 맡기는 삼림욕과 비슷하다고 했다. 이것이 건강상으로도 좋다는 것을 과학적으로 보여주는 이론이다. 요즘은 멍 때리기 대회까지 있다고 하니 가끔 이런 시간을 갖는 것도 나쁘지만은 않을 것 같다. 고도로 발전된 시대에 살면서 생활은 편리해지고, 물질적으로 만족한 생활을 누리며 살고 있지만, 정신적으로 얼마나 많은 스트레스를 받고 살았는지 보여주는 사례가 아닐 수 없다.

일분일초도 쉬지 않고 움직이고 머리를 굴려야 먹고 살 수 있는 현대 사회는 모두가 피곤하다. 피곤이 계속되고 몸에 쌓이면 몸이 망가지는 것은 시간문제다. 살기 위해 일하는 것인데 죽기 위해 일하는 결과가 되고 만다. 건강을 지키기 위해서는 잘 먹고 잘 쉬는 것보다 더 좋은 보약은 없다.

의식주가 어느 정도 해결되고 나면 정신적으로도 여유로운 삶을 추구하게 되는 것은 누구나의 소망이다. 고장 난 정신과 육체를 건강하게 치유 받고자 하는 것은 당연하다. 건강을 지키며 행복한 삶을 살기 위하여 사람들은 여러 가지 방법을 동원하고 있다. 개인뿐만 아니라 국가에서도 국민의 행복을 위해서 적극적이다. 도회지 공원이나 유명 관광지는 물론 산골 마을까지 어김없이 운동기구가 설치되어있다. 운동기구도 머리끝에서 발끝까지 골고루 운동할 수 있도록 별의별 기구가 다 있다. 하루가 다르게 각 신체 부위를 건강하게 할 새로운 운동기구가 선보이고 있다.

물질적인 풍요를 누리며 살고 있지만 쉬고 싶어도 쉴 수도 없는 상황이 지속되고 있다. 이런 상황 속에서 살고 있는 현대인들은 육체는 물론 정신적으로도 많이 지쳐있는 상태다. 정신적인 건강을 위해서 요가네 선이니 묵상 등을 하는 강습소에 사람들이 모여들고 있다고 한다. 멍 때리기도 정신 건강을 지키는 한 가지 방법이라 생각한다. 특히 멍 때리기는 다른 운동처럼 운동복이나, 기구 혹은 도구를 사용하는 것도 아니니 돈 들일이 없다. 상대가 있을 필요도 없다. 마음만 먹으면 때와 장소를 가리지 않고 할 수 있다. 멍 때리기는 정신 건강은 물론 육체적인 건강에도 유익하다고 하니 시간이 날 때 마다 앞산을 바라보며 멍 때리기를 하려고 한다. 눈을 올려 하늘을 보며 하는 것도 좋을성싶다. 독자 여러분도 지금 바로 읽기를 멈추고 창문을 통해 들어오는 경치를 보거나 하늘 보며 멍 때리기를 해 보시기 바란다. 백문이 불여일견이라 하지 않은가?

# 돈을 벌어서 행복하게 살겠다는 것처럼
# 어리석은 생각은 없다

이 말은 니체가 한 말이다. 돈이 있어야 행복할 수 있다는 말은 맞다. 많은 돈은 아닐지라도 의식주를 걱정하지 않을 정도의 돈은 필요하다. 먹고사는 문제를 해결하지 못한 사람이 과연 행복할 수 있을까? 이 물음에 "예"라고 자신 있게 답할 수 있는 사람이 있다면 나는 그를 존경할 준비가 되어있다. 나도 그렇게 살 수 있다면 백번 그렇게 살고 싶다. 사회나 국가가 최소한의 삶을 보장해 줄 수 있다면 쌩큐다. 어떤 나라가 일하지 않는 사람에게 공짜로 의식주를 해결해 줄 수 있을까? 지구상에 그런 나라는 아직 없다. 있다면 그게 우리가 찾는 지상낙원일 것이다. 단 하루라도 그런 나라에서 살아보고 싶다.

먹고 살기 위해서는 돈을 벌어야 한다. 돈을 번다는 것은 일을 해야 한다는 이야기다. 현대사회에서 의식주를 해결하지 못하는 사람이 행복하다고 말한다면 그것은 백 프로 거짓말이다. 거짓말이 아니라면 의식 구조가 보통 사람들과 다른 사람일 것이다. 우리말에 "배부르고 등 따시면 행복하다."라는 말이 있다. 이 말은 곧 최소한 의식주는 해결되어야 행복할 수 있다는 뜻일 거다. 경쟁이 치열하지 않은 고향에 내려와 살다 보니 배부르고 등 따뜻하면 더 바랄 게 없다. 더 이상 바라는 것은 과욕이다.

그런데 대부분의 사람들은 더 이상을 바라고 있으니 어렵게 살고 있다고 믿는다. 누구나 더 좋은 것 먹고 싶고, 더 좋은 옷 입고 싶고, 더 멋진 집에 살고 싶다. 이런 꿈을 이루고 행복해진다면 그보다 더 좋을 일은 없을 것이다. 그러나 좋은 것은 더 좋은 것을 원한다. 더. 더. 더. 끝이 없다. 이게 문제다. 더, 더, 더, 더, 더 가 사람을 죽인다. 가지고 있으면서도 부족함을 느낀다. 마음의 여유가 없다. 이러니 가지고도 궁핍하며 세상이 삭막하고 살기는 어렵다. 남에게 피해를 주지 않고 욕심을 부리면 그래도 봐줄 만하다. 돈 몇 푼을 위해 싸움을 하거나 사기를 치거나 도둑질을 하거나 심하면 살인까지도 서슴지 않는다. 이런 것들이 사회악이 되고 불행의 씨앗이 된다.

불과 반세기 전만 해도 우리는 의식주도 제대로 해결 못 하고 헐벗고 굶주리며 살았다. 하루 삼시세끼도 제대로 챙겨 먹지 못해 배가 고팠다. 그런 시기가 그렇게 오랜 옛날이 아니다. 봄마다 넘어야 했던 "보릿고개"는 참으로 넘기 힘든 고개였다. 보릿고개는 당시 우리가 얼마나 가난하게 살았던가를 알려주는 살아있는 단어다. 의식주는 고사하고 입에 풀칠이라도 제대로 하고 살면 세상에 부러운 것이 없던 시절이었다. 공부를 하는 것 일을 하는 것도 모두 가난을 대물림하지 않겠다는 굳은 의지의 발로였다. 내일을 위해서 오늘을 희생하며 살았다. 하루 24시간이 모자란다는 생각으로 일했다. 행복해지기 위해서였다. 그렇게 일한 결과 오늘의 대한민국이 있게 된 것이다. 오늘의 풍요가 하늘에서 떨어진 것도 아니요, 땅에서 솟아난 것도 아니다.

의식주가 해결되면 우리 모두 지상낙원에서 행복하게 살 것이런 꿈을 꾸며 살았다. 그러나 그런 생각은 착각이었다. 의식주 문제가 어느 정도 해결되고 나니 또 다른 문제가 독버섯처럼 자라나고 있었던 것이다. 노동문제, 공해문제, 빈부격차 그리고 사회적으로 소외된 자들이 생겨난 것이다. 욕구는 더 많아지고, 사회는 더 시끄러워졌으며 불평불만은 더 많아졌다. 배고픔보다 배 아픔이 더 참을 수 없는 고통이었으리라. 물질이 풍족해지면 정신적 빈곤을 느끼게 된다는 말이 빈말이 아니다. 배가 좀 부르니 이제 밥만 먹고는 살지 못한다는 것을 느끼게 된 것이다. 양의 문제에서 이제 질이 문제가 된 것이다. 육체적 만족에서 정신적 만족을 요구하고 있다. 문학, 예술, 체육, 여행 등에 여가생활에 대한 욕구가 나타나기 시작한 것이다. 끝이 안 보인다. 이러니 산다는 것 자체가 고뇌다. 고뇌를 즐기는 기술이 없는 사람에게는 삶이 모두 괴로움이다. 오늘만이 괴로운 것은 아니다. 미래는? 죽음은? 눈을 감는 순간까지 고통의 연속이라 해도 과언이 아니다.

이에 대한 답이 있는가? 만족할 만한 답은 지금까지 없다. 문제는 있고 답이 없으니 이게 풀리지 않는 문제다. 삶 자체가 온통 문제라 해도 과언이 아니다. 삶 자체가 온통 문제이니 문제를 부정하면 삶을 부정하는 결과가 되는 것이다. 그러기에 즐거운 삶을 살기 위해서, 즉 행복하게 살기 위해서는 문제를 더 이상 문제라고 생각하지 말고 사는 것이 대안이 아닐까? 조물주가 우리를 그렇게 창조하셨으니 우리는 그분을 믿는 것으로 임무를 마치는 것도 잘사는 방법일 것이다. 우리는 범접할 수 없는 그분의 영역을 넘겨다보지 말고 피조물로서 받아들이며 사는 것이 우리의 행복을 위해서 필요할 것으로 생각한다. 피조물은 피조물로서 창조주는 창조주의 소임을 다하며 사는 것이 삶의 문제를 조금이라도 덜고 살 수 있는 방법이 아닐까?

# 더불어 사는 세상

요즘 TV를 보면 "나는 자연인이다"라는 프로가 있다. 번잡한 도시를 떠나 깊은 산속에 들어가 홀로 생활해 나가는 모습을 담은 프로다. 산속에 들어가 살게 된 동기는 사람마다 다르다. 오래전부터 자연을 동경해 오다가 들어오게 된 사람도 있고, 건강상 이유로 들어온 사람도 있다. 하는 일이 적성에 맞지 않거나 세상이 싫어서 들어온 사람도 있고 사업이 망해 도피처 삼아 들어와 살게 된 사람도 있다. 이유야 어떻든 이들은 모두 깊은 산속에 들어와 홀로 살고 있으며, 자급자족을 기본으로 하고 있다는 공통점을 가지고 있다. 강아지나 닭 염소 등을 키우고 산에 나는 임산물을 채취하며 살고 있다. 모두 자연을 사랑하며 현재의 삶에 만족하고 있다고 말한다. 자연을 벗 삼아 사는 것이 행복하고 지상낙원이라고도 한다.

나도 자연이 좋아 자연과 친하게 살고 싶어 귀향을 했다. 다니던 직장을 때려치우고 들어온 것은 아니다. 정년퇴직하고 말년을 고향에서 보내기 위해서 내려온 것이다. 사는 장소도 아무도 살지 않는 깊은 산골이 아니다. 이웃들이 오순도순하게 사는 작은 산골 마을이다. 나 혼자 사는 것이 아니라 사랑하는 집사람과 함께하고 있어 사연인이라는 칭호를 쓰기는 어색하다. 그러나 사는 모습은 매우 유사하다. 야채 농사도 짓고 닭도 키우고 살고 있다. 가능하면 자급자족하기 위해서 노력하며 살고 있는 점도 비슷하다.

나는 바로 이웃에 사람들이 살고 있어도 외로울 때가 있다. 미국의 사회학자 리스만이 "군중 속에서도 고독을 느낀다."라고 했듯이 사람은 어디서 무엇을 하고 살든지 때로 외로움을 느끼며 살고 있다고 생각한다. 고향이라고 내려왔지만 현지에 적응하는데 꽤 긴 시간이 걸렸다. 마을 사람들과 소통과 관계를 어떤 형태로 유지하며 살아갈까? 하는 생각과 남들이 나를 어떻게 받아들일까? 하는 걱정이 많았다. 다 무시하고 살 수도 있지만 인간이 살아가는 데 도덕과 윤리를 깡그리 무시하고 살 용기가 없었다. 그러기에 어느 정도 남의 눈치도 보고, 타협도 해가며 사는 것이 도리라 생각하고 지냈다. 남의 눈치를 보며 맞춰 산다는 것이 말처럼 쉽지는 않았다. 어느 누구도 그렇게 하라고 하는 사람은 없었지만 혼자 그렇게 생각하며 지냈다. 시골은 도회지와 달라서 행동거지에 제약을 많이 받게 된다. 어느 집에 숟가락이 몇 개 있는지까지 서로 알고 지낼 정도이니 모두가 한 가족 같기에 그런 것이다. 일거수일투족을 다 보고 살고 있다. CCTV가 없어도 그 이상으로 들여다보고 살고 있기 때문이다. 기회가 다시 주어진다면 더 깊은 산골에 들어가 나만의 왕궁을 짓고 천상천하 유아독존으로 살고 싶은 마음이 들 때도 있다.

아리스토텔레스는 "인간은 사회적동물이다."라고 했다. 여기서 사회라는 말은 무리끼리 모여 이루는 집단이라는 뜻을 가진다. 따라서 사회적동물이란 무리끼리 모여서 사는 동물이라는 의미이다. 인간이 그렇게 살아야 한다는 뜻일 거다. 혼자는 살 수 없다는 의미인 것이다. 생존하기 위해서 공동으로 해야 할 일이 있다. 모든 것을 홀로 책임지며 살아간다는 것은 사실 불가능하다. 삶이 두려워 사회를 만들었다고 하지 않던가? 아무리 산속에 홀로 살아간다고 해도 원시시대처럼 외부와 완전히 단절된 곳에서 살 수는 없다. 또 그런 곳도 더는 없다. 문명의 발달로 손바닥에 들려있는 작은 무선전화 하나로 세상 어디와도 실시간에 소통이 가능한 시대에 살고 있기 때문이다. 인적이 드문 오지에서 살고 있다고 해도 원하면 언제든지 서로 얼굴을 보며 얘기를 나눌 수 있는 수단이 있다. 심심산골에 사나 세종로 번화가에서 사나 정보를 주고받는 것은 거의 같은 세상이다.

통계에 따르면 우리나라의 1인 가구가 전체 가구의 33%(2021년 통계청 인구조사 기준)를 웃돌고 있다고 한다. 어쩔 수 없어 혼자 사는 사람들도 있겠지만, 홀로 살기를 바라는 사람이 그만큼 많다는 것이다. 사람에 속고 속아 실망한 나머지 믿지 못할 사람과 같이 사는 대신 홀로 살겠다는 사람이 많아지는 추세가 아닐까? 결혼도 필수가 아니라 선택이라고 말하고 있다. 사랑이 삶의 최고의 가치라고 생각하며 살던 시대는 이미 지난 것일까? 사람에 치이고 실망하며 살다 보니 이제 서로 사랑할 수 없는 지경까지 이른 것인가? 사랑의 위대함 신비스러움 그런 기존의 가치관이 서서히 무너져 가는 느낌이다. 사람이 사람을 사랑하지 않고 살아갈 수 있을까? 아무리 생각해 봐도 이건 아닌 것 같다.

세상에 홀로 사는 사람을 보면, 혼자 살기를 즐기거나 아니면 보통 사람보다 영적으로 강한 분들 같다. 보통 사람들은 서로 보대끼며 희로애락과 미운 정 고운 정을 느끼며 살아간다. 이렇게 사는 것이 우리의 보통 삶이다. 살맛 나는 세상이다. 이것이 싫어서 홀로 산다는 것은 현실 도피거나 아니면 사교성이 모자란 사람들이 아닐까?

모든 깃을 단절하고 문이 없는 성을 쌓고 그 속에 갇혀 사는 사람이라 생각한다. 나만의 왕국을 짓고 자기만족으로 살고자 하는 강한 개성을 가진 사람 아니면 그런 삶을 산다는 것은 보통 사람으로서는 불가능한 일이다. 만일 혼자서 자기 일생을 살아갈 수 있을 정도의 사람이라면, 그는 아마도 인간의 능력을 초월한 신이거나 의식을 잃은 바보일 것이라 생각한다. 인간은 개인적으로 존재하고 있어도 홀로 살아갈 수 없으며, 사회를 형성하여 끊임없이 서로 의지하며 살아갈 수밖에 없는 존재다. 그렇게 서로 부닥치고 살면서 자신의 존재를 확인하며 삶을 사는 것이다.

혼자 산다면 사람이라 말할 수 없다. 말과 소통이 필요 없고 이성과 감성이 배제된 사람을 인간이라 말 할 수 있을까? 레바논엔 "아무리 천국이라고 해도 사랑하는 사람이 없다면 갈 데가 못 된다."라는 속담이 있다고 한다. 남으로부터 사랑받고 인정받으며 살 때 가장 행복할 수 있지 않을까? 혼자 장구 치고 북 치며 산다고 해서 그 사람이 진정으로 행복하다고 할 수 있을까? 서로 치고받고 살아도 사람은 사람 냄새를 맡으며 살아야 한다. 홀로 산다는 것이 행복한 일은 결코 아니라 생각한다. "나는 자연인이다."라는 코너를 보고 있노라면 주인공들이 지난 이야기나 가족 이야기를 할 때 대부분 눈시울이 붉어지는 것이 그를 증명하고 있다고 생각한다.

자기의 굳건한 성을 쌓고 행복하게 살고 있다면, 그게 그 사람의 의지라면 존중하고 싶다. 하지만 그렇게 사는 것이 인간의 본연의 삶의 자세는 아니라고 생각한다. 남이야 전봇대로 이를 쑤시든 말든 무슨 상관이냐고 할지 모르겠다. 그래도 아닌 것은 아니다. 자기 성에 갇혀 독불장군처럼 사는 삶이 추호도 후회되지 않는다는 사람이 있다면 손바닥이 닳도록 박수를 보내고 싶다. 그렇지 않다면 보통 사람들이 살아가는 범위에서 자신의 성을 열고 서로 왕래하는 삶을 권장하고 싶다.

# 언어의 벽

건강한 사람이나 나약한 사람이나 입에 달고 사는 말이 있다. "힘들어 죽겠네, 아파 죽겠네, 배고파 죽겠네, 보고파 죽겠네." 등 죽겠다고 하는 말이다. 그렇게 말하며 살다가 진짜 죽어간다. 힘들고 어려울 때만 죽겠다고 하는 게 아니라 편안하고 즐거울 때도 죽겠다고 한다. 좋아 죽겠다, 배불러 죽겠다, 이뻐 죽겠다고 한다. 그렇게 죽고 싶은가? 사는 것 자체가 죽고 싶을 정도로 고달프고 슬픈 것인가?

죽고 싶으면 조용히 죽으면 되는 일을 꼭 다른 사람이 듣게 말을 한다. 이는 자기의 어려운 처지를 위로받고 싶은 생각이 크기 때문일 것이다. 그렇지 않고서야 죽고 싶다면서 약은 왜 그렇게 시간 맞추어 먹으며 조금만 아프면 병원에 가는지 모를 일이다. 말과 행동이 전혀 다르지 않은가. 속과 겉이 다른 말을 하는 것이다. 입으로는 죽고 싶다고 하지만 살고 싶은 것이다. 죽겠다 하면서 하는 행동을 보면 영원히 살고 싶은 눈치다.

천년만년 살고 싶은 게 인간의 욕망이라는데 왜 그렇게 죽고 싶은 것일까? 상대방을 의식하는 엄살은 아닐까? 단일 민족으로서 더불어 살아온 민족이기에 혼자 잘 사는 것도 못 사는 것도 서로 눈치가 보이는 것인가?

우리는 너나 할 것 없이 이렇게 겉과 속이 다른 말을 하고 살고 있다. 이를 곧이곧대로 믿고 대했다가는 순식간에 눈치 없는 사람이 되거나, 버릇없는 사람이 되거나, 덜떨어진 사람 되고 만다. 다른 언어를 쓰는 사람들만이 언어장벽이 있는 것이 아니라, 같은 언어를 쓰며 같이 사는 사람들 사이에도 장벽이 있다. 한 이불을 덮고 수십 년을 함께 살고 있는 부부들도 언어장벽이 있다.

어떤 지인한테 들은 이야기다.

잉꼬부부로 알려진 친구 부부가 있었는데 하루는 말다툼을 하고 있더라는 것이다. 마누라 이야기를 들어보니 봄이 왔으니 봄맞이 여행이나 한번 가자고 몇 번을 이야기했는데 들은 척도 않더라는 것이다. 이에 속이 상해 부인이 투덜대자 남편이 화가 나서 부부가 한바탕 한 모양이었다. 남편은 전혀 딴말을 하고 있었다. 집사람이 여행 가자고 한 적이 한 번도 없었다는 것이다. 그런데 집사람이 여러 번 했다고 하니 남편 입장에서는 팔딱 뛸 일이 아닌가. 억지도 유분수지 여행 가자고 언제 했느냐며 따졌던 것이다.

마누라 왈 "내가 속 터져. 꼭 말로 해야만 알아? 내가 옆집 미연이네 엄마와 아빠는 진해 벚꽃 구경을 다녀오고, 제주도 올레길도 다녀왔다고 몇 번이나 이야기했는지 알아? 가기 전에도 이야기했고, 갔다 와서 재미있었다는 말까지 당신에게 여러 번 했잖아? 그것을 직접 가자고 해야 알아. 저렇게 눈치가 없으니 오늘날까지 저 모양 저 꼴로 살고 있지." 하며 그간 쌓였던 감정까지 폭발하며 퍼부은 모양이다.

둘 다 맞는 이야기다. 남편으로서는 부인이 직접 여행 가자는 말을 하지 않았으니 모를 수밖에 없다. 부인은 부인대로 언질을 주었으니 그 정도면 알아들었겠지, 하고 있었던 것이다. 바로 이게 부인이 쓰는 언어와 남편이 사용하는 언어의 차이다. 수십 년을 함께 살아왔지만 여전히 두 부부 사이에 놓여있는 언어의 장벽은 태산만큼이나 높다. 감각의 언어와 직설적인 언어의 차이가 장벽을 이루고 있는 것이다.

우리 부부도 이런 경험을 자주 하고 산다. 나와 집사람이 결혼하여 지낸 지가 45년이 넘었다. 며칠 전 아버님 기일이 있어 형제들이 모였다. 집사람이 동생들에게 집에서 준비한 음식들을 좀씩 가지고 가라고 했던 모양이다. 천성이 착한 동생들이 미안해서 괜찮다고 했던가 보다. 집사람은 그 말을 곧이곧대로 듣고 음식을 싸주지 않았던 모양이다. 며칠 후에 집사람이 내게 동생들에게 뭐 좀 가지고 가랬더니 "괜찮다"고 하드란다. 내가 웃으며 "그냥 주고 싶으면 줘요. 가지고 갈 거냐고 물으면 우리 가족들은 대부분 "아니 또는 괜찮다고 말해요." 이 말을 듣더니 집사람이 "가지고 가고 싶으면 고맙다고 하며 가지고 가면 되지, 왜 그렇게 말을 어렵게 하는지 모르겠다."고 한다. 나도 그런 언어가 집안에 언제부터 사용됐는지는 잘 모른다. 다만 옛날 못살던 시기에 없는 살림에도 친지에게 싸주는 습관이 있던 터라 가져가기 미안하니 그런 말들을 하게 되지 않았는가 하고 유추할 뿐이다.

요즘은 세대는 물론 지역이 간에도 많은 언어의 장벽—은어, 축약어 등—이 있음을 실감한다. 방송을 보다 보면 무슨 말을 하고 있는지 내가 지금 외국방송을 듣고 있는지 착각할 때가 있다. 우리말을 하고 있는데도 알아들을 수가 없으니 내가 외눈박이가 된 것 같은 느낌이 든다. 세상이 바뀌고 있으니 마냥 탓할 것은 아니지만 표준말을 사용해야하고 언어가 사람의 인격을 나타내는 것이라고 배웠던 나 같은 세대는 마음이 아프다. 그냥 일상 쓰는 말들을 외국어 쓰듯이 하는 것이 멋인지, 아니면 유행인지는 모르겠지만 눈에 진물이 나도록 고생하여 한글을 만드신 세종대왕님 생각을 하면 죄송스럽다.

# 힘 빼고 사는 삶이 더 아름답다

어제는 밭에 야채를 좀 심기 위해 땅을 파고 거름을 주는 일을 했다. 몸이 천근만근이다. 지치고 무거운 몸으로 저녁을 먹고 바로 잠자리에 들었다. 정신없이 골아떨어져 자고 아침에 일어나니 온 삭신이 쑤신다. 일을 너무 많이 했으니 좀 쉬라고 하는 싸인 인 것 같다. 몸이 몸 주인에게 좀 쉬게 해주라고 경고를 하고 있었다.

딴에는 열심히 한다고 하는데도 티가 나지 않는 것이 농촌일이다. 그런데도 몸은 늘 피곤하다. 일이 몸에 배지 않는 탓이라 생각한다. 대단한 농사를 짓는 것도 아닌데 하는 일은 대단한 농사를 짓는 것 같다. 한 평을 지으나 만 평을 지으나 준비하고 하는 일이 대동소이하기 때문이다. 농업이 백 프로 자동화되어 있지 않기에 비가 너무 많이 와도 걱정 너무 안 와도 걱정이다. 직접 농사를 지어보니 농사짓는 자체는 큰일이 아니다. 잡초를 뽑고 해충을 막는 일이 농사의 대부분이다. 뽑고 뒤돌아보면 풀이 자란다는 말이 사실이다. 하루만 쉬어도 티가 난다. 며칠만 놔두면 잡풀들이 농작물을 대신해 주인행세를 하고 있다. 이를 제거하지 않으면 밭은 며칠 사이에 쑥대밭이 되고 만다. 시기를 놓친 잡초제서는 농사를 손들게 하는 가장 큰 원인이다. 깨끗한 밭이 며칠 사이에 잡초밭이 되고 마는 것이다.

다른 일도 그렇지만 특히 농사일이란 심고 거두는 시간이 매우 중요하다. 심을 때 심지 않고 거둘 때 거두지 않으면 농사를 망치고 만다. 일이 바쁘다고 하루에 다 끝낼 수 없는 것이 또한 농사다. 일을 아무리 빨리한다고 해도 농작물이 자라고 익는 데는 절대시간이라는 게 있다. 파종을 하고 삼사 개월 걸려야 결실을 보는 농산물을 하루아침에 만들어 낼 수는 없는 것이다. 일정 기간 기다리며 가꿔야 결실을 보는 것이다. 농산물은 기다림의 결실이다.

언젠가 친구가 내가 사는 시골로 놀러 왔다. 내가 힘들게 농사짓는 것을 보고 불쌍해 보였던지 돕겠다며 호기 있게 나섰다. 친구의 마음이 고맙고 대견스럽기에 도와 달라고 했다. 마침 밭에 고추가 익어 가고 있기에 고추를 좀 따 달라고 했다. 언뜻 보기에는 고추 따는 일이야 누구나 할 수 있는 일같이 보인다. 한두 개 따는 것이 아니라, 온종일 따야 한다고 하면 이야기는 달라진다. 그것도 서서 하는 일이 아니라 쪼그리고 앉아 따야 하는 극한의 일이다. 무더운 여름에 찌는 태양 아래서 쪼그리고 앉아 몇 시간을 오리걸음으로 따는 것이다. 일이 몸에 밴 사람도 몇 분만 하면 땀으로 목욕을 하게 된다. 허리와 다리는 쑤셔오고 땀은 비 오듯 쏟아진다. 고추를 따다가 일사병으로 쓰러지거나 심하면 죽는 사람도 있다.

일할 수 있는 복장으로 갈아입고 밭으로 나갔다. 고추밭에는 빨간 고추들이 빨리 따가라고 하는 듯이 붉게 물든 얼굴을 내밀고 있었다. 고추 따는 기초 지식을 알려준 다음 바구니를 주며 따라고 했다. 바구니가 차면 여기 포댓자루에 옮겨 넣으라고 했다. 일 시작한 지 30분이 지났을까? 온몸이 땀으로 범벅이 된 친구는 벌건 얼굴로 고추밭을 나오더니, 죽어도 못하겠다며 땅에 털썩 주저앉고 만다. 이러다 죽겠다는 것이다.

그러면서 나더러 어떻게 이렇게 고된 일을 하며 사느냐며 혀를 내둘렀다. 그러면서 나더러 대단한 사람이라고 했다.

농촌 일이라는 것은 말로 하는 것이 아니다. 몸으로 하는 것이다. 몸으로 부대끼며 하는 것이다. 인내가 필요하고 극기(克己)가 없이는 불가능한 일이다. 요즘 모 TV에서 극한직업이라는 프로가 있는데 바로 농업이 극한직업이다. 이런 일을 평생 하며 사는 사람들은 어떻게 배겨나고 있을까? 모든 일은 익숙해지면 좀 쉬워지는 경향이 있다. 그러나 근본이 달라지는 것은 아니다. 물론 농업기술이 발달하여 모든 작업이 옛날처럼 몸으로 때우지는 않는다. 그렇다 해도 농업의 기본은 육체적인 노동인 것만은 사실이다. 30분 일하고 죽겠다는 친구가 보면 평생을 농사일하며 산다는 것은 불가능하다고 여길 것이다. 그래도 농사를 짓는 사람들은 이렇게 한평생을 살아왔다. 살아 있다는 것만으로도 대단하지 않은가?

농사일을 평생 해오는 진짜 농사꾼은 절대 서두르지 않는다. 쉬엄쉬엄해나간다. 이게 평생 농사일을 하게 한 핵심 노하우다. 인내가 몸에 배어 있는 것이다. 또한 혼자하기 힘든 일이나 급히 해야 할 일은 이웃과 함께 도우며 한다. 바로 품앗이라는 방식이다. 서로 일을 돌아가며 해주는 일종의 협업이다. 농사일은 이웃의 필요성과 사랑 그리고 인간의 도리를 배우며 상부상조하는 것이다.

농사일은 힘쓰는 일이다. 일을 하고 나면 온몸이 아프고 쑤신다. 일하고 아프지 않으려면 가능하면 힘을 빼고 해야 한다. 골프를 배울 때 귀가 따갑도록 들은 말이 "힘을 빼고 치라"는 말이 아닐까 싶다. 힘을 빼야 더 멀리 칠 수 있다고 한다. 어떻게 힘을 빼는데 더 멀리 보낼 수 있을까? 의문이 가지만 힘은 빼고 스피드를 높이면 공은 멀리 간다. 골프를 즐기는 사람들은 이구동성으로 힘을 빼고 치는 일이 몇 년을 해도 어렵다고 한다. 농사일도 마찬가지다. 힘을 빼고 하기 위해서 굳은살이 박혀야 한다.

삶 또한 부드럽게 사는 게 아름답다. 어깨에 힘주며 사는 인생은 늘 쫓기는 삶을 살고 있다. 사는 게 늘 불안해 보인다. 힘이 들어간 삶은 무쇠가 쉬 부러지듯이 쉽게 망가진다. 진짜 강한 사람은 갈대처럼 흐느적거리며 꿋꿋이 세파를 헤쳐나가는 사람이다. 이처럼 불필요한 힘은 빼고 사는 삶이 건강에도 좋고 더 아름답다. 오늘부터 어깨에 힘 빼고 사는 것을 실천해 봐야겠다. 쉽지는 않겠지만……

# 인간의 이기심

　일반적으로 이기적인 사람이라고 하면 자기 자신만을 위하여 살아가는 냉정하고 쌀쌀맞은 모습이 떠오른다. 이런 사람과는 가능한 한 멀리하며 지내고자 하는 경향도 없지 않다. 그러나 이기적이지 않은 사람이 있을까?

　평생을 남만을 위해 사는 사람이 단 한 사람이라도 있었다면 세상은 더 좋아지지 않았을까? 그런 분이 있다면 대 환영이다. 부모님이 자식 사랑하는 것처럼 남을 조건 없이 무한 사랑을 하는 사람은 아마 세상에 없을 것이다. 부모의 사랑마저도 엄밀히 따지고 보면 이기심의 발로라 할 수 있다. 부모님들의 헌신적인 삶을 폄하하려는 생각은 추호도 없다. 부모라면 누구나 자식을 훌륭하게 만들고자 하는 욕망이 있을 것이다. 이 욕망이 헌신의 대가는 아닐지? 대가를 바라고 하는 헌신은 자기 자신을 위하기도 한 것이기에 백 프로 이타적이지 않다는 의미다. 인간의 모든 행위는 나를 위하는 행위이며 이는 너나 할 것 없이 이기적으로 살고 있다는 의미이다.

　아인 랜드(Ayn Rand, 1905~1982)가 저술한 『이기심의 미덕(the virtue of selfishness)』이란 책에 "자연은 사람에게 자동적으로 생존을 허용하지 않는다. 어디까지나 인간은 자신의 노력으로 자신의 생명을 지탱해

야 한다. 그러므로 자신의 이익에 관심을 두는 것을 사악한 행위로 보는
도덕원칙은 생존하고자 하는 사람의 욕망은 사악하고, 사람의 생명은
그 자체로 사악하다. 그 어떤 원칙도 이 원칙보다 더 사악할 수 없다."
라고 썼다. 이기주의(egoism)를 윤리의 이성 코드로 보았고, 이타주의
(altruism)를 파괴적이라고 본 것이다. 따라서 이기심을 공격하는 것은
곧 인간의 자존감을 공격하는 것이고, 이기심을 포기하는 것은 곧 자존
감을 포기하는 것이라는 것이다. 사실 인간은 누구나 자기 자신을 위해
사는 것이지만, 사회적동물로 살아가기 때문에 때론 타인을 배려하며
살아야 한다. 그러기에 어느 정도는 이타적인 면도 없지 않다.

인간과 인간관계도 그렇거니와 인간과 자연과의 관계는 어떤가? 인
간이 얼마나 이기적인가를 보면 말문이 막힌다. 이 지구상에는 사람들
만 살고 있는 것이 아니다. 그런데 어떤가? 다른 생명체에 대한 배려가
얼마나 있는지 자문해 보면 바로 그 답이 나올 것이다. 자연보호라는 말
이 왜 나왔을까? 얼마나 자연을 함부로 대했으면 자연보호라는 말이 생
겼을까? 그 많던 용맹스런 한국호랑이는 어디로 갔으며, 우리 마을 앞
에 자유롭게 헤엄치며 살던 그 많던 메기, 장어, 버들치들은 어디로 사
라졌을까? 봄이 되면 양지 녘에 다소곳이 피어나 아름다운 자태를 뽐내
던 그 많던 들꽃들은 어느 구석에서 생을 마감했을까? 인간의 편의를
위해서 얼마나 많은 생명을 짓밟아야 했던가? 이 질문에 대한 답은 모
두 인간에게 있다. 인간이 얼마나 이기적인 동물인가를 단적으로 보여
주는 예가 아닐 수 없다.

풀 한 포기 개미 새끼 한 마리 죽이지 않기 위하여, 맨발로 다니던 어
느 스님의 생활은 동물사랑의 본보기가 아닐 수 없다. 사람들의 삶이 윤
택해지고 잘 살려는 욕망이 높아지면서 여기저기에서 땅이 파헤쳐지고,

그곳에 살던 동물들의 보금자리가 사라지고, 나무와 풀들이 무참히 잘리고 뭉개지는 것을 보며 마음이 무겁다 못해 독배를 든 사람처럼 온몸이 아프다.

　인간도 잘살고 더불어 동식물도 잘 사는 지구는 영원히 불가능한가? 인간의 이기심을 조금이라도 줄이면 나아질까? 이런 생각으로 먼 산을 바라보며 새봄을 맞는다. 그렇다고 내가 열렬한 자연보호주의자는 아니다. 같은 지구상에 살면서 서로 배려하는 마음을 조금이라도 가지고 살기를 바라는 마음에서 나온 얘기다. 지구상에 사는 모든 것들이 조화롭게 살 수 있는 아름다운 지구별을 꿈꿔본다.

# 배우지 못해 아까운 친구들

옛날 중국 진나라에 손강(孫康)이라는 사람과 차윤이라는 사람이 살았다. 이들은 밤에 불을 밝힐 기름 살 돈이 없을 정도로 가난했다. 손강은 눈빛에 책을 비춰서 공부하여 어사대부(御史大夫; 오늘날 경찰 국장이나 검찰총장 같은 관리)에 올랐다. 차윤(車胤)은 수십 마리의 반딧불을 흰 명주 주머니에 담아 그 빛으로 밤을 새워 책을 읽어 마침내 이부상서(吏部尙書 ; 천자를 가까이 모시고 임금이 신하에게 내리는 글 등을 취급하는 관리)가 되었다. 이 이야기에서 형설지공(螢雪之功)이라는 말이 생겼다고 한다. 손강이나 차윤 모두 어려움을 극복하고 성공을 했다는 이야기다.

어렸을 적에 이런 이야기를 선생님한테서 듣고 나도 여름밤에 깜박이는 반딧불을 잡아 책에 대고 글을 읽어 보려고도 해봤고, 겨울에는 눈밭에 나가 책을 읽어 보려고도 했다. 반딧불은 희미하게 글자가 보이기도 하지만 눈빛으로 책을 읽는 것은 거의 불가능했다. 대신 휘영청 밝은 보름달이 뜨는 밤에 밖에 나가 책을 읽어 본 경험이 있다. 보름달이 뜨고 흰 눈이 덮인 밤에는 웬만한 크기의 글자는 보였다. 어릴 적 호기심에서 해 본 객쩍은 일들이다.

어려운 가운데 주경야독으로 성공한 사람들이 주위에도 많이 있다. 낮에는 아르바이트를 하고, 밤에는 야학을 하여 고관대작이 된 친구도 있다. 낮에는 직장에 다니고 밤에는 공부를 하여 고시에 합격한 미담도 많다. 모두 경제적으로 어렵게 살던 시대의 이야기다. 오늘날 낮에 일하고 밤에 공부하라면 인간답게 살고 싶다며 펄쩍 뛸 것이다. 누가 인간답게 살지 말라고 하는 것은 아니다. 그런 일화가 만들어진 것은 가난에 찌들어 살 때 어떻게 하면 빈곤으로부터 벗어날 수 있을까? 어떻게 하면 나도 사회적 신분을 높일 수 있을까? 좀 더 나은 삶을 추구하기 위한 처절했던 시대의 몸부림이었다.

시대를 잘 못 만나 어렵게 산 사람들이 많다. 배우고 싶어도 먹고살기 위해 학교 문턱에도 가보지 못하고 직업일선에 뛰어든 사람들이 부지기수다. 내 고향에는 내 또래가 얼추 이십여 명이 있었다. 그 가운데 반 정도는 초등학교도 제대로 졸업하지 못했으며, 중학교를 나온 사람은 고작 한두 명에 불과했다. 풍족한 생활을 하지 못했어도 가족의 희생으로 대학까지 나오게 된 나는 행운이 아닐 수 없다. 호의호식하며 대학을 다닌 것은 아니지만 그런 기회를 잡은 것만 해도 나는 복 받은 사람이라고 생각하며 감사하며 살고 있다.

고향에 살면서 이따금 당시 친구들을 만나면 미안한 마음도 들고 부끄러울 때도 있다. 집안이 어려워 학교는 나오지 못했지만, 열심히 살아온 친구를 만나면 더욱 그렇다. 나를 만나면 많이 반가워하고, 여러 가지로 배려해 주려 하지만 한편으로 나를 부러워하는 눈치가 보인다. 원망의 눈초리가 보이기도 한다. 나를 원망하는 것이 아니다. 자기 부모에 대한 원망, 사회에 대한 원망, 시대에 대한 원망, 자기 자신에 대한 원망이다. 원망이라기보다 한탄이다. 부모님 잘 만났거나 아니면 시대라도 잘 만났다면 하고 싶었던 공부하여 사회적으로 인정받는 사람이 되었을 텐데 하는 생각을 하는 것이다. 이런 생각과 말을 들으면 가슴이 더욱 아리다.

친구 중에 학교는 제대로 다니지 못했지만, 아주 올곧고 사리 판단이 정확하여 주변 사람들에게 신뢰와 존경을 받는 친구가 있다. 이런 친구를 보면 나 대신에 저 친구가 학교에 다녔으면 사회적으로 더 많은 기여를 했을 텐데 하는 생각이 들기도 한다. 능력 있는 친구가 학벌이 낮다는 단 하나의 이유만으로 제 능력을 인정받지 못하는 것을 볼 때마다 그런 생각이 더하다.

배운 것은 비천하지만 지혜롭고 슬기롭게 인생을 잘살고 있는 친구도 많다. 치국평천하는 못 할지라도 수신제가를 잘하고 고향을 위해 헌신하고 봉사하는 친구를 보면, 나 스스로 작아지는 느낌을 지울 수 없다. 배움이 나 자신만을 위한 배움이었나 하는 생각에 얼굴이 빨개진다. 글을 많이 배웠다고 모두 능력 있는 사람이 되는 것은 아니며, 훌륭한 사람이 되는 것도 아니다. 행복하게 살라는 법도 없다. 사회가 학벌 위주로 흘러온 까닭에 졸업장이 능력을 대신하고 대접받는 풍토가 계속되어 온 것은 여러모로 온당치 못한 일이다.

단지 배움의 기회가 주어지지 않았다고 해서 차별을 받는 세상이 얼마나 원망스러울까? 입장을 바꿔놓고 생각하면 통탄할 일이 아닐 수 없다. 지적인 사람들의 쌀쌀맞고 이기적이며 냉혹한 눈동자보다, 조금 덜 배웠지만, 따뜻하고 이타적이며 감성적인 마음이 각박한 세상을 아름답게 하고 행복하게 한다.

오늘 신문에 Y대학의 교수가 조부모상을 당한 학생이 출석 처리를 해 달라고 했는데, 허가하지 않아 조부상에 참석하지 못하고 수업을 들어야 했다는 기사를 보았다. 그런데 그 교수는 자기가 기르던 강아지 임종을 지키겠다며 휴강을 했다는 것이다. 세상이 이쯤 되면 갈 데까지 가지 않았나 하는 생각이 든다. Y대학이 어떤 대학인가? 한국에서 내로다 하는 학생들이 들어가는 세칭 일류대학이 아닌가? 그런 학생들을 가르치는 교수가 이런 사고를 하고 있다는 것은 평범한 사람으로서는 도저히 이해가 되지 않는다. 속된 말로 가방끈 길다고 훌륭한 사람이 아니듯 가방끈 짧다고 훌륭한 사람 되지 말라는 법도 없다.

우리가 존경하는 성인 중에 대학 졸업하신 분이 있는가? 학교라는 것은 단지 교육기간을 공적으로 인정, 아니 확인해주는 것에 불과한 것이다. 많이 배운 사람들이 주를 이루는 사회에서는 못 배운 사람들이 소외될 수는 있다. 그러나 많이 배운 것과 사람됨은 별개라 생각한다. 가난으로 인한 배움의 기회를 놓칠 수 있다. 그렇다고 낙담하거나 자기 자신을 비하할 필요는 조금도 없다. 왜? 사람은 누구나 자기 자신에 맞는 사람답게 살 권리가 있기 때문에, 앞으로 우리 후대에는 돈이 없어 교육을 받지 못하는 사람이 없길 간절히 바란다.

# TV가 고장 나니

공급은 수요를 창출한다고 한다. 매스컴이 없던 시대에는 소문으로 소식을 전해 들었다. 그 후에는 라디오가 나오게 되어 일할 때나 공부를 할 때 어디서나 귀를 라디오에 묶어놓고 살았다. TV가 세상에 나온 뒤에는 눈과 귀를 동시에 TV에 빼앗기고 말았다. 그뿐만이 아니다. 머리까지 몽땅 빼앗긴 것이다. 빼앗긴 마음에도 봄은 올 수 있는가? 남녀노소 할 것 없이 일하고 잠자는 시간 외에는 TV를 끌어 앉고 살고 있다. 모두 넋이 팔려있다. 나도 그중에 한 사람이다. 서로 좋아하는 프로를 보겠다며 리모트컨트롤을 놓고 가족 간에 권력다툼이 벌어지기도 한다. 이렇다 보니 방마다 TV가 다 놓여있다. 심지어 화장실에도 냉장고에도 TV가 설치되어 있다. TV천국에서 살고 있다고 해도 과언이 아니다.

요즘은 한술 더 떠 TV를 각자 손에 들고 다닌다. 핸드폰이라는 TV다. 언제 어디서든 화면만 켜면 TV를 볼 수 있는 세상이다. 어린이들이라고 예외가 아니다. 식당이나 공공장소에 가면 신기할 정도로 어린 애들이 조용히 앉아서 뭔가를 열심히 바라보고 있다. 자세히 보면 핸드폰을 뚫어지게 들여다보며 죽은 듯이 앉아 있다. 부모들이 틀어놓은 게임을 보거나 만화영화를 감상하며 핸드폰 화면에 정신이 팔려 숨소리도 크게 쉬지 못하고 눈동자만 굴리며 앉아 있는 것이다. 젊은 부모들이 공공장소에서 애들이 떠들고 뛰어다니는 것을 막기 위해 아예 애들에게 핸드폰을 맡겨 놓은 것이다. 아무 짓하지 말고 만화영화나 감상하고 있으라는 것이다. 어려서부터 TV 노예를 만드는 것이다.

어른들이라고 예외가 아니다. 일이 없는 날에는 온종일 TV에 몸을 맡겨 놓고 있다. 좋은 프로를 보며 지식이나 정보를 얻는 것도 있지만 대부분은 오락 프로그램에 빠져서 산다. 평소에는 근엄하시던 분이 뉴스나 스포츠 중계방송을 보며 가끔씩 흥분하기도 하고, 때론 "저놈은 지미지애비도 없나, 저런 싸가지 없는 놈이 다 있나, 저런 놈이 국록을 받아먹고 사나, 나쁜 놈 같으니"라는 상스러운 말도 서슴지 않는다. 어린애에서부터 어르신네들까지 모든 국민이 TV의 애청자요 중독자들이다. 나도 예외는 아니다.

가족이 함께 TV를 시청하다 보면 낯 뜨거운 장면도 자주 나온다. 남녀칠세부동석이라는 남녀관계의 도덕률을 어려서부터 들으며 자라온 세대와, 각종 문물을 거르지 않고 받고 자라온 세대 간에 간극은 하늘과 땅만큼 차이가 난다. 출연자들이 나와 하는 행동이나 말을 보면 우리 상식으로는 도저히 받아들이기 어려운 내용도 있다. 언론의 자유라고는 하지만 공공의 장소에서 할 말이 있고 해서는 안 되는 말이 있다. 하물며 공중파에 나와서 되지도 않는 말을 하며 웃고 히득거리는 모습을 보면 화가 치밀 때도 있다. 뉴욕을 미국의 수도라고 한다거나 시드니를 호주의 수도라고 하는 사람이 있는가 하면, 7 곱하기 8을 58이라고 하며 능청맞게 웃는 출연자들도 있다. 작가가 웃음을 자아내게 하기 위한 의도적인 경우도 있겠지만 어린애들이 이 런 프로를 보면서 무슨 생각을 할까 두렵다. 한때 우스갯소리로 "침대는 괴학입니다.""물은 셀프입니다."와 같은 선전 문구가 유행한 적이 있다. 이때 어느 학생이 물이 영어로 뭐냐는 문제에 "self(셀프)"라고 썼다는 코미디 같은 이야기도 있지 않은가? 매스컴이 얼마나 많은 영향을 주고 있는지 단적으로 보여주는 예다. 그렇다고 TV를 보지 말고 살라는 것은 아니다. 보지 말라고 해서 보지 않을 사람도 없겠지만…….

어느 날 조카 집에 가보니 집에 TV가 없었다. 이유를 물어본즉 초등학교에 다니는 아이들이 공부는 안 하고 TV만 보기에 아예 TV를 다 없앴다고 했다. 공부를 하게 하려는 조카의 깊은 뜻은 이해하지만 그렇다고 애들이 TV를 보지 않을까? 하지 말라면 더 하고 싶은 것이 사람의 마음 아닌가? 청개구리 이야기가 왜 나왔을까? 집에 TV가 없으면 친구 집에 가서 보거나 길거리에서 보게 되는 것이다. 모두가 TV를 보고 정보를 얻고, 유행어를 따라 하고, 자기 세대와 공감할 수 있는 대화를 하며 사는 시대다. TV를 보지 않는다면 다른 친구들과 대화를 못 할 수도 있다. 대화에서 제외되니 외톨이가 되고 만다. 소외된 삶을 살게 될 수도 있는 것이다. 이것은 그들 세대를 모르는 어른들의 폭거다. 어른도 버릇이나 습관을 버리기가 어려워 금연학교를 만들기도 하고 금주학교에 다니는 사람도 있지 않은가? 내 경우도 집에 있는 날은 밥 먹고 잠자는 시간을 제외하고는 거의 습관적으로 TV를 켜 놓고 살고 있다. 집에 혼자 있을 땐 외롭기도 하고 어디선가 사람 소리가 나면 누구와 함께 있다는 느낌이 들어 그렇게 하고 있다.

어느 날 잘 나오던 TV가 갑자기 먹통이 되었다. 간밤에 바람이 많이 불더니 케이블에 문제가 생긴 모양이었다. 집에 TV가 몇 대 있지만 모두 순식간에 먹통이 되었다. 잘 나오던 TV가 갑자기 나오지 않자 세상이 조용해졌다. 언제나 제 자리에서 자기 역할을 하며 가족의 일원처럼 자리를 지키고 있던 것이 고장이 나니 늘 조잘대던 애가 집을 나간 것 같이 집안이 조용하다.

　TV 고장 신고를 하니 신고자가 많아 좀 기다려야 한다고 했다. 보고 있던 프로를 끝까지 보지 못해 아쉬웠지만 언제 수리가 될지 몰라 더욱 답답했다. TV가 안 나오는 줄 뻔히 알면서도 혹시나 하는 마음에 나도 몰래 손이 리모트컨트롤을 눌러대고 있었다. 이런 게 중독 증세구나. 나도 모르게 TV가 없으면 이제 살 수 없는 지경에 이르렀구나. 혼잣말하듯 뱉어놓고 이제 뭘 하며 시간을 보낼까? 방구석을 서성대 보기도 하고, 이것저것 만져보기도 하고, 앉았다 일어섰다 마치 금단의 증세가 나타나는 것 같았다. 그러다 밖으로 나갔다. 집을 나왔지만 오라는 사람도 없고, 딱히 갈 곳도 없고, 하고 싶은 일도 마땅치 않아 결국 다시 집으로 발길을 돌렸다. 집에 들어오자마자 혹시나 하는 생각에 리모트컨트롤을 잡아 다시 눌러봐도 반응이 없다.

　이 방 저 방 기웃거리다 책꽂이에 시선이 머물렀다. 자연스럽게 책에 손이 갔다. 책꽂이에 있던 책들이 오랜만에 만난 주인을 보고 반갑게 맞이하는 것 같았다. "그래 책들아 미안하다. 앞으로 너희들과 자주 만나며 살게" 혼잣말로 약속을 하며 꺼낸 책이 "추락하는 것은 날개가 있다"였다. 오래전에 읽었던 책인데 궁금하여 대충 다시 훑어보았다.

　TV가 고장 나니 책이 눈으로 들어온 것이다. 내 눈에 세상이 들어오고 머리에는 사고와 판단의 능력이 살아나는 것이다. "세 살 버릇 여든까지 간다."고 하지 않던가. 앞으로 바보상자로부터 독립하여 살고 싶은데…… 글쎄다.

# 지성과 이성이 흔들리는 사회

식자우환(識字憂患)이다. 삼국지에 나온 말로 유비에게 제갈량을 소개한 서서(徐庶)가 유비의 군사로 있으면서 조조를 많이 괴롭혔다. 조조는 서서가 효자라는 것을 알고 그의 어머니를 이용하여 서서를 끌어들일 계획을 세웠다. 서서의 어머니 위부인은 학식이 높고 의리가 투철한 여장부로서 아들에게 늘 현군을 섬기도록 일렀다. 조조는 위부인의 글씨를 모방한 거짓 편지를 써서 서서를 자기편으로 끌어들였다. 나중에 이를 알게 된 위부인은 "여자가 글씨를 안다는 것은 걱정을 낳게 하는 근원이다(女子識字憂患; 여자식자우환)"라며 한탄하였다. 여기서부터 식자우환이라는 말이 나왔다고 한다. 식자가 우환일까?

"지성(知性)이란 지적 작용에 대한 성능을 말하는 것으로 지각된 것을 정리하고 통일하여 이것을 바탕으로 새로운 인식을 낳게 하는 정신작용을 이른다. 넓은 뜻으로 지각이나 직관, 오성 따위의 지적 능력을 통틀어 이르는 말이다. 새로운 상황에 부딪혔을 때 맹목적이거나 본능적 방법에 따르지 아니하고 지적인 사고에 근거하여 그 상황에 적응하고 그 과제를 해결하는 성질이다.

이성(理性)은 개념적으로 사유하는 능력을 감각적 능력에 상대하여 이르는 말로 인간을 다른 동물과 구별시켜주는 인간의 본질적 특성이다. 논리적 인식 능력인 오성보다 더 높은 최고의 실재를 직관적으로 인식하는 능력을 의미한다. 진위와 선악을 식별하여 바르게 판단하는 능력을 뜻하기도 한다.

지성은 눈이 멀고, 이성이 흔들리는 때에 우리 인간은 어떤 형태로 남을까? 생각만 해도 아찔하다. 인간과 동물을 구별케 하는 이 두 가지 개념이 인간에게 없다면 인간은 더 이상 인간이 아니다. 야수와 다른 점이 없으니 인간이라는 이름의 야수일 뿐이다. 인간의 동물적 본성에 지적 능력을 가미한 통제 불능의 사악한 인간이 활보하는 사회가 되는 것이다. 약육강식의 사회, 혼란의 사회는 그야말로 불안과 공포의 사회다. 혼돈의 사회는 폭력이 난무하게 될 것이 자명하다. 이런 사회는 본능으로 살아가는 동물의 세계를 넘어 한 번도 경험해 보지 못한 세상이 될 것이다. 힘이 권력이 되는 세상, 폭력이 정당화되는 세상, 정상적인 사람으로 이런 세상을 바라는 사람이 있을까? 아마 없을 것으로 생각한다.

인간은 삶이 두려워 사회를 만들었다고 하지 않던가? 폭력이 난무하던 시대 사회계약을 맺어 사회질서를 지키는 사람과 이를 위해 대가를 지불하는 세력이 생겨나고, 이것이 국가라는 형태로 발전한 것이다. 한 사람 한 사람은 미약하나 여럿이 모여 집단을 만들고 이 집단이 개인의 재산과 안전을 지켜주는 대신 개인은 그에 대한 대가를 지불해야 한다는 사회계약이 만들어지게 되었고, 그 결과 사회는 지금까지 안전한 상태에서 이성과 지성의 역할이 지속되는 결과가 되지 않았을까? 사회가 안전하고 인간이 인간답게 살 때 비로소 인간은 인간으로서 구실을 하게 되는 것이다. 만일 이런 전제가 상실되면 삶은 혼돈의 질곡으로 삶이 기쁨이 아니라 공포의 대상이 될 것이다.

지성과 이성은 누가 만들어 주는 물건이 아니다. 각자가 타고난 성품에 성장하며 체득하고 배우고 사유하는 가운데 얻어지는 것이다. 누가 준다고 받을 수도 없는 것이다. 열린 마음으로 배우고 익히고 사유하는 자세가 준비된 자들에게만 생겨나는 현상이다. 이 현상을 통해 인간이 동물과 다른 인간이 되는 것이다.

지성과 이성이 빠진 인간 사회는 어떨까? 한마디로 동물의 왕국이 되고 말 것이다. 지옥이 따로 없는 세상이 될 것이다. 유성이 하늘을 나르고 우주여행을 목전에 두고 있는 현대에도 하루도 빠짐없이 한 구석에는 전쟁이 계속되고 있고, 나라 안에서는 네 편 내 편으로 갈라져 서로 원수처럼 매일 투쟁을 일삼고 있지 않은가? 나라가 엄연히 존재하고, 법과 질서가 있음에도 이를 파괴하려는 세력은 존재하고 있지 않은가?

자기의 권리가 중하다면 남의 권리도 중한 것이다. 자기의 자유가 중한 것이라면 남의 자유도 중한 것이다. 이를 모르는 사람은 없을 것이다. 알면서도 이를 행하고 있다. 지성이네 이성이라는 말은 엿 바꿔 먹은 지 오래다. 나와는 상관없는 이야기다. 그러면서 집에 가면 자식들에게 인간답게 살라고 행복하게 살라고 말할 수 있을까? 너나 할 것 없이 불평불만이 가득한 세상이다. 배움이란 해야 할 일과 해서는 안 되는 일을 구별하여 올바르게 행동하려고 배운 것으로 생각한다. 그런데 배웠다는 사람이 앞장서서 이를 조장하거나 방조하고 있다면 교육이 잘못된 것이 확실하다.

사람의 욕구는 한이 없다. 이런 한없는 욕구를 자제하고 사회의 일원으로서 소임을 다할 때 우리가 바라는 아름답고 살맛 나는 사회가 만들어지는 것이다. 지저분하고 구질구질하게 백 년 만 년 살면 뭐 하며 천만년을 살면 뭐 할까? 단 하루를 살아도 인간답게 살다 가는 사람들이 모여 사는 사회를 꿈꿔본다. 지성의 눈이 뜨이고 이성이 확고한 세상이 하루빨리 오길 바란다.

# 육하원칙과 삶의 방식

시도 때도 없이 주변에서 사건과 사고가 발생하고 있다. 국내에서는 2022년 이태원 할로윈 데이(Halloween Day) 축제에서 수많은 꽃다운 젊은이들이 생명을 잃은 일을 비롯하여 크고 작은 일들이 연일 끝이 없다. 조금 전에는 튀르키예에서 지진이 발생하여 일만 오천 명 이상이 죽고 부상을 당했다는 뉴스가 보도되었다.

뉴스나 보도는 주로 육하원칙을 따라 보도되고 있다. 육하원칙이란 누가(Who), 언제(Where), 어디서(Where), 무엇을(what), 어떻게(How) 그리고 왜(Why)를 이르는 말이다. 보도문이나 기사문을 쓸 때 지켜야 할 기본 원칙이다. 이 원칙의 유래는 그리스 시대의 수사학자인 헤르마고라스까지 거슬러 올라간다. 즉 누가 무엇을 언제 어디서 왜 어떤 방법으로, 무슨 수단으로 등과 같은 7가지 논리적 수사 방식을 제시한 것이다. 또한 1907년 영국의 소설가 겸 시인인 조지프 키플링이 쓴 The Elephant's Child라고 하는 시에서 유래되었다는 설도 있다.

언제 누구로부터 유래된 원칙인지 일반 사람들이 꼭 알고 있어야 할 필요는 없지만, 아무튼 키플링 이후로 기사나 보도문을 쓸 때 이 원칙을 준용하게 되었다. 육하원칙을 사용하여 글을 쓰고 있는 것은 기사를 듣거나 읽는 사람들이 좀 더 정확하게 이해하도록 하는 데 그 목적이 있다.

내가 살아온 인생도 하나의 사건임이 틀림없다. 인생사에서 누가, 언제, 어디서, 무엇을, 어떻게, 왜라고 하는 물음에 다섯 가지는 이미 확정된 것이다. 누구는 나다, 언제에 해당하는 시기는 내 일생 동안이다. 어디서는 넓게는 이 지구상에서 보통은 대한민국에서, 좁게는 내가 살고 있는 지역을 의미한다. 무엇에 해당하는 것은 내 삶의 과정에서 그때그때 달성해야 할 목표가 될 것이다. 그리고 왜에 해당하는 것은 내 인생의 행복한 삶을 위해서가 해당될 것이다.

문제는 어떻게(how)에 해당하는 것이다. 내가 이 지구상에서 사는 동안 내 인생을 행복하게 살기 위해서 어떻게 해야 하는가? 하는 물음으로 귀결된다. 어떻게 살아야 할까? 삶의 철학적 의미를 함축하는 물음이다. 바로 평생의 과업이며 화두가 아닐 수 없다. 젊은 나이라면 내 가치관과 능력에 부합하며 목적을 달성할 수 있는 방법론을 찾는 중차대한 문제가 아닐 수 없다. 나이가 들어도 이 문제는 죽는 그 순간까지 놓을 수 없는 인간 자존의 문제이다.

사고(思考)가 존재하는 한 이 문제에서 자유로울 수는 없다. 인간의 본능을 들여다보면 볼수록 인간은 죽는 그 순간까지 사람의 도리에 어긋나지 않는 방법으로 살다가 가길 원한다. 또 그렇게 살다 가는 것이 인간다운 것이다. 마음은 하고 싶은데 외부의 사정 때문에 망설여지거나 하지 못하고, 지난 후에 후회하는 것보다 환경적으로 조금 어려운 처지라고 해도 하고 싶은 것을 하는 것이 자기 자신을 위해서는 매우 긍정적인 삶의 태도다.

살아오면서 체면이나 주변의 눈치 때문에 망설이다가 원하는 것을 못하고 그르친 일들이 많이 있다. 나 자신도 그런 상황에서 배려까지는 아닐지라도 체면을 지키려는 생각에 남에게 양보를 하고 만 경우가 있다. 대의명분을 따른다거나 대도를 걷는다는 가치관에 입각한 일이었으나 지난 후에 후회하는 나 자신의 모습을 보며 스스로 "소인배가 따로 없구나."라는 생각도 해 보았다.

전쟁에 출정하는 무사들처럼 투철한 사상으로 무장하고 살 수는 없을지라도 적어도 자기 자신을 기만하며 살 필요는 없다고 생각한다. 내게 주어진 인생을 좀 더 효율적이고 보람되게 살기 위해서 어떤 사고를 갖느냐가 중요한 변수라 생각한다. 육하원칙에 따라서 사는 방법이 인생을 조금이라도 덜 후회하고 알차고 차지게 사는 것이 아닐까?

내 인생은 내가 책임지고 사는 것이다. 남을 위한다는 명분은 사실 자기 자신의 큰 꿈을 간접적으로 에둘러 표현하는 방법일 뿐이다. 내가 아니면 세상이 망할 것 같지만 그렇지 않다. 나 아니면 세상이 멸망해 버릴 것 같이 생각했던 영웅호걸들도 이미 세상을 떠난 지 수백 년 수천 년이 지났다. 하지만 세상은 지금도 여전히 존재하고 있다. 내가 내 뜻대로 이 세상에 온 것은 아니지만, 태어난 이상 자기가 오게 된 사명을 충실하게 해내고 살다 가는 것이 육하원칙에 맞는 삶이 아닐까? 오늘도 나는 어떻게 사는 것이 행복한 삶인지, 언젠가 후회 없이 먼 나라로 갈 것인가를 생각하며 시간을 보내고 있다.

# 좋은 것보다 익숙한 것이 좋다

부부가 집에 함께 있는 시간이 많아지면서 소소한 말다툼이 잦아진다. 사소한 것들이 감정을 상하게 하고 불편하다. 친구들이 모이면 이제 집사람이 필요의 악이라고 하는 농담도 서슴지 않는다. 집사람도 자기 친구들 만나 남편을 엿장수도 가져가지 않으려는 떨어진 고무신쯤으로 생각하고 있을지도 모를 일이다. 고물장수가 아주머니들에게 집안에 쓸모없는 것 가지고 오면 비싼 값으로 사겠다고 했더니, 너나 할 것 없이 모두 남편을 데리고 오더라는 우스개 이야기도 있지 않은가? 상황이 이쯤 되면 막 나가는 이야기도 하게 된다. 살 만큼 살았다는 여유와 자신감 아니면 너 없이도 얼마든지 살 수 있다는 용기일 수도 있다.

어제의 일이다. 오랜만에 부부가 가까이 앉아 이야기를 몇 마디 나누다가 갑자기 옷에서 냄새가 난다며 옷을 바꿔 입으라고 한다. 갓끈 떨어진 사또 행색으로 보였는지 아니면, 못난 사람 코딱지 후비는 꼴로 보였는지 갑자기 코를 옷에다 대더니 냄새가 난다는 것이다. 매일 밭에 나가 잡초를 뽑거나 거름을 주거나 아니면 땅을 파는 일을 해야 하기에 작업복을 늘 입고 생활하고 있다. 의복이 날개라고 내가 봐도 가끔씩 몰골이 말이 아니구나 하고 느끼는 때가 있다. 집사람이 옛날 넥타이 매고 단정하게 직장 다니던 모습과 현재의 내 모습을 보고 조금 짜증이 났던 모양이다.

잘 알고 지내던 지인의 마나님이 어느 날 갑자기 시골에 내려가 농사나 짓고 살겠다며, 멀쩡히 잘 다니던 직장까지 때려치웠던 남편에게 "나는 대학교수님과 결혼 했지. 농사꾼 아무개와 결혼하지 안 했다."라고 말한 생각이 났다. 나도 질세라 "자기도 집에 있을 때와 외출할 때 모습이 많이 다르면서 남의 말은 잘도 한다."며 말다툼의 1막을 끝냈다.

오랫동안 규칙적인 생활을 하다가 퇴직 후 일상적인 룰에서 벗어난 생활을 하게 되면서 이제 좀 자유롭게 살고 싶다는 핑계로 뭐든지 쉽고 편한 것을 찾게 된 것은 사실이다. 바람 소리 날만큼 민첩하던 행동은 굼벵이처럼 느려지고, 아침 햇살에 빛나는 이슬방울처럼 반짝이던 눈동자도 자취를 감춘 지 오래다. 썩은 동태눈깔처럼 퇴색되어있다. 일거수일투족이 정상적이라고 볼 수 없는 지경에 이르렀다. 내가 나를 봐도 마음에 들지 않는다. 이런 꼴로 맨 날 거렁뱅이 누더기 같은 옷을 입고 있으니 꼴도 보기 싫을 수 있을 것이다.

집사람도 집에 있을 때는 헐렁한 바지에 그것도 자기 바지도 아닌 내 바지를 입으면서, 때론 20년도 더 지난 색이 다 바랜 옷을 즐겨 입으면서 남편이 조금 헐거운 옷 입고 있다고, 거기다가 냄새난다고 옆에도 오지 못 하게 하는 것은 무슨 심보인지 모르겠다.

옷의 기능에는 보건 위생적 기능과 사회적 기능이 있다. 보건 위생적 기능에는 체온조절, 신체보호, 능률화, 청결유지 기능 등이 있고, 사회적 기능에는 소속의 표현, 의례의 표현, 개성의 표현, 아름다움의 표현 등이 있다. 멋을 위해 입는 옷은 사회적 기능을 위하는 것이지만 편하고 익숙해서 입는 옷이란 보건 위생적인 기능에 의미를 두고 입는 것이라 할 수 있다. 특히 농사일을 위해서 착용하는 옷이란 사회기능과는 달리 능률화를 위해 입는 옷이라 할 수 있을 것이다. 일의 능률을 위해서는 편하고 일에 지장을 주지 않는 옷이 좋다. 양복을 입고 일하지 말라는 법은 없다. 그러나 비싸고 좋은 옷을 입고 굳은일을 하는 사람은 거의 없다. 군인은 군복을 입고, 학생은 교복을 입듯이 농사일에는 농사일에 편한 옷을 입는 것이 멋지다.

　누구나 나이 들면서는 익숙하고 편한 것이 좋다고 한다. 나도 마찬가지다. 이제 남의 눈치를 보며 살 나이도 아니고 모양을 낸다고 예전같이 때깔이 나는 것도 아니다. 그렇게 모양내고 다녀도 누가 봐주는 사람도 없다. 서 있으면 앉고 싶고, 앉아 있으면 눕고 싶고, 누워있으면 자고 싶다고 이제 편하게 살고 싶을 뿐이다.

　나이가 드니 몸도 마음도 편한 것 익숙한 것이 좋아진다. 그렇다고 추하게 살라는 것은 아니다. 나이 들수록 멋있는 옷을 입으라고 하는 사람도 있다. 그래야 무시를 덜 당한다고 한다. 사회가 그런 면도 없지 않다. 같은 사람이 멋을 내고 다니는 경우와 해어진 옷을 입고 다니는 경우 똑같은 사람을 똑같이 봐주지 않는다. 의복이 날개라고 하지 않던가? 명품 옷이 날개돋인 듯 팔리고 명품을 사기 위해 백화점 앞에서 밤을 새운다는 뉴스를 접하면서 나는 이방인이라는 생각이 들었다. 일부러 더럽고 추하게 입고 살라는 얘기는 추호도 아니다. 가능하면 깨끗하고 아름답게 입고 사는 것은 누구나 바라는 바다. 외형에 관심 두는 것의 반의반이라도 내면에 충실하게 살기 위해 노력하길 바라는 마음에서 몇 자 적어 봤다. 좋으면서도 편한 옷이 있으면 금상첨화겠지……. 그래도 나는 편하고 익숙한 것이 좋다.

# 리사이틀


1970년대 말 이탈리아 폼페이를 여행할 때 들렸던 음식점에서 세 번 놀란 적이 있다. 하나는 음식을 서빙 하는 분들이 나이가 많다는 것이고, 또 하나는 하나같이 웃는 낯으로 서빙을 하는 것, 끝으로 이분들이 콧노래를 부르는데 그 노래들이 모두 우리가 학교에서 배웠던 명곡이었다는 것이다. 우리는 언제 저렇게 예술을 생활화하여 평화롭고 자유로운 모습으로 사는 날이 올까? 참으로 부러워했던 기억이 난다.

그 후로 반세기가 지난 요즘 우리나라에 트로트 열풍이 한창이다. TV채널마다 트로트 경연대회가 열리고 있다. 온 국민이 트로트에 빠져 있는 느낌이다. 지나치다는 생각이 없는 것은 아니지만 우리도 참 잘 사는 나라가 되었구나. 한편 마음이 뿌듯해진다. 나라가 부유해지면 문화가 발전한다고 한다. 요즘 한국문화(K-Culture)가 세계를 놀라게 하고 있다. 이 얼마나 바라던 것인가? 몇 년 전만 해도 상상도 못 했던 일들이 심심치 않게 일어나고 있다. 역경을 이기고 이런 시대를 만든 세대의 일원으로 자부심을 느낀다. 오천 년 역사에서 지금처럼 잘 살던 때가 없다고 하니 그래도 될법하다.

나는 음악이나 미술에 소질도 없거니와 악기 하나도 다루지 못한다. 그래서 그런지 예술이라는 말 자체가 내겐 남의 말처럼 생소했다. 시간적으로나 경제적으로 문화생활 할 여유가 없었다. 미술관이나 예술의 전당이 있는지조차도 모르고 살았다. 그러니 예술은 나와는 상관이 없는 남의 이야기로 생각하고 살아온 것이다. 이렇게 살아온 생이 때론 후회스럽고 원망스럽기도 하다. 그림 전시회나 음악회를 가면 눈이 멀고 귀가 먹기 때문이다. 다른 일도 잘하면서 이런 분야까지 해박한 친구를 보면 한없이 부럽다.

내게 예술의 위대함을 알게 해준 두 번의 사건(?)이 있다. 하나는 2010년 처제 식구와 이탈리아 여행을 갔다가 우연히 관람하게 되었던 오페라다. 마침 여름방학을 맞아 가족여행을 떠난 것이다. 로마, 나폴리, 베네치아, 베로나, 밀라노를 거쳐 스위스 취리히, 베른, 제네바까지 다녀오는 것으로 여행계획을 짰다. 이탈리아 로마에 도착하니 우리를 안내하러 나온 가이드가 로마에서 음악을 전공하는 한국유학생이었다. 친절하고도 예의 바른 학생으로 아르바이트를 하며 학업을 하고 있는 가난한 유학생이었다.

가이드의 안내로 로마, 나폴리, 베네치아를 거쳐 베로나에 도착했다. 베로나는 사랑의 도시로 잘 알려진 도시다. 어려서부터 익히 들어 잘 알고 있는 로미오와 줄리엣의 사랑이야기의 무대가 바로 이곳이기에 더욱 유명한 곳이다. 또한 로마의 원형경기장과 닮은 아레나 경기장이 있다. 사실인지는 모르지만 가이드의 말에 따르면 로마의 원형경기장을 만들 때 돌이 부족하여 베로나에 있는 경기장의 돌을 가져다 썼기에 베로나 경기장도 일부가 돌이 없는 모양을 하고 있다고 하였다.

베로나에 도착하자마자 제일 먼저 줄리엣 집으로 향했다. 사랑의 대명사격인 로미오와 줄리엣을 만나보기 위해서였다. 막상 가보니 상상했던 것보다 웅장하고 화려하지는 않았다. 벽돌집에 담장이 넝쿨이 있었던 기억이 나는데 이 층 방 앞에 줄리엣 동상이 서 있었다. 많은 사람들이 줄리엣 동상을 손으로 만져 반질반질하게 윤이 나고 있었다. 예술품을 만지는 것은 작가에게 모독이 될 수도 있지만, 아무튼 많은 사람들이 만지고 있기에 우리 일행도 차례를 기다려 줄리엣 동상을 만져보았다. 그들의 애틋했던 사랑이야기를 회상하며 같이 간 집사람과 기념사진도 찍었다. 나로서는 세 번째 방문하는 이탈리아지만 베로나 시내를 구경하기는 처음이었다. 베로나를 돌아본 뒤 이탈리아야 말로 전국이 다 유적지고 보존 또한 잘하는 나라라는 생각을 하게 되었다.

베로나 시내엔 유독 나이 드신 분들이 눈에 많이 띄었다. 이들은 노상 카페에서 커피를 마시며 담소를 나누거나 오가는 사람을 구경하고 있었다. 여유로운 모습으로 하나같이 아름다운 모자를 쓰고 예쁜 옷을 차려입고 앉아 있었다. 가이드에게 물어보니 베로나는 여름 3개월 동안 오페라를 하는데, 전 세계에서 오페라 관람객들이 모여들어 몇 달씩 머물다 간다는 것이었다. 참 부럽기도 하고 한편 오페라가 뭐기에 이렇게 많은 사람들이 와 있는지 궁금하기도 했다.

오페라는 밤에 시작하며, 공연장은 바로 아레나 원형경기장이란다. 이 경기장엔 약 3만 명을 수용할 수 있으며, 주말에 입장하려면 보통 일 년 전에 예약해야 할 만큼 인기가 많다고 했다. 그러면서 기회가 되면 꼭 한번 보고 가란다. 같이 간 동서가 취미로 CD까지 낼 만큼 성악에 열성이 있는 사람이기에 가능하면 꼭 보고 싶다고 했다. 그러자 가이드가 티켓 구입이 가능한지 알아보겠다고 했다. 알아보니 마침 평일이라 외야석에 빈 좌석이 있다고 했다. 일행 모두가 오케이다. 기억이 정확하진 않지만 입장료는 약 5만 원 정도를 준 것 같다. 이것도 행운이란다. 드디어 입장할 시간이 되었다. 천 년 이상이 지난 경기장이라는데 그 웅장함에 입이 벌어져 다물어지지 않았다. 입장하는데 입구에서 뭔가 조그만 선물(?)을 나눠주었다. 확인해보니 작은 초였다. 입장하는 사람들 중에 많은 사람들이 망원경을 가지고 있었다. 왜 망원경을 가지고 갈까 궁금했는데 입장한 후에야 그 이유를 알게 되었다.

무대를 중심으로 운동장에는 빨간 카펫이 깔려있고 의자가 놓여있었다. 무대에서 가까울수록 입장료가 비싸다고 한다. 빨간 카펫이 깔린 자리는 그 당시 약 30만 원 정도라 했다. 순식간에 그 큰 운동장이 그라운드는 물론 스탠드까지 꽉 찼다. 해가 지고 어둠이 깔렸다. 어둠에 덮인 운동장은 웅성거리는 소리만 들릴 뿐 앞이 잘 보이지 않았다. 잠시 후 아나운서 멘트가 나오더니 하나둘 불이 켜지기 시작했다. 촛불이었다. 입장할 때 작은 초를 하나씩 주기에 어디에 쓸까 궁금했는데, 이때 쓰라고 주었던 것이다. 처음엔 한두 개 불빛이 보이더니 순식간에 운동장 바닥과 스탠드에 앉아있던 모든 관람객들의 손에 촛불이 들리게 된 것이다. 어둠에 감춰져 있던 운동장이 순간 환한 불빛으로 바뀌었다. 어두운 밤에 3만 명이나 되는 사람들이 운동장에 모여 촛불을 흔들고 있는 모습은 장관이었다. 영화 속에서나 볼 수 있던 환상 그 자체였다. 저마다 함성을 지르고 있었다. 2~3분 정도 지나자 환호성도 멈춰지고 촛불도 점차 꺼져갔다.

순간 무대가 대낮같이 밝아지더니 팡파르와 함께 서막이 올랐다. 장엄한 음악 소리가 관중을 압도했다. 화려한 무대 조명과 검은색 정장을 한 경호원들의 호위를 받으며 하얀색 세단 한 대가 무대 위로 올라왔다. 차가 멈추고 문이 열리자 이날의 주인공인 가수가 내렸다. 관중들이 목소리가 터지라고 소리를 질러댔다. 경기장이 떠나갈 듯했다. 이런 무대에 익숙하지 못했던 나는 그저 마음속으로 감동을 할 뿐이었다. 가수는 머리부터 발끝까지 하얀색으로 차려입었다. 장갑까지도 하얀색이다. 다만 안경만이 유일하게 검은색이었다. 밤인데도 선글라스를 쓰고 있는 것이 특이했다. 내가 아는 세계 유명 가수라고는 TV에서 가끔 봤던 플라시도 도밍고, 루치아노 파바로티 정도의 이름을 알고 있을 뿐이었다.

그날 주인공은 안드레아 보첼리(Andrea Bocelli)였다. 처음 듣는 이름이었는데 가이드의 말은 오페라계에서는 떠오르는 별이라고 했다. 특히 앞을 못 보는 가수라고 했다. 아하! 그래서 저녁인데도 선글라스를 쓰고 있었구나. 어두운 밤하늘 아래 휘황찬란한 무대 조명, 귀를 찢고 가슴을 때리는 음악, 이에 환호하는 관중들이 어울려 만들어내는 오페라는 내 상상을 초월하고 있었다. 무슨 노래를 부르는지 잘 몰랐지만 분위기에 취해 황홀한 기분이 들었다.

아! 이게 음악이구나. 감탄을 자아낼 수밖에 없었다. 순간 나는 음악에 대해 내가 얼마나 우매하고 어리석었는가를 통렬하게 반성하는 계기가 되었다. 바로 이거다. 세상의 모든 이를 순간 즐겁고 유쾌하게 행복의 나라로 이끌 수 있는 것이 바로 음악이다. 이 많은 사람을 한마음 한뜻으로 묶어 웃고 울게 할 수 있는 것이 음악 말고 어떤 것이 또 있을까? 우연히 보게 된 이 오페라는 내가 음악과 가수에게 가져왔던 고정관념을 깡그리 바꾸게 해주었다. 음악을 사랑하게 되었고, 가수들을 존경하게 되었다. 뿐만 아니라 다른 예술인에 대한 새로운 시각을 갖게 되었다. 그리고 매우 부끄러웠다. 무아지경에서 2시간 정도의 공연이 끝났다. 마치 천국을 다녀온 느낌이었다. 그 후에 보첼리는 세계적인 가수가 되었다. 후에 우리나라에 와서도 공연을 했다는데 관람 기회를 얻지 못해 매우 아쉬웠다.

2013년 우연히 조용필 리사이틀을 볼 기회가 있었다. 지인이 조용필

리사이틀 표를 가지고 있다고 해서 보게 된 것이다. 무더운 여름에 사람들이 얼마나 올까 하는 생각에 시간에 맞춰서 갔다. 이게 웬걸 그 큰 잠실운동장을 둘러싼 입장객의 줄이 끝이 보이질 않았다. 대단하다는 말밖에 할 말이 없었다. 약 30분 기다리다 입장하는 데만 1시간은 족히 걸렸던 것 같다. 3만 명을 수용한다는 운동장에 입추에 여지없이 관람석을 메웠다.

나이도 들고 혹시 제자라도 볼까 싶어 딴에 품위를 지킨다며 근엄한 자세로 앉아 있었다. 잠실벌에 어둠이 내리고 무대에 불이 켜지며 위대한 탄생의 연주와 함께 작달막한 체구를 가진 가수가 조명을 받으며 뛰다시피 걸어 나왔다. 가왕이라 불리는 조용필이었다.

수많은 관객들이 환호와 박수를 보내고 있었다. "안녕하세요?"인사를 건네며 노래를 부르기 시작했다. 조용필이 부른 '돌아와요 부산항에'가 내가 아는 유일한 노래였다. '단발머리' 곡을 필두로 몇 곡의 노래가 이어지자 점점 운동장은 흥분의 도가니로 변하기 시작했다. 자리에 앉아서 조용히 구경만 하고 있던 김 교수님 내외와 우리 내외도 분위기에 점차 휩싸이기 시작했다. 운동장 분위기가 가만히 있게 놔두질 않았다. 이게 바로 음악의 힘인가 보다.

베로나에서 보았던 그 분위가 여기서도 위대하게 탄생하고 있었다. 작은 체구에서 품어 나오는 열정은 모든 관객을 압도하고 있었다. 마치 마법에 걸린 사람들처럼 흥분의 도가니로, 아니 황홀경을 지나 행복의 나라로 끌려가고 있었다. 나도 모르게 몸이 흔들리고 어깨가 들썩이더니 드디어 마음이 하늘로 날아오르기 시작했다. 요즘 말로 미쳤다. 모든 관객이 한마음 한뜻으로 잠실운동장을 들뜨게 하고 있었다. 내 인생에 음악으로 인해 두 번째 황홀한 시간을 갖게 된 것이다. 이게 음악이다.

예술이다.

예술은 죽은 영혼을 깨워 기지개를 켜게 한다. 미술이 영혼의 깨우는 것이라면, 음악은 영혼을 열광케 한다. 영혼이 깨어나고 열광하는 세상은 아름답다. 영혼이 살아 있음은 곧 삶의 승리를 뜻하기 때문이다. 병든 영혼 노쇠한 영혼을 살리기 위하여 추운 골방에 앉아 서푼도 안 되는 글을 쓰고 있지만, 언젠가 다시 환희와 열정을 맛볼 수 있을 것이라는 희망으로 열심히 살고 있다.

# 돈 벌기를 바라는 사람들에게

"돈이면 산 호랑이 눈썹도 빼온다."라는 속담이 있다. 배 속에 있는 애도 "아나 돈!"하면 나온다는 우스갯소리가 한때 널리 회자하기도 했다. 애나 어른이나 눈만 뜨면 돈 돈 돈이다. 돈의 위력이 얼마나 대단한 것인가를 단적으로 나타내는 말이 아닐 수 없다. 돈 몇 푼 때문에 형제간에는 물론이요, 부모와 자식 간의 싸움도 불사한다. 사랑하고 살아도 모자랄 형제간에도 돈 때문에 의가 상하고 때론 남보다 더한 다툼이 일어나고 있다. 돈이란 형제 자식도 몰라보게 하는 것이다. 많아도 걱정이요, 적어도 걱정인 것이 돈이다. 사람 나고 돈 났다는데 돈 나고 사람난 것 같은 착각 속에 살고 있다. 코 묻은 돈 더러운 돈 할 것 없이 돈이라면 다 좋다고 한다. 세상에서 질은 상관없이 양만 따지는 유일한 것이 돈이 아닐까 싶다.

어느 조사에 의하면 돈만 있으면 행복하다고 응답한 사람이 90%가 넘는다고 한다. 인격이고, 예의고, 지식이고 명예도 생색내기에 불과하다는 입장이다. 사실 돈만 있으면 우리 생활의 기본인 의식주가 해결되기 때문에 다른 욕심이 없다면 보통사람의 행복이 이뤄지는 것이 사실이다. 돈이 곧 행복이다. 이렇게 돈의 위용이 대단하기에 사람들은 누구나 돈을 벌기 위해 혈안이 되는 모양이다. 돈이 많으면 안 벌 것 같지만 있는 사람이 더 무섭다고 욕망이 끝이 없다. 지금도 어디서 무엇을 하고 있든지 엄밀하게 따지면 돈을 벌기 위해 일을 하고 있다고 해도 과언은 아니다. 일하고 있다는 것은 결국 돈을 벌고 있다고 말할 수 있다. 만인은 만인의 방법으로 돈을 벌고 있는 것이다.

이렇게 중요한 돈을 어떻게 하면 쉽게 많이 벌 수 있을까? 이 화두는 특정인을 제외하고는 모든 이의 소망이 아닐 수 없다. 나 역시 어릴 적 꿈이 부자가 되는 것이었다. 몇 년 전만 해도 많은 사람들이 헐벗고 굶주리며 살았다. 지금도 모두 잘 사는 것은 아니다. 어딘가에 어렵게 사는 사람들이 있다. 우리 집도 예외는 아니었다. 칠 남매를 낳아 기르신 부모님은 늘 끼니 걱정을 하고 사셨다. 그렇게 사는 것이 우리의 운명인 줄 알았다. 어떻게 하면 끼니 걱정하지 않고 살 수 있을까? 우리 마을에서는 우리 집뿐만 아니라, 대부분의 가정이 삼시 세끼 밥걱정 없이 사는 것이 꿈이었다. 얼마나 가난이 한이 되었으면 두꺼비 허물을 쌀독 밑에 넣어두면 쌀이 줄지 않는다거나, 흰 눈이 내리는 날에는 이 눈이 모두 쌀가루였으면 좋겠다는 생각을 하고 살았을까? 병아리 키워 팔아 돼지 사고, 돼지 키워 팔아 소를 사고, 소를 키워서 부자가 되었다는 실화도 있었다.

어린 생각으로는 개간되지 않은 많은 산과 들에 과일나무도 심고, 닭, 돼지, 소도 키우면 잘 살 수 있을 텐데 왜 어른들은 그렇게 하지 않을까? 하는 생각에 원망도 많이 했다. 열심히 일하고 살면 굶지 않고 살수 있을 것 같은데 일은 안 하고 늘 술만 마시는 어른들이 밉기도 했다. 나는 어른들처럼 살지 않겠다고 다짐하며 살았다. 나이가 들어보니 돈 벌기가 생각처럼 쉽지는 않다는 것을 알게 되었다. "자식새끼들 호의호식시키고 싶지 않은 부모가 어디 있겠냐."며 한숨짓던 부모님의 말씀을 이해하기에 이르렀다.

이런 어려운 시기에도 굶주리지 않고 잘 살던 분들도 있었다. 조상을 잘 만난 사람들이다. 그리고 열심히 일하는 사람들이었다. 조상을 잘 둔 것도 따지고 보면 복이라면 복이다. 일만 열심히 한다고 잘사는 것이 아니라는 사실도 깨닫게 되었다. 그리고 잘 사는 사람은 나름의 피나는 노력을 하며 사는 사람이라는 것도 알게 되었다. 우리 역시 입에 풀칠이라도 하고 살려고 많이 노력하며 살았다. 큰돈은 벌지 못했지만 이제 밥걱정하지 않고 살고 있으니 내 스스로는 억만장자가 된 것 같다.

지나고 보니 돈을 벌 기회가 여러 번 있었는데 놓쳤다는 생각이 든다. 알고 보면 돈 버는 것이 그렇게 어렵지도 않은 것이다. 돈을 벌겠다는 의지가 중요한 것이다. 돈을 모을 의지뿐 만이 아니라 의지를 굽히지 말아야 한다. 잘 살고 못 사는 것도 마음먹기 달렸다고 하지 않던가? 돈을 벌고 싶은 분은 다음과 같은 세 가지 중 하나라도 실천해 보시기 바란다. 틀림없이 돈을 벌 수 있을 것이다.

첫째는 열심히 일하는 것이다.

남이 놀 때 땀 흘려 열심히 일하는 것이다. 돈이란 하늘에서 떨어지거나 땅에서 솟아나는 것은 아니다. 열심히 일한 대가로 얻어지는 것이다. 어떤 사람은 제품을 만들고, 어떤 이는 농사를 짓고, 어떤 이는 장사를 하며, 어떤 이는 서비스를 제공하며 돈을 번다. 부지런하게 일해야 돈을 벌 수 있다. 이것이 돈을 버는 기본이다. 운동선수가 경기에서 이기기 위해서 기본기가 충실해야 하듯이 돈을 벌기 위해서도 열심히 일하는 기본 태도가 갖춰져야 한다.

이솝 우화에 나오는 개미와 베짱이 이야기는 일의 소중함을 우리에게 일깨워주는 이야기다. 우리나라에도 "열심히 일하면 남 굶을 때 피죽이라도 먹는다."라는 옛 어른들의 말씀이 있다. 조물주는 인간에게 부지런하게 일해서 먹고 살게 만들어 놓았다. 이 점에 대해서 나는 늘 조물주에 불만을 느끼고 있는 사람이다. 일 안 하고 잘먹고 잘살게 만들었으면 얼마나 좋았을까 하는 생각에서 그렇다.

둘째로는 절약이다.

필요불급한 곳 이외에는 쓰지 않는 것이다. 쓰기 위해서 돈을 버는데 쓰지 않고 산다니 아이러니하지 않을 수 없다. 아주 쓰지 말라는 것이 아니다. 수입에 맞게 절약하며 살라는 의미이다. 백 원 벌어 오십 원을 쓰는 사람과 백만 원 벌어 이백만 원 쓰는 사람이 있다고 할 때, 시간이 지나면 누가 잘살까? 당연히 전자일 것이다. 어느 민족은 절대로 버는 돈의 절반 이상을 쓰지 않고 저축을 한다고 한다. 그렇게 모은 돈으로 사업을 한다. 그 민족은 바로 옛 화교들이다.

셋째는 보이지 않는 이의 도움이 있어야 한다.

열심히 일하고 아무리 저축을 해봐도 풍족하게 산다는 것은 쉽지 않다. 큰 부자는 하늘이 낸다는 말이 있듯이 갑부가 되려면 보이지 않는 분의 도움이 있어야 한다. 열심히 일하고 절약해서 모은 돈은 저축이나 투자를 해야 한다. 같은 돈을 어느 시기에 어디에 어떻게 투자하느냐에 따라서 흥하기도 하고 망하기도 한다. 이 부분은 인력으로 100% 컨트롤하기 쉽지 않다. 그러나 진인사대천명이다. 아무것도 하지 않으면 하늘도 도울 수 없는 것이다.

한때 부동산 투기가 온 나라를 들썩하게 할 당시, 두 친구가 같은 장소에 똑같은 돈을 주고 같은 크기의 땅을 샀다고 한다. 그런데 몇 년이 지나 그 땅 옆으로 길이 났는데 한 친구 땅 옆으로는 길이 지나고, 한 친구의 땅은 맹지가 되었다. 옆에 길이 난 친구의 땅은 수십 배가 올랐고, 다른 친구의 땅은 오르지 않았다고 한다. 이런 일을 어떻게 설명해야 할까? 인력으로 결정하기 쉽지 않다. 바로 보이지 않는 손에 의해 결정되는 것이다.

나는 다음과 같은 나름의 계획을 세우고 살고 있다.

1) 하루 식사는 하루 일당을 넘지 않는다.
2) 하루 유흥비는 일주일 수입을 넘지 않는다.
3) 한 벌의 의복은 월급을 초과하지 않는다.
4) 자가용차는 연봉을 초과하지 않는다.

지금까지 가능하면 이 원칙을 지키며 살고 있다. 이렇게 살았다고 부자가 된 것은 아니지만 가능하면 과소비는 하지 않겠다는 의지이다. 누구나 다 아는 이야기다. 몰라서 돈을 못 버는 것이 아니다. 문제는 실천이다.

목숨을 걸고 돈을 버는 이유는 무엇일까? 사람마다 돈을 벌려는 목적은 원하는 것을 얻기 위함일 것이다. 음식이 필요하면 음식을 사고, 옷이 필요하면 옷을 사고, 집이 필요하면 집을 사기 위함이다. 음식이나 옷, 집을 사는 목적은 안락한 삶을 꾸리기 위함이요 행복한 삶을 누릴 수 있기 때문이다. 결국 행복한 삶을 살기 위함이다. 의식주 해결이 행복이라면 행복은 돈으로 달성될 수 있다. 이런 삶을 영유하기 위해서는 얼마나 많은 돈을 벌어야 할까? 다다익선이라고 말한다. 그러나 인간의 욕심이 끝이 있던가? 생각이 제각각이듯 돈에 대한 욕망도 다를 것이다. 그러므로 자기가 만족하는 선에서 행복한 삶을 누릴 수 있을 정도의 돈을 가지고 있으면 될 것이라 생각한다. 그것도 사실 어려운 문제지만 돈을 쫓다 인생을 망치는 어리석음을 겪지 않는 현명한 부자가 되길 기대해 본다.

# 어디서나 배울 것은 있다

나이 지긋한 분들이 만나 하는 옛이야기 중에 빼놓을 수 없는 주제가 바로 군대 얘기가 아닐까 싶다. 물론 군대를 다녀온 분들의 이야기다. 가장 민감한 나이에 고된 훈련과 어려운 환경에서 겪은 고초가 컸 기 때문일 것이다. 나 역시 3년 가까운 군 생활에서 경험했던 모든 것들을 지우고 싶을 때가 있다. 사람으로서 사람대접을 받지 못한다는 것보다 더 치욕적인 일은 없기 때문이다.

1970년대 초 만해도 군대생활이 의식주가 제대로 보급되지 못한 시대였기에 더욱 비참한 생활을 감수해야 했다. 그뿐만 아니라 군대생활이 인간적인 대접을 받을 환경이 아니었다. 그렇기에 오늘날의 인권적 차원에서 보면 군인은 인간이 아니었다. 정상적인 생각을 하고 군대생활을 한다는 것은 참으로 어려웠다. 휴가를 갔다가 귀대하지 않은 탈영병들이 많았다는 것이 이를 증명해주고 있다. 인간적 대접은 고사하고 시도 때도 없이 가해지는 기합과 구타는 인간을 동물화하는 작업이었다. 이성을 가지고 감내하기 참으로 어려웠다. 훈련을 받는 것은 정당하지만 훈련 이외에 가해지는 모욕적인 언행들은 군대에서만 가능한 특권이었다. 시도 때도 없이 자행되는 기합과 구타 그리고 인격 모독적인 언어는 수십 년이 지난 지금도 잊을 수 없는 트라우마로 남아 있다. 먹는 것도 부실하여 숟가락을 놓고 나면 다시 고파오는 배고픔을 참기란 참으로 힘들었다. 배만 불러도 군대생활 하겠다는 생각을 한 적이 한두 번이 아니었기에 하는 말이다. 오죽했으면 군복 입은 사람과 사복 입은 사람이 걸어가면 "군인 한 사람과 사람 한 명이 간다."라고 했을까? 군인은 사람 축에도 끼지 못한다는 말이 당시의 군인의 위상을 잘 나타내 주고 있다.

그 당시 군대 근무기간은 34개월 정도로 3년이 다 되는 기간이었다. 가장 혈기 왕성했던 20대 젊음의 삼 분의 일을 나라를 지키는 데 봉사했던 것이다. 이런 어려운 환경 속에서 겪었던 모든 것들을 제대와 동시에 다 버리고 싶었다. 군대생활 했던 곳을 향해 소변도 보지 않겠다던 사람들도 많았다. 얼마나 한이 맺혔으면 그런 생각을 했을까? 이 이야기를 하는 것은 옛날엔 이랬으니 우리 후배들도 그렇게 해야 한다는 이야기를 하고자 하는 것은 결코 아니다. 우리 세대는 이렇게 살았다고 알아달라는 것도 아니다. 이를 거울삼아 후대들이 더 편안하고 즐거운 군대 생활을 하기 바라는 마음뿐이다. 좋은 환경에서 나라를 지키는 믿음직한 군인으로 거듭나길 바라는 마음에서 하는 이야기다.

그토록 지긋지긋했던 군 생활도 지금은 아름다운 추억으로 남아 있다. 아무 쓸 짝에도 없을 것 같던 군 생활에서 경험한 것들이 사회에 나오니 때론 돈 주고 살 수 없는 지혜가 되는 것도 있다. 어렵다는 군대 생활도 해냈는데 극복하지 못할 것이 뭐가 있겠는가. 군에서 경험한 극한의 생활이 이런 자신감을 갖게 하기도 한다. 군대를 제3의 대학이라고 하는 말이 빈말이 아니다.

입대하면 군복을 지급받게 된다. 지금은 군복을 어떻게 받는지 잘 모르지만, 그 당시에는 체급과 관계없이 군복을 알아서 입으라고 그냥 던져 주었다. 군복에 사이즈가 없었다. 받은 옷이 몸에 잘 맞는다는 것은 행운이었다. 사람의 몸에 옷을 맞추는 것이 아니라 옷에 몸을 맞춰 입으라는 논리다. 어떤 사람은 몸에 들어가지도 않고 어떤 사람은 너무 커서 둘이 들어가도 될 정도다. 이 옷을 어떻게 입지? 고민하고 있는데 순간 큰 옷 가지고 있는 사람과 작은 옷 가지고 있는 사람들이 서로 교환하여 입기 시작한다. 약속이라도 한 듯 서로 몸에 맞는 옷을 찾아 바꾸기 시작한 것이다. 순식간에 몇몇 훈련병을 제외하고는 모두 몸에 맞는 옷을 찾아 입고 나선다. 기적이 일어난 것이다. 이렇게 살아가는 것이 군대생활이라는 사실을 터득하게 된 최초의 사건이었다.

군대에서 받는 훈련 중에 유격훈련이라는 것이 있다. 훈련을 받으러 가니 여기 역시 사람의 체격과 관계없이 마구 옷을 던져 주는데, 옷의 사이즈는 물론 혁대가 두 뼘도 채 안 되는 것이 아닌가? 이 혁대를 가지고 어떻게 옷을 입느냐고 물으니 교관의 대답이 더 걸작이다. 이것도 훈련이라는 것이다. 이러는 사이 한 병사가 바지 앞의 두 개의 단추 구멍을 이용해서 옷을 입고 나섰다. 이를 따라 순식간에 훈련복 입기를 마치고 훈련에 임하게 되었다. 촌음을 다투는 전쟁에서 승리하고 살아남기 위해서는 임기응변이 필수라는 사실을 깨닫게 된 것이다. 전쟁을 대비해서 하는 훈련이 군대훈련이라고 생각하면 모든 것이 이해가 된다. 아무리 어려운 역경 속에서도 고통만이 있는 것이 아니다. 역경을 헤쳐나가는 지혜를 얻을 수 있다. 말로는 다 형언할 수 없는 군대생활 이었지만, 이런 환경 속에서도 삶의 지혜를 터득하는 귀중한 시간이었다.

사회생활이라고 항상 평화롭고 안전한 것만은 아니다. 비상상황이 없으란 법은 없다. 때론 생사를 다투는 긴박한 일들이 벌어진다. 이런 때에 군대에서 터득한 경험들이 귀중한 생명을 구하기도 한다. 다양한 경험이 곧 사고(思考)를 풍부하게 한다. 군대생활을 통해 배운 임기응변들이 오늘의 삶을 더 여유롭게 해주고 있다. 책 속에서는 배울 수 없는 잡다한 삶의 지혜를 군대에서 배웠다는데 감사하며 살고 있다.

# 제4부

# 살아 보니 모두 다 후회

후회하지 않는 삶을 살려고 노력하며 살았다.

그러나 살고 보니 모든 것이 다 후회다.


잘못한 일이 있으면 반성하고 회개하라.

그렇게 하는 것이 그나마 사람 된 도리다.


이게 내가 나에게 주는 마지막 충고다.

# 후회

집에 있는 시간이 많다 보니 지난날들을 뒤돌아볼 시간도 많다. 하고 싶었던 일을 다 하지 못한 아쉬움도 있다. 하지 말아야 했던 일들을 해서 후회(後悔)하는 일도 있다. 이제 모든 아쉬움과 후회까지도 그리움이 되어 외로운 나와 함께 지내고 있다.

무엇을 하든 내 분야에서 세계 최고가 되고 싶었는데, 착한 아들이 되고 싶었는데, 나라에 충성하는 국민이 되고자 했는데, 직장생활에서 최선을 다하고 싶었는데, 카네기나 빌 게이츠보다 더 많은 돈을 벌고 싶었는데, 로미오와 줄리엣과 같은 사랑도 하고 싶었는데, 이 외에도 하지 못해 아쉬움이 남는 것들이 셀 수 없이 많다. 마지막으로 하고 싶은 것이 있다면 사랑하는 이와 함께 가보지 못한 곳을 가보고 싶다.

히말라야산을 오르고 싶다. 안데스산도 가보고 싶다. 아프리카의 넓은 초원을 거닐며 야생 사자, 치타, 얼룩말, 코끼리, 기린 등을 직관하고 싶다. 북극에 가서 오로라와 백야를 보고 싶다. 남극을 탐험하고 싶다. 환상의 섬 야자수 우거진 와이키키해변에서 아내와 몸을 담그고 옛사랑 이야기를 나누고 싶다. 우리 민족의 영산 백두산에 올라 천지의 물을 한 줌 떠서 삶의 갈증을 달래고 싶다. 그리고 민족통일이 되면 금강산, 모란봉, 묘향산을 가보고 싶다.

희망은 자유라고 하지만 너무 과하다. 단 하나만이라도 이뤄졌으면 좋겠다. 시간이 갈수록 가능성이 그만큼 더 희박해지고 있다. 아쉽다. 다른 것은 다 못해도 좋은 데 죽기 전에 가깝지만 갈 수 없는 곳 우리의 반쪽 금수강산을 꼭 두 발로 걸어서 가보고 싶다.

하지 말아야 했던 일을 해서 후회가 남는 일도 셀 수 없이 많다. 어려서 들과 산을 돌아다니며 새나 개구리, 뱀 등을 잡아 죽이거나 가지고 놀다가 고통스럽게 죽게 했던 일들로 늘 마음이 아프다. 살아 있는 동물이나 곤충을 잘 잡아야 용감한 줄 알고 경쟁하듯이 잡았었는데 지금은 파리 한 마리도 죽이기가 겁이 난다.

나도 모르게 대화하다가 성질을 냈던 일, 날 좋아했던 사람에게 좀 쌀쌀맞게 대했던 일, 없는 용돈으로 주식했다가 종잇조각 되었던 일, 형편이 어려운 친구가 도움을 요청했는데 도움을 못 주었던 일, 젊어서 술 담배를 하다가 건강을 잃었던 일 등, 살아온 시간만큼 후회되는 일도 많다.

친구와 돈거래하면 친구도 잃고 돈도 잃게 된다는 항간의 이야기에, 돈도 돈이지만 친구를 잃기 싫어서 거절했던 일이 가슴 아프게 남아 있다. 연락도 잘하지 않던 동창생이 전화를 했다. 뜻밖의 전화지만 한편 반가웠다. 그동안 서로의 안부를 묻고 난 뒤 친구는 내게 돈을 좀 빌려 달라고 했다. 중학교 다닐 때만 해도 그 친구 집은 잘살았다. 나는 늘 그 친구가 부러웠다. 학교를 졸업하고 만날 기회가 많지 않아 거의 연락을 하지 않고 지내던 친구였다. 한때 사업이 잘 되어서 돈을 많이 벌었다는 소식도 간간이 들리기도 했다. 그 뒤에 IMF를 지나면서 사업이 잘되지 않아 어렵게 지내고 있다는 소식을 한다리 건너 들었다.

몸이 아파 병원에 가야 되는데 돈이 없다는 것이다. 마음 같아서는 당장 빌려주고 싶었지만 수중에 그런 돈이 없었다. 얼마나 어려우면 이런 부탁을 할까? 빌려달라고 하는 돈은 사업하는 친구에게는 푼돈일 줄 모르나 월급쟁이들한테는 결코 적은 돈이 아니었다. 변명 같지만 가정을 꾸리고 살고 있는 사람으로 나 혼자 결정할 수도 없었다. 결국 거절하고 말았다. 그 후 그 친구가 잘살았으면 얼마나 좋았을까? 불행하게도 몇 개월 후 그 친구의 부고를 받게 되었다. 나는 순간 나 때문에 죽은 것 같은 생각에 죄책감이 들었다. 돈이란 있다가도 없는 것인데 그때 돈을 빌려주었으면, 그 친구가 죽지 않았을지도 모른다는 죄책감에 매우 괴로웠다.

삶이 무엇인가? 친구란 무엇인가? 이렇게 하고도 우정을 논할 수 있을까? 지금도 후회막급하다. 막상 문상을 하러 가서 친구 가족을 대하는데 마치 큰 죄인이 된 느낌이었다. 아무 말 없이 친구 영정에 무릎 꿇고 술 한 잔 올리며, 근심걱정 없는 곳에 잘 가서 영면하기 바란다는 인사말을 남기고, 유족들에게 아무 말도 하지 못하고 조용히 돌아왔다.

돈이 원수라더니 지금도 그 친구 생각을 하면 마음이 아프다. 저세상에 가서 그 친구를 보면 무슨 말을 해야 할지 모르겠다. 볼 면목이 없다. "미안하다"는 말로 다 할 수는 없지만, 아무튼 저세상에서는 꼭 잘살고 있길 바라고 있다.

친구!

나 만나거든 많이 원망해주게나. 그리고 앞으로는 친구를 사귀어도 나 같은 가난한 친구 사귀지 말고 돈 많고 마음씨 고운 친구 사귀며 살게. 지금도 그 친구 생각을 하면 마음이 매우 아프다.

# 들에서 자란 풀은 햇빛에 시들지 않는다

옷매무새가 가벼워지던 어느 화창한 봄날, 시내에 나갔다가 화원 앞에 진열된 예쁘게 핀 하얀 꽃을 봤다. 무슨 꽃인지 이름을 몰라 물어보니 주인아주머니가 이런 꽃 이름도 모르냐는 식으로 나를 흘끗 쳐다보더니 수선화라고 했다. 꽃 이름은 잘 모르지만 삭막한 아파트에 이런 봄꽃 하나 놓고 보면, 좋을 것 같은 생각에 안 하던 짓을 하고 말았다. 보기에 잎이 도톰하고, 줄기가 실해 보이고, 꽃봉오리 4개가 막 벌어지기 직전인 것을 골라 샀다. 이 화분 하나면 올봄에는 닭장 같은 아파트가 조금 화사해 보이겠구나 하는 희망을 가지고 일을 저지른 것이다. 작은 화분과 꽃 심을 때 줄 퇴비도 함께 사고, 흙은 집 앞에 있는 야산에 가서 부엽토를 좀 가지고 왔다. 정성을 다해 화분에 흙을 넣고 꽃을 심어 베란다에 놓았다. 그리고 잘 살아달라고 기도까지 했다. 잘 자라고 있는지 궁금하여 시간 날 때마다 들여다보는 것이 새로운 일과가 되었다.

봄날은 점점 여름을 향해 쉼 없이 달려가고 있었다. 햇빛이 찬란했다. 이런 햇볕을 쬐면 더 좋을 것 같은 생각에 화분을 베란다 양지바른 곳으로 옮기고 물을 주었다. 그리고 며칠이 지났다. 하루가 다르게 잎이 무성해지고 꽃대가 올라와 아름다운 꽃을 피우리라는 기대를 했는데 기대와 다르게 잎은 점점 시들어가고 꽃도 시원치 않게 피고 있었다.

그렇게 시름시름하다가 며칠이 지나니 잎은 시들고 꽃은 화원에서 구입 당시의 모양은 온데간데없고, 병든 닭 벼슬 같은 볼품없는 모양을 하고 있었다. 집 앞에 있는 화원에 가서 이유를 물어봤다. 주인 대답이 "화원에서 자란 꽃을 바로 햇볕에 내놓으면 타 죽는다."라고 했다. 산과 들에 피는 수많은 야생화들은 그리도 잘 자라는데 돈 주고 사다 놓은 꽃은 햇빛을 보게 되면 죽는다는 것이다. 거친 세상에서 생존하기 위해서는 식물도 많은 몸살을 하는 모양이다.

사람은 어떨까? 젊어 고생은 사서도 한다는 말이 있다. 세상이 늘 평온하고 여유롭다면 사서 고생할 필요는 없다. 그러나 세상은 늘 평화와 번영만 있는 것이 아니다. 지금 부자라고 평생 호의호식하며 살라는 보장도 없다. 언제 어떤 시련이 다가올지 모른다. 이런 어려운 시기를 대비하기 위해서라도 온실 속의 삶을 고집할 필요는 없다. 온실 속에서 자란 꽃이 연약하듯이, 부모님의 보호 속에서 세상 물정 모르고 자란 사람들보다 역경을 헤치고 살아온 사람들이, 험한 세상에 더 잘 적응하며 살 수 있다고 믿기 때문이다. 물론 사람에 따라서 다를 수도 있다. 평생 온실 속에서 살 수만 있다면 이보다 더 큰 행복이 없겠지만 세상은 언제나 한결같지가 않다. 음지가 양지 되고 양지가 음지 되는 것이 세상사다.

군대시절에 알게 된 전우가 있다. 이 친구는 부대에서 내놓은 고문관(군대에서 어수룩한 사람을 놀림조로 이르는 말)이었다. 군에 입대해서 일처리나 훈련에 미숙하여 기합도 많이 받고 맞기도 많이 하여 결국 내놓은 병사였다. 겉보기에는 덩치도 크고 기골이 장대한 병사였다. 어느 날 함께 보초를 서게 되었다. 나와 거의 같은 시기에 입대하여 동기로 지내던 터였다. 그날 나는 그 친구와 사적인 이야기를 나누었다.

그 친구는 어려움 없는 집안에서 자라 대학을 다니다가 입대했고, 어려서부터 부모님이 다 챙겨주는 바람에 공부 이외에는 자의적으로 해본 일이 별로 없었다고 했다. 먹는 것 입는 것은 물론 심지어 잠자리까지도 어머님이 깔아 주었다고 했다. 자기는 오직 공부만 하면 모든 것이 다 되었다고 했다. 부모님 말씀을 잘 듣는 세칭 엄친아였다는 것이다.

말을 해보니 외형과는 딴 판으로 예의범절도 있고, 사리판단도 틀림없이 정확해 보였다. 다만 군대 일에 적응이 어려워 자기도 모르게 어느 날 고문관이 되었더라는 것이다. 고문관이 되고 나니 차라리 편하다고도 했다. 바보로 내놓으니 더 이상 괴롭히지 않는다는 것이다. 이 말을 듣고 웃어야 할지 울어야 할지 웃픈 마음이 들었다. 이야기를 계속하다 보니 나도 모르게 연민의 정이 싹트게 되었다. 지금은 어디서 무엇을 하며 살고 있는지 알 수 없지만, 성공한 친구로 과거의 이야기를 즐거운 마음으로 하며 멋지게 살고 있길 바란다.

학생 시절 나는 호구지책으로 아르바이트를 하며 학교에 다녔다. 대기업 임원 아들을 가르친 적이 있었다. 공부를 게을리하기에 한마디 했다. 지금 잘산다고 평생을 잘산다는 보장이 없지 않느냐. 돈이란 하루아침에도 없어질 수 있는 것이다. 열심히 공부해서 부모님보다 더 훌륭한 아들이 되라고 했다. 이 말을 들은 학생 왈(曰) "우리 집이 망하면 세상이 다 망할걸요."라고 대답하는 것이었다. 말을 한 내가 부끄러웠다. 참 편한 생각을 하며 사는 친구도 있구나. 하루에도 몇 번씩 끼니와 앞날을 걱정하며 살아야 했던 내 자신을 생각하니 자신의 모습이 처량해 보였다.

그래도 세상은 변한다. 온실이 황야가 되고, 황야가 온실이 되기도 하는 것이 세상 이치다. 나는 길가에 핀 민들레꽃을 아주 좋아한다. 밟히고 밟혀도 죽지 않고 살아가는 그 끈질긴 모습을 사랑하기 때문이다.
들에서 자란 풀은 햇빛에 시들지 않는다.

# 더 좋은 것은 좋은 것의 적이다

새해를 맞아 덕담을 많이 주고받는다. 교단에서 청춘을 보낸 나는 연말연시가 되면 제자들로부터 문자 메시지를 많이 받는다. 내용을 보면 "복 많이 받으시고, 건강하시고, 뜻 한 바 성취하시라."라는 말이 대종을 이룬다. 그 덕분인지 오늘도 이렇게 새해 아침을 맞아 변함없이 글을 쓰고 있는지 모르겠다. 덕담을 주고받으며 새해 첫날을 시작한다는 것은 의미가 있다고 본다. 살면서 신세를 진 사람이나 고마워야 할 사람들에게 새해를 맞아 그 고마운 마음을 글로나마 전하는 것은 좋은 일이 아닐 수 없다.

지난 해보다 더 건강하고, 더 발전하고, 주위 사람들로부터 더 인정받고, 더 행복하게 살기를 바라는 마음은 누구나 가지고 있다. 그런 소망을 이루라는 말 같이 사실 힘이 되는 말도 없을 것이다. 나 자신도 될 수만 있으면 더 건강하고, 돈도 더 많이 벌고, 사랑도 더 많이 주고받고, 더 존경받는 어른으로 행복하게 살고 싶다. 이런 덕담을 받을 때마다 원하는 소망이 하나 있다. 더 건강한 것도 좋고 돈도 더 많이 벌고 더 많이 사랑하는 것도 좋지만, 지난해만큼만 건강하고, 행복하게 살기 바린디는 덕담을 듣고자 하는 것이다. 새해가 될 때마다 더 잘 살고, 더 건강하고, 더 행복해야 하니 얼마나 많이 노력하며 살아야 하겠는가?

현재로서 만족하며 살고 싶은데 더 잘 살라고 하니 하는 말이다.

프랑스 속담에 "더 좋은 것은 좋은 것의 적이다."라는 말이 있다. 좋은 것은 더 좋은 것이 나오면 우리 기억 속에서 자연히 지워지고 만다. 더 좋다는 품종이 나오면서 좋은 품종은 자취를 감춘다. 토종 농산물을 재배하고 싶어도 종자가 없다. 우수개량종에 밀려 자취를 감춘 지 오래다. 우리 삶도 다르지 않다. 어제의 인기가 하늘을 찌르던 연예인도 새로운 스타가 등장하면 소리 없이 은막의 뒤로 물러난다. 버려 보려고 해도 밀려오는 도도한 물결을 감당하기에 힘이 벅차다. 더 좋은 것은 좋은 것을 사정없이 몰아낸다. 좋았던 것은 추억이 되고, 더 좋았던 것은 현실이 된다. 이를 원망하면 비참해지며 그냥 있자니 슬프다. 더 좋은 것도 좋은 것으로 되지 말라는 법이 없다. 그래서 더 좋은 것은 언제나 불안하다. 현재 차지하고 있는 자리가 영원하리라 믿고 싶지만 그것은 큰 오산이다. 세상에 영원한 것은 없다. 희망일 뿐이다. 돌고 도는 것이 세상이라 그나마 살만한 희망이 있는지 모를 일이다. 미꾸라지도 용이 되는 기회가 주어져야 살만한 세상이 아닐까?

느린 것은 빨라지고, 불편했던 것은 편리해 졌으며, 부자유스럽던 것은 자유스러워졌다. 삶의 질은 개선되고, 빈곤하던 삶도 이제 많이 여유로워졌다. 어제 바라던 꿈이 이뤄졌다. 그런데 오늘도 더! 더! 더! 하고 있다. 어제보다 오늘, 오늘보다 내일 더 좋아지는 것을 바라고 있다. 이게 문제다. 비교를 원죄라고 하는 사람도 있지 않던가. "더"를 모르던 자아만족의 세계에서 "더"를 인지하게 된 비교만족의 세상으로 바뀌면서 인간의 고뇌는 시작되었다고 하지 않던가? "더"를 욕망이라고, 꿈이라는 말로 해석되고 있는 세상은 어떻겠는가? 미래를 생각하면 희망이 없어 보인다. "더"는 원하는 것이 부족하거나 결핍할 때 붙는 부사다.

누구나 만족함을 바라는 것은 사실이다. 그러나 모든 것을 만족하며 사는 사람은 없다. 물질적으로 만족하면 정신적으로 불만족하며, 정신적으로 만족하면 물질적으로 불만족하기도 하다. 또 만족의 정도도 끝이 없다. 이래저래 만족은 충족되지 않는다. 않는 것이 아니라 할 수 없는 구조다. 만족할 줄 모르는 것이다. 만족을 모르는 인간은 불행에서 벗어날 수 없는 존재다.

새해를 맞아 희망을 노래하기에는 아직 어려움이 많아 마음이 편치 않다. 하루도 그치지 않고 계속되는 정쟁, 불안한 경제, 요동치는 세계 질서, 끝없는 군비경쟁, 더, 더, 더만 늘어나는 새해를 맞고 있다. 단 일 년이라도 "더" 대신 "덜"을 생각하며 살 수는 정녕 없는 것인가.

나는 감히 이게 신이 인간을 잘 못 만든 것이라고 생각한다. 아니면 신의 우리에게 준 시련일지도 모른다. 남이야 어떻게 살든지 새해에는 더도 말고 덜도 말고 지난해처럼만 살 수 있길 바라며 만족하며 살고 싶다. 만족할 수 있는 사람만이 행복해질 수 있다고 믿으니까.

# 아랫물도 맑아야지

배가 고프면 먹을 것을 찾고, 몸이 아프면 약을 찾는다. 요즘 들어 자유, 정의, 평등, 평화라는 말들이 어느 때보다도 많이 입에 오르내리고 있다. 그런 것들이 우리 사회에 필요한가 보다. 우리 사회가 그렇지 못하기 때문에 이런 말들이 입에 많이 오르내리지 않겠는가?

자유란 외부적인 구속이나 무엇에 얽매이지 않고 자기 마음대로 할 수 있는 상태를 이르는 말이다. 그렇다고 자기가 하고 싶은 모든 것을 다 할 수 있다는 얘기는 결코 아니다. 법률의 범위 안에서 남에게 구속되지 않고 자기 마음대로 하는 행위에 국한된다. 정의란 사전적 의미는 진리에 맞는 올바른 도리다. 사회를 구성하고 유지하는 공정한 도리를 의미한다. 평등이란 권리, 의무, 자격 등이 고르고 한결같은 경우를 뜻하는 말로 누구나 차별받지 않음을 뜻하는 말이다. 평화란 전쟁, 분쟁 또는 일체의 갈등이 없는 평온함을 의미하는 말이다. 이런 말들이 다 지켜지는 나라가 바로 살기 좋은 국가다. 이런 것들이 다 보장되는 나라에서 살길 바라지 않는 사람이 있을까?

묘하게도 이런 단어들은 실체가 없는 추상적인 것들이다. 모두 귀로 듣고 머릿속에서 그려볼 수 있을 뿐이다. 어떻게 사는 것이 자유롭고, 정의롭고, 평등하고, 평화롭게 사는 것인지 확인할 수 없다. 있다 해도 사람마다 느끼는 정도가 다를 수밖에 없다. 과학적인 방법으로 측정하기 쉽지 않다. 느낌을 셈으로 나타낼 수 없기 때문이다. 하나 더하기 하나는 둘이 아니다. 사실 정답이 없다. 정답이 너무 많을 수도 있다. 그러기에 많은 사람들이 그렇다고 하면 그런 것이 된다. 다수의 힘이 정의가 될 수 있는 단어들이다. 시쳇말로 목소리 큰 사람의 말이 설득력을 얻을 수 있는 단어들이다.

지도자가 되겠다고 하는 사람은 누구를 막론하고 그런 사회나 나라를 만들겠다고 외친다. 목청을 높이며 내 말을 믿어 달라고 호소한다. 자유, 정의, 평등, 평화가 보장되는 살기 좋은 나라를 만들어 내겠다고 주장한다. 이런 나라를 만들기 위해 이 한 몸 바치겠다고 열변을 토한다. 국민들은 이런 말을 믿고 그들에게 지지를 보낸다. 말만 들으면 그런 세상이 당장이라도 올 것 같다. 그게 그렇게 쉬운 일이라면 입에 오르내리지도 않았을 것이다. 쉬운 일이 아니었기에 그런 사회를 만들기 위하여 귀한 시간과 생명을 바쳐 지키려고 노력했고, 또한 노력하고 있는 것이다. 인류가 태어나 지금까지 이런 세상을 바라던 것이 아니었던가? 그런데 지금도 그와 같은 세상은 요원해 보이니 그런 세상은 실현 불가능한 이상이 아닐까?

살다 보면 말과 행동이 다를 수 있다는 것을 안다. 그래서 지도자들만이라도 언행이 일치하기 바란다. 이는 지도자들의 덕목이기도 하다. 일반인들도 식언을 계속하면 신뢰를 잃는데 하물며 지도자라는 사람들이 그렇다면 어떨까? 그런 지도자를 보면 실망을 넘어 절망에 이르고 만다. 단 한 번 사는 인생이기에 더욱 값지고 보람되게 살아야 하지 않는가? 그들도 사람인지라 때론 얼마든지 식언할 수도 있다. 인간 자체가 신이 아닌 이상 모두를 잘할 수 없는 것은 확실한데, 그런 나라를 만들겠다고 약속한 게 화근이다. 이 말이 족쇄가 되어 화를 만든다. 지도자를 자처하는 사람이 이런 것을 모르고 했다면 자질이 부족한 것이요, 알고도 그렇게 한다는 것은 속임수요 사기다. 잘못을 알면 바로 반성해야 한다. 적어도 반성하는 시늉이라도 내는 것이 도리다.

불완전한 인간들이 불완전한 인간들에게 불완전한 이야기를 하며 불완전하게 살아가고 있다. 이런 인간들이 판치는 세상에서 거짓과 진실을 구분하는 것을 바라는 것은 무리다. 그러기에 서로 속고 속이며 사는 것일지도 모른다. 알면서도 속고 몰라서도 속는다. 우리가 사는 아름다운 세상, 꿈꾸는 세상은 서로 믿고 사는 세상이다. 그러기에 우리는 속을 줄 알면서도 혹시나 하면서 믿고 산다. 속는 사람이 바보가 아니라 속이는 사람이 나쁜 사람이다. 문제를 푸는 방법은 결자해지해야 한다. 이익을 구하고자 믿음을 이용하는 사람이 문제를 해결해야 한다. 순수한 마음을 이용하려는 사람들이 있기에 불신의 사회가 만들어지는 것이다.

이런 지도자들이 발붙이지 못하게 하기 위해서는 먼저 국민들의 의식수준이 높아져야 한다. 현명한 의식을 갖는 것이 요구된다. 모두가 바른 마음으로 올곧게 행동하며 살 때 이 세상은 살맛 나는 세상이 될 것이다. 지도자도 사람이다. 태어날 때부터 지도자로 태어나는 것은 아니다. 보통사람들이 성장하여 지도자가 되는 것이다. 따라서 사회구성원 모두가 진실된 마음으로 서로를 존중하고 사랑하며 살면 세상은 아름다워질 것이다. 윗물이 맑아야 아랫물이 맑은 게 아니라 아랫물이 맑으면 당연히 윗물도 맑은 것이다.

세상은 혼자 살 수는 없다. 더불어 사는 세상이다. 아무리 과학문명이 발달하여 핸드폰 하나로 온갖 일을 할 수 있다 해도 사람은 사회적

동물이기에 서로 몸을 부대끼며 그 속에서 지지고 볶으며 살 수밖에 없는 존재다. 이웃이 어려움에 처하면 돕고, 사회가 어지러울 때는 솔선하여 질서를 지키고, 나라가 위기에 처했을 때는 몸 바쳐 나라를 구한다면 반만년 역사를 이어온 조국이 영원할 수 있다고 믿는다. 목숨 바쳐 나라를 지켜냈던 조국 선열님들께 고마운 마음과 더불어 부끄러움을 느낀다.

# 현자는 불만족 속에서, 우자는 만족 속에서 행복을 찾는다

공부하고, 돈을 벌고, 출세하고, 여행을 다니고, 사랑을 하는 것 등등…… 모두가 자신이 행복하기 위한 것이 아닐까? 아니라 해도 나는 그렇게 믿고 싶다. 사람들이 하는 일이란 결과적으로 행복해지기 위해서 하는 일이라 생각하기 때문이다. 불행해지기 위해서 일하는 사람은 없을 것이다. 비록 일이 잘못되어 불행해질지라도 일을 하는 동안에는 행복을 꿈꾸며 산다고 생각한다. 다른 글에서도 몇 차례 쓴 바 있지만, 행복이라는 허상을 놓고 행복하냐 불행 하느냐를 묻는다는 것은 매우 우문일 수밖에 없다. 행복이라는 것이 사람마다 다르고 매우 주관적이기 때문이다.

며칠 전 손자들이 놀러와 유치원에 다니는 손자에게 만 원짜리 한 장을 주었다. 매우 기뻐하며 배꼽 인사를 연신한다. 주는 이도 좋고 받는 이도 좋아, 모두 행복을 느낀다. 중학교에 다니는 손자에게 만 원을 주었다. 그다지 기뻐하는 눈치가 아니다. 마지못해 꾸벅 고개를 숙이며 감사하단다. 영 못마땅한 눈치다. 같은 만 원을 받았는데 느끼는 모습은 이렇게 다르다. 같은 것을 가지고 있으면서도 한 사람은 만족하고 다른 한 사람은 만족하지 못한다. 누가 더 행복한 사람일까?

어느 여름날 오랜만에 친구들과 어울려 남한강가로 놀러 갔다. 어떤 친구는 감격에 겨워 연신 감탄을 자아내지만, 어떤 친구는 그저 무덤덤하다. 같은 선물을 받아도 행복해하는 사람이 있고, 행복을 느끼지 못하는 사람이 있다. 같은 경치를 보고도 감탄하는 사람이 있고, 무덤덤해하는 사람이 있다. 첫 번째 얘기는 물질적이고, 두 번째 얘기는 감정에 대한 이야기다.

이처럼 행복은 원하는 물질을 가질 때 오는 만족감으로부터 얻는 경우가 있고, 정신적인 만족을 가지게 됨으로써 얻는 경우도 있다. 아무리 많은 것을 갖거나 세상에 둘도 없는 아름다운 경치를 보고도 행복을 느끼지 못하는 사람들도 있다. 이러니 "행복은 이런 것이다"라고 단정적으로 정의하기는 쉽지 않다. "하나에 둘을 더하면 셋"과 같이 얼마를 가져야 만족할 수 있으며, 얼마나 아름다운 경치를 봐야 행복한 느낌이 들수 있느냐는 숫자로 표현할 수 있는 것이 아니다. 또한 어떤 사람은 물질적인 만족에서 행복을 더 느낄 수도 있고, 어떤 사람은 정신적인 만족에서 행복을 더 느낄 수도 있다. 어떤 이는 두 가지 요인을 어느 정도 충족해야 만족할 수도 있다. 나의 경우는 두 가지 요인을 어느 수준 이상 만족해야 행복을 느끼는 경우다. 욕심이 많은 사람인가 보다. 아마 많은 사람들이 나와 같은 생각을 하고 있지 않을까?

인간이 영원히 행복하게 살 수는 없다. 이는 영생하는 것만큼 어려운 것이다. 원하는 만큼 가졌다고 해서, 늘 아름다운 경치를 감상하며 산다고 해서 영원히 행복 하라는 보장은 없다. 만족감이라는 것은 사람의 마음처럼 시시때때로 변하기 때문이다. 어제의 내가 오늘의 내가 아니듯이 어제의 행복이 오늘의 행복이 될 수 없다. 그래서 행복은 순간에 잠깐 맛보는 기쁨이라고 하는 이도 있지 않은가?

넘치는 행복을 저금할 수도 없고, 쌓아 둘 수도 없다. 행복은 신기루처럼 순간 사라지는 것이다. 그러기에 자주 맛보기 위하여 부단히 노력하게 되는 것이다. 지속적인 행복을 추구하고자 하는 마음이 바로 부단하게 노력하며 살게 하는 근원이 되는 것이다. 더 높은 지위를 얻고, 더 많은 돈을 벌고, 더 좋은 것을 얻고 구하려는 동기가 모두 여기에서 기인되는 것이다.

아이러니하게도 불행이 있기에 행복이 더 값이 있어 보인다. 밤이 있어 낮이 더 밝아 보이듯이 불행이 있기에 행복이 더 돋보인다. 행복은 불행으로부터 태어난다고 말할 수 있다. 누구는 자살까지도 자기 행복을 위해서 감행한다고 하지 않았던가? 내가 지금 이런 턱도 없는 생각을 하며 글을 쓰는 것도 따지고 보면 나의 행복을 위해서 하고 있다고 해도 과언이 아니다.

나는 행복한가? 행복하다면 얼마나 행복한가? 행복을 측정하고자 하는 열망은 이를 어느 정도 가능케 하고 있다. 몇 가지 지표를 이용하여 행복을 측정하는 것이다. 가장 간단한 방법은 내가 원하는 것 중에서 현재 가지고 있는 것의 비(比)를 행복 척도로 사용하는 것이다. 벤저민 프랭클린은 행복해지는 길은 두 가지가 있다고 했다. "욕심을 줄이거나 재산을 많이 가지면 행복해진다고 했다." 이런 사고를 기초로 현재 나의 행복지수를 알아볼 수 있다. 가지고 싶은 것이 100가지라 할 때, 현재 가지고 있는 것이 70개라면 행복지수는 70이 되는 것과 같은 논리다. 이처럼 나의 행복지수를 구해볼 수 있다. 내 스스로 평가하여 100점 만점에 80점쯤 된다고 생각하면 내 행복지수는 80쯤 되는 것이다. 다분히 주관적이다. 그리고 이 점수가 90 이상이면 최고의 행복, 80 이상이면 매우 행복, 70 이상이면 보통의 행복, 60 이상이면 염려스러운 행복, 50점 이하면 불행한 행복이라 판단하면 된다. 이 글을 쓰고 있는 지금 나의 행복은 약 70쯤이다. 보통의 행복한 상태로 글을 쓰고 있는 것이다.

행복은 물질적인 만족이나, 정신적인 만족 이외에 성격에도 많은 영향을 받는다고 할 수 있다. 긍정적으로 사는 사람이 부정적으로 사는 사람보다 더 행복지수가 높다는 연구도 있다. 통장에 잔고가 백만 원이 있는 것을 보고 아직 백만 원이나 남았다고 생각하는 사람과, 백만 원밖에 남지 않았다고 생각하는 사람의 만족도는 다르다. 그러기에 현명한 사람은 불만족 속에서 행복을 찾고, 우매한 자는 만족 속에서 행복을 찾는다고 한다. 예수나 석가 그리고 공자가 모두 하나같이 욕망을 경계하는 것도 다 이런 맥락에서 이해가 된다. 소크라테스는 "만족하는 돼지보다 불만족한 사람이 돼라."하지 않았던가? 나도 불만족한 인간이 되기 위해 오늘도 고픈 배를 쥐어 잡고 컴퓨터 앞에 앉아 배고픈 글을 쓰고 있다.

# 가을을 타는 남자

책상머리에 앉아 뭔가 써 보려는데 머리에 쥐가 난다. 눈을 돌려 밖을 보니 파란 하늘이 노크도 없이 내 눈으로 들어온다. 이미 반쯤 탈모된 앞산도 열려있는 내 눈 속으로 파고든다. 이미 넋 나간 눈동자는 거부감 없이 그들을 받아드리고 있다. 익은 으름처럼 반쯤 벌려진 입은 내의지와는 상관없이 혼자서 입속말을 하고 있다.

"아!

이렇게 아름다운 가을이 의미 없이 가나 보다.

나와는 한 마디 상의도 없이 그냥 가을이 가나 보다.

가을이 가기 전에 할 일이 많이 남아 있는데 가을은 자기 일 다 마쳤다고 떠날 채비를 하나 보다."

옆집에서 낙엽을 태우고 있다. 낙엽 타는 냄새가 콧속을 후벼 판다. 낙엽이 가을을 태우고 있다. 내 마음도 타오른다. 연기가 머리를 풀어헤치고 하늘 높이 오른다. 내 마음도 덩달아 하늘 높이 오른다. 오를 바에야 내 꿈이 닿는 곳까지 오르면 좋겠다. 가을이 타고 있다. 내 마음도 그렇게 타고 있다.

오늘따라 하늘이 섬진강물처럼 유난히도 푸르다. 푸른 하늘에 누군가 하얀 빨랫줄을 쳐 놓았다. 날씨가 좋아 빨래를 널 모양이다. 빨래가 깃

털처럼 잘 마른다. 향긋한 세제 냄새가 코끝을 스친다. 깨끗한 옷을 입고 어디론가 멀리 떠나고 싶다. 떠날 마음으로 배낭을 꾸린다. 가능하면 간단하게 꾸며야 가벼울 것 같아 물과 한 끼 정도의 먹거리를 챙겨 넣는다. 어디로 가면 좋을까? 바다로 갈까? 산으로 갈까? 잊었던 임을 만나려 갈까? 아니면 비행기를 타고 먼 나라로 떠날까? 가본 곳이 없으니 갈 곳도 많다. 우선 가까운 산으로 가보기로 하고 나설 준비를 한다. "너 지금 제정신이냐?" 하며 현실이 내게 묻는다. 정신이 번쩍 든다. 추몽(秋夢)에 깨어나 주위를 보니 어질러 놓은 일이 태산이다. 잠시나마 행복했다. 그래서 꿈은 아름답다고 하나 보다. 이뤄졌으면 더 좋았을 것을…… 미련이 남는다.

나는 가을을 좋아한다. 봄을 타는 사람들도 많지만 나는 봄보다 가을을 더 많이 탄다. 봄에 피어나는 아지랑이는 사랑하지만 나른한 오후가 싫다. 찬물에 머리 감는 시원함이 있는 가을을 더 좋아한다. 색이 다양해지는 풍경이 아름다워 좋다. 가을은 나를 바람난 송아지처럼 어디론가 데리고 가려 해서 좋다. 가을보다 내 마음이 먼저 앞장을 서는 때도 있다. 시간만 나면 산을 누비고 다녔다. 한라산, 지리산, 무등산, 덕유산, 소백산, 태백산, 설악산, 치악산, 용문산, 대둔산, 월출산, 내장산 등 팔도강산 유명한 산은 거의 다 올라 본 것 같다. 지금도 시간이 나면 산을 오르는데 게을리하지 않고 있다.

어떤 이는 가을 산은 슬프다고 말하기도 한다. 여름의 왕성하고 푸르던 잎들이 떨어지는 모습이 슬프다는 것이다. 그러나 나는 가을 산이 아름답다. 단풍든 가을 산은 신이 그려 놓은 한 폭의 동양화 같고 수확을 끝낸 들판의 모습은 안정되고 여유로운 삶과 같아 좋다. 가을에는 산사의 스님처럼 마음이 여유롭다. 이제 추억으로만 남았지만 굶주리며 지내야 했던 어린 시절 굶주림이 싫어서 그럴까? 아무튼 나는 배고픈 봄보다는 지천에 먹거리가 널려있는 가을이 좋다.

아름다운 가을날 책상머리에 앉아 자판을 두드리고 있는 것은 처량하다. 내가 좋아서 하는 일이니 누구를 원망하기도 그렇다. 누가 시켜서 하는 것도 아니고 돈을 버는 일도 아니다. 오직 내가 좋아서 하고 있다. 머리가 쥐가 나고 작가 흉내를 내느라 오랜 시간 책상에 앉아 있기에, 허리가 끊어지게 아픈 것도 내가 선택한 일이기에 참는다. 그래도 순간 순간 회의가 든다.

내가 내게 묻는다.

"글 같지도 않은 글, 누가 봐주지도 않을 글 왜 써?" "할 일 없으니 쓰는 거지. 놀면 뭐하나? 놀고 있는 것보다 나으니까 쓰지. 이렇게라도 해야 지루한 시간을 때우는 거지."

답이 어딘가 어색하고 궁색하다.

남들은 건강관리를 위해 하루 만 보 걷기를 하거나, 100대 명산을 찾아 등산을 가거나, 유명 둘레길을 걷거나, 자전거를 타고 전국을 누비거나, 헬스클럽에 다니거나, 골프를 치거나, 해외여행을 한다는데 나는 뭐하고 있지?

그동안 여행도 나름 해보았고, 놀기도 많이 해보았다. 여행하고 놀다 보면 기쁘다. 그래도 마음 한구석이 허전하다. 늘 채워지지 않는 뭔가가 남아 있는 것을 느낀다. 음주가무로 허한 마음을 다 채워보고도 싶다. 마음이 허락하지 않는다. 남은 삶은 좀 더 생산적으로 살고 싶었다. 내가 할 수 있는 생산적인 일이라는 게 어설프지만, 농사를 짓고 글을 쓰는 것이 전부인 것 같다. 바로 주경야독이다.

모든 계획이 그렇듯이 이렇게 마음을 정하고 나면 뿌듯해진다. 마음을 얻으면 천하를 얻는다는 말이 있듯이 어떤 마음을 가지느냐가 행복을 결정짓는 요소가 아닐까? 남이야 무엇을 하든 내가 좋고 기쁜 일이면 그만이지 흉내를 내며 살 필요는 없지 않은가. 어린아이가 어른 흉내낸다고 어른 되는 것도 아니요, 황제 역할을 한다고 황제가 되는 것은 아니지 않은가. 내가 좋아하는 것 하며 즐겁게 사는 것이 내 행복을 위해서 좋으리라 생각한다.

글 같지도 않은 글을 쓰고 있다. 누가 알아주길 바라서 쓰는 것도 아니요, 셰익스피어가 되기 위해 쓰는 것도 아니다. 내 마음이 원하고, 쓰지 않는 것보다 쓰고 있는 것이 기쁘기에 지끈거리는 머리를 달래며 쓰는 것이다. 같은 값이면 좋은 글이 써지면 더할 나위가 없이 좋겠다.

가슴에 담아 놓았던 것들을 이렇게 쏟아내고 나니 마음이 한결 가벼워진다. 비우려고 비우는 것은 참 비운 것이 아니다. 비우려는 그 자체가 비우지 못하는 장애다. 비우고자 하는 생각 자체가 없는 것이 진짜 비우는 것이다. 자연과 함께하니 나도 자연이 되었다. 존재 자체가 부담이다. 빈 마음으로 하늘을 보니 하늘이 더 하늘이다. 행복에 대한 미련을 버리니 더 행복해지더라. 가을이 가고 있다. 그리고 내 인생도 구름 따라 흘러가고 있다.

# 주례사를 준비하며

주례사란 주례가 예식에서 행하는 의례적인 축사를 말한다. 나도 제자들 성화에 몇 차례 주례를 해본 경험이 있다. 말이 막혀 실수한 적이 있고, 원고를 준비했다가 원고대로 이야기하지 못하고 횡설수설할 때도 있었다. 주례를 보는 시간은 길어야 30분 남짓하다. 그러나 준비과정은 며칠 전부터 신경이 쓰이기 마련이다. 어떤 내용의 주례사를 해 줄까 어떻게 하면 소란한 식장에서 분위기를 살리며 산만하지 않게 진행할 수 있을까? 주례사는 신랑 신부뿐만이 아니라, 하객분들에게도 유익하며 재미있는 것이 바람직하다고 생각한다. 그런 주례사를 준비한다는 것은 프로들에게는 쉬운 일일지 모르지만, 아마추어 주례에게는 신경이 많이 쓰인다.

간단하면서도 듣는 사람들이 즐겁고 내용에 메시지가 있어야 좋은 주례사라고 생각한다. 결혼예식을 진행하는 것도 주례가 어떻게 하느냐에 따라서 분위기가 달라진다. 물론 사회를 보는 사람과 손발이 잘 맞아야 하는 것도 중요한 요인이다.

한때 법륜스님의 주례사가 화제가 된 적이 있다. 긴 주례사이지만 핵심 내용은 "상대방의 덕 보려고 결혼하지 말고, 손해 보는 것이 이익이다."라는 내용으로 요약할 수 있다. "아내는 남편에게 덕 보고자 하고, 남편은 아내에게 덕 보겠다는 마음이 살다가 보면 다툼의 원인이 됩니다. 옛날에는 결혼하면 죽었다고 생각하고 가서 보니 그래도 살만하니 웃고 사는데, 요새는 좋은 일이 생길까 기대하고 가보지만, 가 봐도 별 볼 일 없으니까 괜히 결혼했나 하고 후회가 됩니다." 공감이 많이 가는 내용이다.

10년 전쯤 친구 딸 결혼식에 갔는데 주례가 바로 신부의 아버지였다. 자기가 낳아서 금이야 옥이야 키운 딸을 시집보내는 부모의 마음이 얼마나 애절한지, 입에서 나오는 말마다 진심이 꿀단지에서 꿀 떨어지듯 했다. 우리가 너를 낳아서 어떻게 키웠고, 어떻게 살기를 바란다는 내용과 함께, 사위에게 사회 선배로서 이렇게 살면 좋을 것 같다는 진심 어린 덕담을 해주고 있다는 생각에, 참 신선한 주례라는 느낌을 받았다.

지인 아들 결혼식에 갔다가 주례 없이 진행되는 결혼식을 봤다. 이상해서 옆에 있던 친구에게 이야기하니 요즘 결혼식에는 아예 주례 없이 결혼하는 것이 유행이라는 이야기를 들었다. 그 후 조카 결혼식에 갔었는데 주례가 없었다. 주례가 없는 이유를 물으니 마땅한 주례님 찾기도 힘들고 바쁜 세상에 주례 모시기도 거추장스러워 그렇다는 것이다. 귀찮은 것 싫어하고, 간편한 것 좋아하는 요즘에 의례적인 결혼식이 부담스럽게 느껴지는 것을 이해하지 못하는 바는 아니다. 그래도 인륜지 대사를 너무 가볍게 생각하고 있지 않나 하는 생각에 아쉬운 마음이 들었다.

결혼은 단지 두 젊은 남녀가 만나 가정을 이루는 것만이 아니라, 가풍이 다른 두 집안이 사돈으로서 연을 맺는 일이다. 이런 큰 대사에 조금의 불편함이나 부담스러움쯤은 감내하는 것도 좋지 않을까. 예식이 중요한 것이 아니라 마음가짐과 내용이 더 중하다고 반론을 제기할 사람도 있을 줄 안다. 예식이 귀찮다면 결혼식 자체를 없애는 것은 어떤가? 세상이 바뀌니 모든 것이 세상사 따라 변하는 것이 순리라 생각하면서도 잊혀가는 미풍양속이 아쉬워서 해본 이야기다. 이익이 되면 하고 손해가 나면 하지 않겠다는 극히 이기적인 생각이 각박한 세상을 더 각박하게 만드는 것 같은데 나 혼자만의 생각일까? 오래되고 낡은 것은 다 고루하다는 생각은 어폐가 있다. 온고지신이라는 말도 있지 않은가? 조상이 애써 가꿔온 미풍양속은 지켜주는 것도 조상에 대한 예의요 자손의 도리라 생각한다.

나는 40대 중반에 제자의 간곡한 부탁으로 주례에 데뷔(debut)하게 되었다. 고향이 시골인 신랑이 주례선생님 모시기가 힘들다며 부탁하기에 어쩔 수 없이 하게 된 것이다. 주례사를 쓰는데 족히 일주일은 걸린 것 같다. 여기저기 좋은 주례사를 찾아보고 선배님들께 물어도 보고해서 겨우 만든 주례사가 너무 길어 7~8분 내로 끝낼 수 있는 주례사로 만들기 위해 주말을 다 보낸 기억도 있다. 남들 결혼식장에 가서도 주례사를 열심히 들었고, 주례 순서를 외워오는 노력도 게을리하지 않았다. 이런 노력 끝에 만들어 놓은 주례사인데 다른 주례사와 크게 달라 보이지 않았다. 아들딸 잘 낳아 백년해로하며 부자로 행복하게 살라는 내용이 키워드였다. 너무나 평범한 주례사이기에 좀 더 재미있게 주례를 보는 방법이 없을까? 고민 끝에 일반 결혼식과 달리 해보려 시도한 것이 있다. 예식 중에 신랑신부가 양가 부모님께 드리는 인사가 있다. 신랑은 양가 부모님께 큰절을 하고 신부는 서서 목례를 하면, 부모님들은 앉아서 고개를 숙이거나 눈인사를 하는 것이 전부였다. 이를 볼 때마다 어색한 기분이 들었다. 이 어색함을 좀 달래주기 위해 이를 좀 바꿔보고 싶었다.

제자 결혼식 날이 왔다. 잔뜩 긴장을 하고 딴엔 온갖 모양 다 내고, 차를 몰고 가면 혹시 시간에 늦을까 두려워 전철을 타고 갔다. 결혼식장에 한 시간 전에 도착하였다. 갈 데도 마땅치 않아 근처 커피숍에 들어가 잘 마시지도 않는 커피를 시켜놓고 며칠 동안 외웠던 주례사를 다시 외우기 시작했다. 시간이 되어 식장에 도착해 보니 하객들이 가득 차 있었다. 눈앞이 캄캄해지는 느낌이다. 의사인 동서가 마음을 가라앉히라고 준 진정제를 하나 먹었는데도 심장이 요동을 친다. 사회자가 하라는 대로 따라서 주례를 진행했다.

부모님께 인사하는 순서에서 사회자를 대신해서 주례인 내가 신랑신부가 부모님께 인사가 끝나면 부모님을 일어나라 하고 어머님은 사위를 아버님은 며느리를 안아주라고 했다. 처음 보는 광경에 하객들도 즐거워하고, 어색하지만 부모님이나 신랑신부 모두 좋아하는 모습이었다. 하객들은 모두 웃으면서 박수로 화답했다. 그 후로 주례 볼 때마다 그렇게 했다.

세월이 흐른 뒤 어느 결혼식에 참석했다. 양가 부모에게 인사하는 차례에 결혼식 주례가 부모님이 신랑신부를 안아주라고 하는 게 아닌가. 순간 눈이 번쩍 떠졌다. 저것은 내가 했던 주례방식인데? 물론 내가 한 주례를 보고 모방했는지 아니면 자신이 생각하여 그렇게 했는지 알 길이 없었지만 마음이 흐뭇했다. 지금은 주례가 있는 예식장에 가면 장모님이 사위를 시아버지가 며느리를 안아주면서, 덕담을 나누는 모습이 오래전부터 해오던 것처럼 자연스럽다. 진보된 버전이 나와 더 다정하게 안아주는 모습을 보며, 이것을 처음 시도해 본 주례자로서 기분이 뿌듯하다. 특히 당시 주례를 봐 줬던 제자가 아들딸 잘 낳고 잘살고 있다는 소식을 보내올 때마다 내 딸이 잘사는 것보다 더 기분이 좋다.

# 못자리를 만들며

예로부터 집을 지을 때나 묘지를 쓸 때 풍수지리를 봐서 쓰곤 했다. 풍수지리 전문가가 아니어도 이런 문화 속에서 살아온 나는 조상님들 덕에 주워들은 이야기는 많다. 명당이란 묘를 쓸 때 못자리를 중심으로 뒤에는 주작(주산)이 있고, 좌로는 청룡, 우로는 백호, 앞에는 현무(바로 앞에는 안산 먼 곳엔 조산)가 있는 그런 자리를 명당이라 하였다. 이런 자리에 조상을 모시면 대대손손 부귀영화를 누린다는 믿음이 있어 풍수지리가 유행하던 때가 있었다. 요즘도 명당에 대한 이야기가 없는 것은 아니다. 특히 큰 뜻을 품은 사람들의 집안 묘 이야기가 심심치 않게 오르내리고 있다.

조선시대에는 승하하신 임금님 묘 쓰는 격식(?)을 놓고 싸움을 벌인 일까지 있었다니, 당시 풍수지리가 얼마나 사회에 만연했는지 가늠할 수 있다. 인공위성이 지구를 돌고, 사람이 달나라를 다녀오고, 머지않아 우주여행을 하는 시대에 사는 오늘날에도 명당자리를 찾아 묘를 쓰는 사람들이 없는 것은 아니다. 부족한 인간으로서 조상 덕이라도 빌어서 뜻을 이루고 잘살아보고 싶은 마음은 십분 이해하나 어딘지 모르게 마음이 무겁다.

어릴 적에 우리 큰집에 종조부님이 사셨다. 왜 자기 집에서 살지 않

244

고 형 집에서 살게 되었는지는 잘 모르지만, 사랑채를 차지하고 집안 대소사를 관장하며 사셨다. 혼자만 사는 것이 아니라 지관 할아버지라 부르던 분과 함께였다. 두 할아버님들이 하는 일이란 매일 도시락을 싸가지고 산을 헤매고 다니는 것이었다. 전국 각지를 돌아다니며 명당자리를 잡으려 다니신 것이다. 두 분의 가상스런 노력으로 선조 할아버지 한 분을 고향집으로부터 4~5킬로 떨어진 높은 산에 모신 적도 있다. 그 묘를 쓰느라 일하시던 분들이 고생하시던 기억이 난다. 그 묘를 쓰고 후손들이 부귀영화를 더 누리고 있는지는 모를 일이다. 다만 그 묘가 멀리 산속에 있어 이제 찾는 후손들도 없거니와, 관리가 되지 않아 지금은 흔적도 찾기 어렵게 되었다.

평소에는 무관심하던 묘지에 대한 생각이 주위 분들의 죽음을 보면서 관심이 생기기 시작했다. 나이가 들어가는 징조라 생각한다. 연로하신 어머님이 갑자기 쓰러지셔서 응급실에 실려 가셨다. 영원히 사실 것 같은 생각에 어머님 모실 못자리를 마련하지 못했었다. 머지않아 돌아가실 것 같은 예감에 어머님 모실 못자리를 마련하였다. 좌청룡 우백호와는 거리가 먼 자리다. 평소에 어머님이 돌아가시면 묻어 달라는 자리다. 요즘같이 바쁜 세상에 자손들이 옛날처럼 지극정성으로 조상 묘를 찾을 리도 만무하다. 나 또한 조상님들의 묘에 대해서 그렇게 큰 관심을 가지고 살지 못했다. 그러니 나 죽은 뒤에 후손들에게 내 묘를 잘 만들고 관리하라고 할 자격도 없다. 또 그러고 싶지도 않다. 그래서 요즘은 가깝고 양지바른 곳이 명당이라는 말이 나온다.

내 나이도 칠순이 넘었다. 옛날 같으면 제사 받을 나이다. 어머님 묘소 자리 민드는 김에 내 못자리도 마련하였다. 세상에 태어나 특별하게 업적을 남긴 것도 없고, 남을 위해 헌신하거나, 국가를 위해 크게 이바지 한 일도 없으니 그에 걸맞는 묘지를 쓰는 것을 바라며 자리를 잡았다. 집에서 걸어서 5분 거리의 햇빛이 잘 드는 양지바른 곳이다. 위로는 부모님 모시고, 그 아래에는 우리 3형제 묻자리를 잡았다. 조그만 가족묘를 만들려고 생각한 것이다. 묘지라도 한 곳에 있어야 도처에 흩어져 사는 자손들이 일 년에 한 번이라도 만나 볼 수 있다는 생각에서 그렇게 했다. 어머님이 자식들 묻자리까지 마련해 주신 것이다. 살아서도 자식을 위해 평생을 사셨던 분이 자식에게 미래의 집까지 마련해준 격이다.

내 묻자리를 내가 손수 마련하고 나니 어딘지 모르게 부질없는 짓을 했구나 하는 생각이 들었다. 한편으로는 세상을 다 산 것 같은 생각에 마음이 허하기도 하고 씁쓸하기도 했다. 자식 없는 죄로 형제들에게 부담을 주기 싫어 늘 내 들어갈 곳은 내가 만들어 놓겠다는 생각을 하고 있던 터였다. 빈손으로 왔다가 빈손으로 떠나야 할 사람들 집이 있어야 할 이유는 없다. 그런데도 마음이 조금 홀가분해지는 느낌은 또 무슨 이유일까? 구름처럼 왔다가 먼지처럼 사라지고 싶은 마음으로 귀향까지 했는데 미래의 집까지 손수 장만하다니 마음의 내가 현실의 나를 비판하고 나선다. 당신도 어쩔 수 없는 속물이라고, 후손들 고생시키지 않으려고 한 것뿐인데, 이 또한 내 손으로 내 동상 세우는 꼴은 아닌지 모르겠다.

# 뼈에 사무치는 말

입에서 나온다고 다 말하고 살 수는 없다. 남에게 피해를 주는 말은 더욱 해서는 안 될 말이다. 좋은 말만 하고 살아도 짧은 생이다. 그렇다고 아부만 하면서 살라는 뜻은 더욱 아니다. 할 말은 하되 가려서 하자는 의미다. 때로는 주고받는 말 중에 아니면 오다가다 듣는 말이 뼈에 사무치도록 기억에 남아 있는 말이 있다. 지인과 대화 중에 들을 수도 있고, 때로는 일면식도 없는 사람들이 내뱉은 말에서 듣게 되는 경우도 있다. 인신공격적인 말이나 약점에 대한 악평을 듣게 되면 평생 그 말이 기억에 남아 뼈에 사무치는 말이 된다. 이런 말은 성장하면서 삶의 자극제가 되기도 하지만 대부분 트라우마로 남아 삶에 나쁜 영향을 주어 정신적 장애의 원인이 되기도 한다. 그렇지 않아도 키가 작아 늘 고민하는 사람에게 "쟤는 왜 저렇게 키가 작아."라고 하면 듣는 사람은 뼈에 사무치는 말이 될 수 있다.

내게도 어린 시절에 들었던 말이 지금까지 가슴에 각인된 말이 있다. 남도 아닌 가장 사랑하는 어머니로부터 들은 이야기다. "저놈은 지 애비 닮아서 게을러터졌다." 심부름을 시켰을 때 능장을 부리거나 아침에 늦게 일어날 때 자주 들었던 말이다. 어머님은 입버릇처럼 하셨겠지만, 이 말은 내게 아버지에 대한 존경심을 앗아간 결과를 초래했다. 아버지가 어머니로부터 신뢰를 잃은 결과 이런 말씀을 듣고 있다는 생각에 서다. 어머니는 아버지가 마음에 들지 않는 구석이 있기에 그렇게 말씀 하셨을 것이다. 아버지의 아들이라는 이유만으로 나는 그런 말을 들으 며 자랐다. 아버님이 세상을 떠나신 지도 20년이 훌쩍 넘었다. 어머님 은 요양병원에서 삶의 마지막 끈을 붙잡고 계신다. 지금 생각해 보면 어 머님이 아들이 미워서 그런 말씀을 하셨으리라 생각하지 않는다. 아버 지의 좋지 못한 점을 닮지 말라는 생각에서 그렇게 했을 것이다. 그 결 과 아버지처럼 게으르게 살아서는 안 된다는 산교육을 받았고, 지금은 바지런하게 살고 있다는 소리를 듣고 있다.

나의 약점을 건드리는 말을 듣고 분개한 적도 있다. "재는 왜 저렇게 죽은 깨가 많아?" 만나는 사람마다 내 얼굴을 보며 하는 말이었다. 어릴 때 나는 얼굴에 죽은 깨가 많았다. 마치 얼굴에 검정깨를 뿌려놓은 것 같았다. 나 자신이 얼굴에 죽은 깨가 많다는 이유로 남 앞에 나서는 것 을 꺼리고 살았는데, 만나는 사람마다 이런 이야기를 하니 자꾸 소극적 인 애가 되어갔다. 지금은 웃으며 이야기하고 있지만, 당시 이 말로 인 해 받은 상처는 무엇보다도 컸다. 아직도 그 시절을 생각하면 기분이 별 로다.

말 한번 잘못으로 남의 인생을 망치는 결과를 초래해서는 안 될 일 이다. 말하는 사람의 입장에서는 무심코 내뱉는 말일 수도 있고, 농담으 로 한 이야기일 수도 있다. 그러나 받아들이는 사람의 처지에서는 영원 히 지울 수 없는 상처가 될 수도 있다는 것을 알아야 한다. 그로 인해 비관적인 생을 살거나 심하면 귀중한 한 인생을 망가뜨릴 수도 있다. 물 론 자극적인 말을 듣고 그 말을 가슴에 담고 살며 인생을 역전시킨 특별 한 사람들도 있다.

보나파르트 나폴레옹 프랑스 황제나 덩샤오핑 중국 주석 같은 사람들이다. 이들은 160cm도 채 되지 않은 작은 키에도 기죽지 않고 당당히 인생을 살다간 당대의 영웅이다. 혀가 짧아 말이 어눌했던 처칠은 입에 연필을 물고 피나는 노력을 하여 세계적인 웅변가가 되었다고 한다. 1948년 옥스퍼드대학에서 처칠을 초청해 강연을 열었다. 성공비결에 대해 듣고 싶은 청중들이 많이 모였다. 그는 다음과 같은 간단한 강연을 하였다.

"나의 성공비결은 세 가지입니다.

첫째 절대로 포기하지 않는다.

둘째 절대로 절대로 포기하지 않는다.

셋째 절대로 절대로 절대로 포기하지 않는다."

청중들은 쥐 죽은 듯이 조용히 있다가 1분쯤 뒤에야 우레 같은 박수를 치기 시작했다고 한다. 얼마나 간결하고 많은 의미가 담긴 강연인가?

요즘 방송을 듣고 있자면 낯익은 얼굴들이 나와 입에 담기도 거북한 이야기를 스스럼없이 하는 것을 가끔 볼 수 있다. 상대를 의식하지 않고 정제되지 않는 말을 함부로 하는 것이다. 의도적으로 하는 것인 진 모르나 듣는 사람으로서는 그렇게 들리지 않는다. 방송이 시청자에게 미치는 영향을 안다면 그렇게 쉽게 막말을 해서는 안 될 것이다. 방송에서 하는 말은 모든 국민이 듣고 보고 있다. 말 한마디가 시청자 더 나아가 국민들의 가슴에 씻지 못할 상처를 줄 수 있기 때문이다. 남의 가슴에 못을 박는 말을 하면 자기 가슴에 말뚝을 박는 일이 벌어질지도 모를 일이다. "가는 방망이에 오는 홍두깨"라는 말이 있지 않은가. 말은 한번 내뱉으면 주워 담을 수가 없다. 하고 난 다음에 후회하지 말고 말하기 전에 듣는 상대방을 배려한다는 차원에서 한 번 더 생각하고 말을 하는 것이 좋을 것 같다. 말을 잘하는 것은 많은 말을 하는 것이 아니라 적시적소에 꼭 필요한 말을 하는 사람이 말을 잘하는 사람이라고 생각한다.

가는 말이 고와야 오는 말이 곱다. 가루는 칠수록 고와지고, 말은 할수록 거칠어진다. 입은 삐뚤어졌어도 말은 바로 하랬다. 농담이래도 남에게 상처를 줄 수 있는 말은 삼가야 할 것이다.

# 길거리에 걸려있는 현수막을 보며

"축! 누구 아들 **대학 **학과 입학" 어느 마을 앞에 걸려있는 현수막이다. 인사철이나 입시철에 시골길을 지나다 보면, 길거리에 걸려 바람에 나부끼는 많은 현수막을 볼 수 있다. 모양도 가지각색이지만 내용도 다양하다. 업적을 자랑하는 정치단체들의 현수막, 관공서에서 내건 홍보나 소식, 상점이나 기업들의 홍보 현수막이 주를 이루고 있다. 연예인이나 유명인이 출연한다거나 강연을 하는데 많이 참석하라는 등의 홍보용 현수막도 간혹 눈에 띈다. 누구 자녀 무슨 시험합격, 누가 어느 관청에 장으로 발령 났다거나, 장군으로 승진했다거나, 누구 딸 혹은 아들 OO대학에서 OO박사학위 취득, OO대학 OO학과 입학했다는 등의 현수막도 있다. 모두 축하할 일들이다. 자기 고향에서 훌륭한 인재들이 많이 배출되었다는 것은 자랑할 만한 일이 아닐 수 없다. 지금은 볼 수 없는 일이지만, 옛날에는 해외에서 박사학위를 받게 되면 일간지에 대문짝만하게 실리곤 했다. 귀국이라도 하는 날이면 현수막을 만들어 공항까지 나가 환영해주던 시절도 있었다.

우리는 36년에 걸친 일제강점기와 해방 그리고 6.25로 인한 비극을 지나면서 한도 많고 설움도 많은 시대를 견디어내었다. 빈곤과 혼란 속에서 삶을 이어왔다. 고난과 역경을 운명처럼 참고 모질게 살아온 것이다. 독립을 위해, 나라를 지키기 위해 많은 지도자와 인재들이 죽어 갔다. 이런 시대를 살아온 이유로 나라를 발전시키고, 국민을 선도할 훌륭한 지도자를 내심 원하며 살았을지도 모를 일이다. 그런 욕구가 이런 우리만의 독특한 문화를 가지게 된 것은 아닐까? 세계 여러 나라를 다녀봤지만 우리같이 길거리에 승진이나 합격을 알리는 현수막을 본 기억이 없다. 시각에 따라서는 좋은 우리의 전통이라 말할 수도 있다.

그러나 한편으로 회초리를 맞으면서도 사랑의 매로 인식하고 살았는데 지금은 아동학대라고 하여 금지하고 있지 않은가? 부모가 자식을 나무랐다고, 선생님이 학생에게 말을 잘 못 했다고 경찰에 신고를 하는, 아직 경험해 보지 못한 사회에 살면서, 이런 문화가 왜 존재하고 있는지 의아할 때도 있다. 시험에 떨어지거나, 승진에 누락된 사람, 진급을 하지 못한 사람과 그 가족의 심정을 조금만 생각하면 이런 잔재는 사라지는 것이 바람직하지 않을까?

현수막을 보면 대부분 일류대학 입학이나, 승진, 고시합격 등 성공을 축하하는 경우가 많다. 이런 것만이 자랑할 일인가? 이웃을 섬기고 사랑을 실천한 사람들의 미담은 공직에 합격하거나 승진한 경우보다 못지않다고 생각한다. 세상을 살아 보면 우리에게 필요한 사람은 지위가 높거나 잘난 사람만이 아니라, 정직을 기본으로 이웃과 더불어 도란도란 살아가는 사람이 더 위대하고 존경받을 대상이 된다는 사실을 알게 된다. 자기 맡은 바 일에 충실하고 세상을 밝고 희망차게 살아가는 보통 사람이 훌륭한 사람이다. 대도시보다 지방에 내려오면 출세한 사람들의 이야기를 많이 듣게 된다. 누가 어디에서 뭘 하고 있고, 누가 어떤 사람으로 크게 출세했다는 이야기다. 이름 석 자 알고 있는 사람이 높은 자리에 있다고 한들 자기와 무슨 관계가 있다는 말인가? 높은 공직자가 사사로운 일을 마음대로 할 수 있겠는가? 만일 그렇게 한다면 요즘 세상에서 그 자리를 며칠이나 버티어 낼 수 있을까? 잘못하면 큰집(?)에 갈 확률이 높은 사람들이다. 동네방네 자랑하고 알려야 할 사람들이 아니라 조용히 위로해주고 도와주어야 할 사람들이다.

공직자란 나라에서 주는 녹(祿)을 먹고 사는 사람을 총칭하는 말로 공복(公僕)이라는 말을 쓰기도 한다. 공복이란 국가나 사회의 심부름꾼이라는 뜻으로 공무원을 달리 이르는 말이다. 사실 공직에서 높은 자리에 오르는 것은 따지고 보면 국민이 내는 세금으로 먹고사는 국민이 뽑은 일꾼이다. 국민 위에 군림하는 사람이 아니라 국민을 섬겨야 하는 사람들이다. 그런데 오랜 세월 동안 주객이 전도되어 주인이 종이 되고 종이 주인이 되는 웃기지도 않은 일을 겪으며 살아왔던 것이다. 공복이 주인에게 갑질을 하는 것은 하극상이다.

공직자가 주인을 주인답게 섬기려면 한시도 편하게 지낼 날이 없을 것이다. 이런 면에서 공직에 임하는 사람들을 위해 거는 현수막은 축하하는 것이 아니라 위로하는 현수막이어야 하지 않을까?

# 용서와 화해의 시대

올해는 유난히 눈도 많이 내렸고 추웠다. 고향에도 대문을 열지 못할 정도로 눈이 많이 내렸다. 예년 같으면 눈이 많이 내려도 이삼일이면 음지를 빼고는 대부분 녹았는데 올해는 날씨마저 혹독하게 추워 눈이 녹을 생각을 하지 않고 2주 이상을 버텼다. 겨울을 보내고 봄이 온다는 것이 이렇게 힘 드는 것인가?

녹을 것 같지 않던 눈이 비가 내리자 하루 밤사이에 사라졌다. 밤사이에 천지개벽한 느낌이다. 이제 좀 따뜻해지나 했는데 오늘 다시 눈이 내린다. 성질 급한 사람 속 터지게 세월아 내월아 내리고 있다. 등굣길에 한눈팔며 걷고 있는 손녀 걸음마처럼 내리고 있다.

눈이 내리는 날 추위를 잊고 실성한 강아지처럼 산과 들을 뛰놀던 추억도 잊혀진 기적소리처럼 어슴푸레하다. 흰 눈이 소복이 쌓인 초가집의 그림 같은 추억도 머릿속에서 안개 춤을 추고 있을 뿐이다. 장밋빛 열정과 분홍빛 흥분이 사라진 탓일까? 마음은 이팔청춘인데 몸은 칠십이다. 내 눈에 보이는 것들이 모두 칠십 같다. 느릿느릿 내려오는 눈도 늙은 선녀 같다.

며칠 동안 눈 속에 갇혀 살다 보니 이제 눈이 무섭다. 인공위성이 밤낮없이 지구를 돌고, 달나라를 가고 목성을 토성을 탐험하고 있는 오늘날에도 폭설을 막을 방법은 없나 보다. 인간이 해야 할 일과 하늘이 해야 할 일이 다르기 때문일까? 속수무책으로 하늘만 바라보고 있을 뿐이다. 인간의 한계를 보는 것 같다. 눈만 내리면 추위도 잊은 채 골목길에서 미끄럼을 타며 즐기던 때도 있었는데, 이제 다리에 힘이 빠지니 빙판길이 무섭기만 하다. 염라대왕이 만들어 놓은 황천길 같은 생각이 든다.

자연재해라는 것이 눈사태뿐만은 아니다. 지진도 있고, 홍수도 있다. 과학문명의 발달로 인해 이들이 발생하는 시기나 지역 및 원인이 어느 정도 밝혀지긴 했어도 그것을 원천적으로 막을 방법이 현재로서는 전무한 상태다. 오직 할 수 있는 것은 사전에 대비하는 것과 피하는 방법 이외에는 특별한 방법이 없는 것 같다. 우리에게 잊지 못할 재난이 많이 있다. 태풍 사라호와 매미, 영풍백화점과 성수대교붕괴사고, KAL기사고, 세월호 침몰 등…… 셀 수 없을 정도다. 재해가 발생하면 많은 재산 피해는 물론 귀중한 생명을 잃기에 국가적인 비극이 발생한다. 재해는 태풍이나 지진처럼 자연재해가 있고, 삼풍백화점 붕괴 사고나, 대연각 호텔 화재 등과 같은 인재가 있다. 이런 재해로 당시 얼마나 많은 사람들이 슬퍼하고 애통해했던가? 두 번 다시 발생해서는 안 될 재해인 것이다. 그러나 현재로서 각종 재해를 백 프로 막을 방도는 없다. 몇 년 전 섬진강이 범람한 사건이 있었다. 낮은 지대에 살던 사람들의 집들이 물에 잠기는 재해가 발생했다. 이로 인해 많은 재산과 귀한 생명을 잃었다. 미연에 사고를 대비하지 못한 당국에 많은 비난이 쏟아졌다. 댐 수문을 예고도 없이 열었다느니 강둑이 조금만 높았어도 이런 일은 막을 수 있었다느니 하는 말들이 뉴스를 장식했다. 지난여름에도 태풍으로 부산 해운대 옆에 있던 고층건물들의 아래층이 물에 잠기는 사태도 있었다. 방파제를 조금만 높였어도 범람을 막을 수 있었다는 말들이 있었다. 다 일리가 있는 말이다.

예전에는 웬만한 재해는 천재지변이라 생각하고 하늘을 원망하고 살았다. 타고난 팔자라고 여기며 삭이고 살았다. 요즘은 모든 것을 인재 쪽으로 돌리는 추세다. 인간의 능력이 신에 가까워서일까? 모든 일은 인과응보가 있다고 한다. 원인을 규명하여 잘잘못을 가리는 것은 당연지사다. 문제는 인간의 능력 밖의 일을 인간의 능력 안으로 끌어오는 데 있다. 천재지변도 나라가 책임지라고 하면 어쩌란 말인가? 미연에 대비를 못 한 책임은 있다. 그러나 인간이 신은 아니다. 수긍할 것은 하고 요구할 것이 있으면 하면 된다. 책임 있는 당국도 원인을 규명하고 책임질 일이 있으면 책임져야 한다. 그렇지 못하기에 문제는 복잡해지고 일을 풀리지 않으며 원한만 쌓이고 감정의 골은 깊어간다. 일을 당한 사람이야 지푸라기라도 잡고 싶은 심정일 것이다. 나도 같은 처지라면 얼마든지 그런 마음이 생길 것이다. 일이란 감정으로 풀면 잘 풀리지 않는다. 원인을 규명하여 그 결과를 놓고 서로의 입장을 이성적으로 풀어나가야 한다는 뜻이다. 나는 백이요 너는 흑이니 나와 너는 함께할 수 없다. 너는 나의 원수고 나는 너의 적일 뿐이다. 이런 사고로 산다면 이 세상은 바로 지옥이다. 흑과 백이 만나 회색도 되고 다양한 색이 나오는 융통성이 있는 세상에 살고 싶다. 어려움을 함께 극복하고, 행복하게 사는 것이 우리의 지혜요 참 용기가 아니겠는가? 세상에 친구도 없고 의인도 없는 혼란의 시대가 우리가 바라는 세상은 분명 아니다.

입장을 바꿔 보면 어떤 답이 나올 것이다. 강자가 약자가 되고, 약자가 강자가 되는 게 세상 돌아가는 이치다. 그렇다고 불의를 외면하거나 비굴하게 살자는 이야기는 아니다. 서로 역지사지하는 마음으로 일을 풀면 어려운 일도 쉽게 해결될 수 있을 것이다. 나라를 생각하는 국민이라면 더 큰 일을 위하여 용서와 관용 그리고 이해와 타협이 가능할 것이라 믿기에 하는 말이다.

책임자의 잘못을 눈감아 주자는 의미는 아니다. 사람이 신이 아닌 이상 실수도 있고, 잘못도 저지를 수 있다. 오늘은 내가 책임자가 될 수 있고, 내일은 내가 피해자가 될 수도 있다. 천재도 인재라고 하는 세상은 분명 시끄러울 수밖에 없지 않은가? 용서와 화해의 지혜가 어느 때보다 요구되는 시대가 바로 지금이 아닐까 싶어 하는 말이다.

# 일과 오락

　일이란 무엇을 이루거나 적절한 대가를 받기 위하여, 어떤 장소에서 일정 시간 동안 몸을 움직이거나 머리를 쓰는 활동 또는 그 활동의 대상을 말한다. 일에는 반듯이 그에 대한 대가가 따르기 마련이다. 살기 위해서는 일을 해야 한다. 많은 사람들이 일하지 않고 살 수 있는 세상을 바라지만, 일하지 않고 산다는 것은 불가능하다. 조물주가 인간을 그렇게 만들어 놓은 것이다. "누구든지 일하기 싫어하거든 먹지도 말라."고 한 성인도 있지 않은가? 일을 좋아하는 사람은 없다. 놀이도 일이라면 싫고, 일도 놀이라면 즐겁다. 같은 장소도 일하러 가면 싫은데 놀러 가면 좋다.

　나는 강원도 철원에서 군대생활을 했다. 거기엔 임꺽정이 기거했었다는 고석정 있고, 김일성 별장으로 알려진 산정호수가 있다. 이 두 곳은 많이 알려진 명소다. 이런 명승지가 바로 지척에 있었다. 고석정 일대는 엄동설한에 추위에 떨며 훈련을 받았던 곳이었다. 산정호수는 악명 높은 유격훈련소가 있었던 곳이다. 얼마나 훈련이 심했던지 제대하면 두 번 다시 오지 않겠다고 다짐하던 곳이다.

　제대하고 사회생활을 하다가 친구들의 성화로 고석정도 가보고, 산정호수도 가보았다. 지난날의 악몽은 추억이 되어 많은 이야기를 하게 했다. 같은 장소를 다른 목적으로 가보니 그렇게 달리 보일 수가 없었다. 이렇게 아름다운 장소에서 훈련을 받았구나. 그 당시에는 모든 것이 악지(惡地)로 보이더니 내 발로 걸어와 보니, 그 험해 보이던 장소가 다 절경이다.

완전군장을 갖추어 산행하는 훈련을 행군이라고 한다. 어떻게 보면 산행을 즐기는 등산과 유사한 훈련이다. 다른 점은 훈련은 내 의지와는 다르게 시켜서 하는 것이고, 등산은 자기 자신이 하고 싶어 하는 것이다. 전자는 자유가 배제된 것이고, 후자는 자유로운 것이다. 행군이 수동적이라면, 산행은 능동적인 것이다. 그러기에 행군은 빠지면 좋아하고, 산행은 하면 기분 좋은 것이다.

제대하고 직장을 다니면서 주말에 시간만 나면 산에 올랐다. 산을 오르다 보면 숨이 차고, 땀방울이 비 오듯 떨어진다. 주저앉고 싶어진다. 그래도 기를 쓰고 산에 오른다. 정상에 오르고 싶은 마음이 나를 정상까지 끌고 간다. 요즘도 시간만 나면 거리와 장소 불문하고 산을 오르고 있다. 내가 좋아서 하는 일이다. 아무리 힘들고 어려워도 돈이 생기거나 밥이 생기는 일도 아닌데 오른다. 그것도 즐거운 마음으로 오른다. 제롬 케이 제롬(Jerome Klapka Jerome)은 "돈을 버는 일은 불행한 것이고, 돈을 쓰는 것은 행복하다."라고 했다. 같은 일도 내가 좋아서 하는 일은 즐겁고 남이 시켜서 하는 일은 괴롭다는 것이다. 마음이 가는 곳에 기쁨이 있는 것이다.

나는 지금 조금 한기가 느껴지는 방에서 글을 쓰고 있다. 남이 시켜서 쓰는 것도 아니다. 돈을 벌기 위해서 쓰는 것도 아니다. 단지 내가 좋아서 쓰고 있는 것이다. 내가 좋아서 하는 일이기에 추위도 아랑곳하지 않고 앉아서 자판을 두들기고 있다. 무슨 큰일을 한다고 냉골에서 청승을 떠느냐고 옆에 있는 여인의 잔소리가 들린다. 누가 쓰라고 하면 이런 추운 곳에서 청승을 떨고 있지 않을 것이다. 즐겁게 하다가도 멍석을 깔아주면 그만두는 것이 우리들이 가지고 있는 본성인지도 모를 일이다. 나는 지금 일을 하는 것이 아니라 놀고 있는 것이다. 그래서 이 시간이 즐겁다.

퇴직하면 미력하나마 사회봉사활동이나 하며 살고 싶은 생각에 퇴직 직전에 하남시청 봉사창구를 찾아갔다. 내가 사는 동네 강변에 휴지나 빈 병 폐비닐과 같은 쓰레기들이 널브러져 있어 미관상 안 좋아 보였다. 내가 있는 지역이 아름답고 깨끗하길 바라는 마음에 청소하는 봉사모임이 있으면 동참하고자 하였다. 봉사창구를 찾아서 봉사 좀 하고 싶어서 왔다고 하니 담당 직원이 서류를 주면서 작성하라고 한다. 나는 봉사시간에 참가하여 일하고 오면 되는 줄 알았다. 그런데 입사원서 작성하듯 서류를 작성하라는 것이다. 서류를 보니 주소 성명은 물론 학력 및 경력을 쓰게 되어 있었다. 쓰레기나 줍는 봉사에 웬 이력서냐고 물었다. 그리고 안 쓰면 안 되느냐고 물었다. 담당 직원이 규정이 그렇단다. 봉사활동도 마음대로 할 수 없구나.

사실 내 경력을 밝히지 않고 육체노동을 하고 싶은 마음에 이력서를 작성하고 싶지 않았다. 그러나 대단한 이력은 아니지만 서류위조까지 하면서 봉사활동을 하고 싶지는 않았다. 일반 시민으로 자유롭게 참여하고 싶었다. 서류를 작성하여 제출하니 담당자가 "마침 잘 오셨다며 중고등학교 학생들에게 수학을 가르쳐주면 좋겠다."라고 했다. 수학을 가르치던 선생님이 그만두셔서 자리가 비었다는 것이다. 한강변 쓰레기나 줍는 청소봉사를 하러 왔는데 가르치라고 했다. 처음에는 거절했지만 교육봉사를 하시는 것이 좋겠다며 간곡하게 부탁하는 것이 아닌가?

봉사활동 하려고 온 사람이 거절할 수는 없고, 가르치는 것이 내 팔자소 관인 모양인가 보다 하고 교육봉사를 하게 되었다. 고등학생이 2명 중 학생이 3명인데 관내에서 가정이 어려워 학원에 갈 수 없는 학생들이라 고 했다. 내 딴엔 처음 하는 봉사활동이니 열심히 해보려고 했다. 며칠 재미있게 했다. 시간이 좀 지나자 한두 명씩 빠지더니 마침내 두 명이 남았다. 나오지 않는 이유가 나를 놀라게 했다. 공짜로 배우는 것이 다 른 친구들 보기에 창피하다는 것이다. 내가 잘 못 가르쳐서인지 아니 면, 나이가 든 늙은이에게서 배우는 것이 마음에 들지 않아서 그런지 학 생들의 속마음은 알 길은 없었지만, 교육봉사는 한 달 정도 하다가 끝이 나고 말았다.

일 중독증이 있는 사람을 제외하고 일을 즐겁게 하기는 쉽지 않다. 그렇다고 일을 하지 않고 살 수는 없다. 일하지 않고 먹고 사는 문제를 해결할 수 없기 때문이다. 할 바에야 즐겁게 하는 것이 좋지 않을까? 오 늘 방송을 보니 나이 드신 해녀들이 물질하러 가면서 모두 환한 웃음을 짓는 모습이, 어느 미인보다 더 아름다워 보였다. 일할 바에야 즐겁게 하는 것이 자기 건강에도 좋고 일의 능률도 오를 것이다. 모든 일은 마 음먹기 따라서 즐거울 수도 있고 괴로울 수도 있다. 이왕에 할 것 돈 쓰 는 기분으로 하면 좋지 않을까? 다시 일자리가 주어지면 늘 웃는 모습 으로 일하고 싶다.

# 후회 없는 삶을 위하여

나이 들면서 자주 듣는 말 중의 하나가 "모든 것을 내려놓고 살아라." 라고 하는 말이 아닐까 싶다. 이 말은 곧 욕심을 부리지 말고 살다 가라는 뜻이리라. 자연에 순응하며 살라고 한다. 바람처럼 구름처럼 살다가가라고 한다. 모든 근심걱정 내려놓고 즐겁게 살다가 가라는 이야기다. 참 좋은 말이다. 그렇게 살고 싶다. 그렇게 살고 싶어도 그렇게 하지 못한다. 안 하는 것이 아니라 못하는 것이다. 말로는 쉬운데 실천이 어렵기 때문이다. 하루에도 수십 번 그렇게 살겠다며 다짐해 보지만 감기에 기침 나오듯이 시도 때도 없이 튀어나온다. 이런 욕망을 중생들이 이겨낼 도리가 없다.

누가 이야기를 하지 않아도 지인들이 하나둘 먼 나라로 떠나는 것을 보면서, 하루에도 몇 번씩 이런 생각을 하고 살고 있다. 마음을 다지고 다져도 삶의 현장으로 눈을 돌리면 순식간에 본성으로 돌아가고 만다. 가지 말라고 애원해 봐도 욕망은 앞장선 강아지처럼 먼저 가고 있다. 수양이 덜 된 탓도 있겠지만 아직도 뭔가 부족함이 남아 있기 때문일 것이다. 죽는 순간까지 먹고 입고 자야 한다. 그러니 놓고 싶어도 놓을 수없는 것이 현실이다. 이는 아직도 삶이 불안한 상태라는 의미다.

남은 생명은 내게 최소한의 현상을 유지하라고 명한다. 내일 이 세상

종말이 온다 해도 다 내려놓지 못하는 것은 불안한 미래 때문일 것이다. 이 세상에 의식주를 백 프로 해결해 주는 나라는 없다. 우리의 희망일 뿐이다. 누군가 내 미래를 책임지지 못하는 한 죽는 순간까지 내 삶을 위해 내 스스로가 살아갈 준비를 해야 한다. 쥐고 있어야 할 이유다. 대가족 사회에서는 대를 이어 가족을 부양하며 살았다. 그러나 지금처럼 핵가족사회에서는 자식에게 부모의 미래를 부담 지울 수 없다. 나이 들어도 내 앞가림은 내가 해야 한다. 이런 상항에서 누가 마음과 같이 모든 것을 다 내려놓고 살 수 있을까? 내려놓는다는 것이 바로 죽음을 의미한다.

의식주가 다 해결되었다고 해도 사람은 죽는 날까지 뭔가 해야 한다. 돈을 벌지 않는다고 해도 움직여야 한다. 일은 삶의 수단이자 삶 자체이기 때문이다. 이러기에 나이 들어 열심히 일하고 있는 사람을 보고 노욕이라고 할 수도 없다. 나이 들었다고 허구헌 날 방구석에 틀어박혀 뒤척이고 있는 모습을 상상해보라. 그런 모습은 절대로 바람직하지도 않으며 본받을 일도 아니다. 쇼펜하우어는 "하고 싶은 일이 없다면 살아야 할 이유도 없다."라고 하지 않았는가. 살아 있는 이상 손 놓고 죽음을 기다리며 지낼 수만은 없지 않은가? 죽는 순간까지 뭔가 해야 한다. 생산적인 일이라면 더욱 바람직하다. 무슨 일을 하며 사느냐는 전적으로 자신의 뜻에 달려있다. 생전에 하고 싶었던 일을 해보는 것도 좋다. 아니면 지금까지 해보지 못한 일을 해보는 것도 좋을 것이다. 남을 위해 봉사활동을 하는 일을 권장하고 싶다.

나는 퇴임을 하고 이 두 가지 일을 놓고 고민했다. 남을 위해 사회를 위해 봉사를 하고 살 것인가? 아니면 죽는 순간까지 생산적인 일을 하며 살 것인가? 결국 후자를 택하여 살기로 했다. 소일거리로 할 수 있는 것이 농사라고 생각하고 귀향을 택한 것이다. 8년이 흐른 지금 돌이켜 보면 크게 후회할 일도 없지만 그렇다고 성공한 삶이라고 볼 수도 없다. 나름 열심히 산다고 살았지만 소득이 하나도 없다. 그동안 손이 부르트 도록 열심히 농사를 지었는데 소득이 없다는 것은 경제적인 면에서는 실패다.

내가 귀향할 때 자급자족을 원칙으로 했다. 먹고 남는 것이 있으면 이웃들과 나누어 먹기로 했다. 짓는 농사는 야채가 주다. 그리고 과일나 무가 몇 그루 있다. 봄에는 상추, 아욱, 쑥갓, 시금치 등을 수확하고, 여 름에는 고추, 양파, 마늘, 호박, 옥수수, 복숭아 등을 수확하며, 가을에 는 들깨, 사과 등이 있다. 이외에 닭을 몇 마리 키우고 있다. 닭은 매일 달걀을 먹을 수 있게 알을 낳아 준다. 그리고 귀한 손님이 오면 목숨도 아낌없이 내준다. 이게 내가 요즘 하는 일의 전부다. 큰일은 아니지만 일 년 열두 달 매일매일 눈코 뜰 새 없이 바쁘다.

앞으로 더 하고 싶은 일이 있다면 좋은 친구들을 초대하여 인생 콘서 트를 열며 그동안 살아온 이야기를 서로 나누고, 농사지은 야채로 맛있 는 안주를 만들어 약주를 나누며 살고 싶다. 서로 믿고 사랑하며 살고 싶다. 마음은 지금도 변함이 없는데 실행이 문제다. 나 혼자 하는 일이 라면 혼자 하면 된다. 그러나 함께한다는 말 속에는 상대가 있다는 뜻 이다. 상대가 있기에 모든 일을 내 뜻대로만 할 수 없다. 부정적인 생각 이 깊어지면 일은 시작도 못 해보고 생각으로 끝나고 만다. 로버트 오헨 의 이상사회의 꿈이 실패로 끝난 이유를 알 것 같다.

죽음을 목전에 두고 당신은 인생을 후회하지 않느냐고 누가 물으면 자신 있게 "예"라고 대답할 수 있는 삶을 살기 위해 오늘도 몸부림치고 있다. 이런 사람이 다 버리고 살 수 있을까? 아무리 봐도 나는 다 버리고 바람처럼 구름처럼 물처럼 살기는 틀린 모양이다. 마음을 비우려고 발버둥 치면서 죽는 순간까지 일하는 고통을 감내하며 살아야 하는 것이 내 팔자인가 보다.

# 자유에 대하여

　말만 들어도 가슴이 트이는 말이 자유다. 자유를 얻기 위해 얼마나 많은 사람들이 피를 흘렸을까? 얼마나 자유가 그리우면 주말이 그렇게 기다려질까?

　미국 워싱턴을 여행하는 도중에 여러 기념관과 자유여신상 등 기념적인 장소를 볼 기회가 있었다. 미국의 독립의 아버지 에이브러햄 링컨 기념관과 토머스 제퍼슨 기념관도 돌아봤다. 나라의 크기만큼이나 크고 웅장해 보였다. 이들 기념관을 들릴 때마다 눈에 띄는 단어가 있었다. freedom과 liberty라는 단어다. 자유의 여신상(Liberty Enlightening the World = Statue of Liberty) 자유가 아니면 죽음을 달라(Give me liberty or give me death), Patrick Henry가 1775년 버지니아 식민지 의회에서 행한 연설문 중에 들어있는 말이다. 자유여 영원 하라(Vive la liberte' Long live the freedom)

　우리나라에도 대통령 기념관이 있다. 그분들의 업적으로 쓰여 있는 것들은 한결같이 독립 아니면 민주화 투쟁사다. freedom과 liberty라는 단어는 찾기 쉽지 않다. 민주, 독립이라는 단어는 많이 눈에 띄는데 자유라는 단어는 잘 보이질 않는다. 자유가 싫어서 그러는 것은 아닐 텐데도 말이다. 독립이나 독재 타도가 우선이기에 자유보다는 민주라는 말이 더 필요했기에 그러는지도 모를 일이다.

워싱턴에서 대통령 기념관을 둘러보고 있는데 "자유가 아니면 죽음을 달라"며 외치던 패트릭 헨리의 육성이 들리는 듯하다. "짐이 곧 국가"라고 하는 절대 왕정시대를 거쳐 오며 선량한 백성들이 얼마나 많은 핍박을 받아왔던가. 인간다운 대접은 고사하고 시도 때도 없이 사지에 내몰리며 살아오지 않았던가. 일부 귀족들을 제외하고 그들은 노예로 살았다. 이들이 바라던 것은 인간답게 살 권리와 자유가 아니었을까? 역사는 우리에게 오늘날의 자유로운 삶을 살기 위해 얼마나 많은 생명이 희생되었는지 말해주고 있다.

이처럼 목숨을 바쳐 얻은 자유를 함부로 쓰고, 허투루 쓸 수는 없는 일이다. 오늘날 자유를 누리며 사는 사람들이야 자유로운 생활이 일상인 것처럼 느끼며 살고 있지만, 그 자유는 수많은 사람들의 목숨과 바꾼 피라는 역사적 사실을 알아야 한다. 단 하루만이라도 아니 단 한 시간만이라도 신체적 구속을 당하여 본 사람은 자유가 얼마나 소중한지 알 것이다. 산소가 없어 봐야 그 고마움을 알 수 있듯이 자유가 없어 봐야 자유의 고마움을 알 수 있다. 자유의 귀함을 모르는 자는 자유를 누릴 자격도 없다.

위정자들이야 "짐이 곧 법이요 국가다."라는 월권적인 사고가 국민을 통치하기 편리하겠지만 통치를 받는 국민들 입장에서는 국가의 간섭이 최소화되길 원할 것이다. 어느 국민이 국방의무를 좋아서 하려고 하겠는가? 어느 나라 백성이 세금을 많이 내려고 하겠는가? 이것은 두말할 것 없이 더 큰 자유를 누리고 살기 위해 지불해야 할 대가이기 때문에 감내하고 있는 것이다. 자유는 그저 자라나는 잡초가 아니다. 모든 국민이 쉬지 않고 지키고 가꿔야 자라나는 작물이다. 목숨을 바쳐 지켜온 자유 그 자유는 지킬 수 있는 능력이 있을 때 가능한 것이라 감히 말할 수 있다.

국가는 수많은 사람들로 구성되어있다. 많은 사람들이 더불어 살아가는 곳이다. 하루나 이틀 살고 말 그런 집단이 아니다. 자손만대가 살아갈 생활터전이다. 사는 것도 그냥 사는 것이 아니라 행복을 누리며 살아야 한다. 행복을 누리며 살기 위해서 자유는 절대적인 요소다. 필요조건이다. 그러나 다 잘살게 하기는 쉽지 않다. 모두가 행복하게 사는 것은 이상일 뿐 현실에서는 찾아보기 힘들다. 기회와 능력에 따라 잘사는 사람이 있고 못사는 사람이 있기 마련이다. 자연스럽게 가진 자와 못 가진 자의 구분이 생긴다. 보이지 않는 대립 속에서 살고 있다. 대립이 극대화되면 갈등이 커진다. 갈등이 커지면 이로 인해 사회가 혼란에 빠지게 되는 것은 당연한 수순이다. 혼란이 계속 이어지면 나라는 거덜 나게 되는 것이다. 역사가 이를 말해주고 있다.

국민들이 현명하여 이런 일들이 일어나지 않고 살아갈 수 있다면 더할 나위 없이 굿이다. 이런 국민에게는 자유를 누릴 충분한 자격이 있다. 그러나 그렇게 현명한 국민이 흔하지 않다.

가진 자와 못 가진 자들의 서로 화합하며 살기보다는, 타도해야 할 대상으로 생각하며 사는 느낌이다. 이런 상태가 지속하면 국가는 파국을 맞이하게 될 것이다. 이런 비극적인 사태를 막을 일차적인 책임은 국민에게 있다. 그리고 이차적인 책임은 지도자들의 몫이다. 국민과 지도자가 합심하여 이런 일이 일어나지 않도록 해야 한다. 그런데도 일부 몰지각한 위정자들이 이에 편승해서 한 술 더 뜨고 있다. 편을 가르고 싸움을 부채질하는 형국이다. 이런 사회는 어지럽고 삶은 더 팍팍해질 수밖에 없다. 세월이 지나면 언젠가는 해결되겠지만, 그 과정에서 국민은 고통을 받아야 한다. 최악의 경우 나라를 잃게 되면 노예로 살아야한다. 생각만 해도 끔찍하지 않는가? 불과 100년 전에 우리가 겪었던실화가 아닌가? 나라 잃은 국민을 상상만 해도 아찔하다.

각자가 서 있는 자리에서 "나는 국가를 위하여 뭘 하고 있는지 자문해 보자" 나라를 위한다는 명분으로 사리사욕을 채우고 있지는 않은지? 스스로 돌아보고 맡은 바 소임을 잘 수행한다면, 나라는 다시 일어설 것이고 미래는 희망이 있을 것이라 확신한다. 나보다 남을 배려하는 진정한 용기가 필요하다. 어려울수록 모든 국민이 제자리로 돌아가 맡은 바소임을 다할 때, 우리의 미래는 밝고 살기 좋은 나라가 만들어질 것이다. 우리 국민 모두 대대손손 자유를 누리며 행복하게 사는 나라가 되길 간절히 바라는 마음에서 이 글을 쓴다.

# 중독

과유불급이라는 말이 있다. 뭐든지 지나치면 모자람만 못하다는 말이다. 이에 너무 지나치므로 나타나는 증세가 바로 중독이다. 중독은 세 가지 형태가 있다. 하나는 생체가 음식물이나 약물의 독성에 의하여 기능 장애를 일으키는 것이다. 또 하나는 술이나 마약 따위를 지나치게 복용한 결과 그것이 없이는 견디지 못하는 병적인 중독 상태가 있다. 마지막으로 어떤 사상이나 사물에 젖어 버려 정상적으로 사물을 판단할 수 없는 상태가 그것이다.

음식물중독이야 상한 음식을 먹거나 과식에서 오는 것으로 위급한 경우를 제외하고는 약으로 치료할 수 있다. 약물중독은 주로 마약, 음주, 흡연에 중독되는 것으로 이는 의지가 없이는 치료가 불가능한 중독으로 개인의 삶은 물론 사회에 큰 문제가 되고 있다.

물질문명의 발달로 인해 풍요로운 사회에서 이런 중독이 만연되고 있어 사회적으로 문제가 되고 있다. 옛날에는 듣지도 보지도 못했던 인터넷 중독이니, 쇼핑중독이니, 운동중독이니, 일중독까지 생겨났다. 중독 아닌 게 없을 정도니 중독에 대한 걱정거리가 더 많아진 게 사실이다. 중독들의 공통점은 모두가 갈망하는 마음이 너무 커서 의지대로 그만두기가 쉽지 않다는 것이다. 갈망하는 것이 모든 일의 최우선 순위에 있어, 정상적인 사회생활을 하는 데 지장을 초래하거나 심하면 자신의 의지대로 삶을 영위해 나가지 못하고, 중독된 사물이나 행동 및 생각에 노예처럼 생활하게 된다는 사실이다. 이런데도 중독자 자신은 자기가 중독되지 않았다고 생각하는 것이 더 큰 문제다.

옛날 같으면 적극적으로 권장할 만한 사안도 중독으로 보는 추세가 있다. 옛날엔 밤새워 공부하다 코피를 쏟는 학생을 모범생이라고 했다. 부모님들도 그런 학생을 좀 닮으라며 입이 닳도록 칭찬을 하셨다. 주말도 잊은 채 직장 일에 열심인 사람을 모범사원이라 하여 표창을 하거나 해외여행을 시켜주던 시대도 있었다. 지금은 어떤가? 좋은 일도 지나치면 중독으로 보고 있다. 일을 많이 하는 것이 더 이상 미담이 아니라 인간다운 삶을 저해하는 것으로 보고 있는 것이다. 직장에서 일을 많이 하게 하는 것은 개인의 행복권을 빼앗는 것으로 보고, 비난을 받거나 법으로 제재를 받는 것이 현실이다.

잘살아 보자고, 굶주림에서 벗어나 보자고, 후세에게 가난을 대물림할 수 없다고, 우리도 한번 잘살아 보자고, 물불 안 가리고 불철주야 일했던 세대가 보면 지금 세상이야말로 꿈같은 세상이 아닐 수 없다. 한마디로 말해 참 좋은 세상이다. 살아온 삶이 자랑스럽기도 하고, 뿌듯하기도 하지만 한편으로는 걱정도 되고 부럽기도 하다. 정상적인 젊은이들이 하는 말은 아니겠지만 "늙은 꼰대라느니, 늙으면 빨리 죽어야 한다."라느니 하는 말을 들으면, 그동안 열심히 일해 온 과거가 슬퍼지는 마음을 지울 수 없다.

나 자신은 중독으로부터 자유로운가? 이 물음에 확실한 대답은 "아니다."이다. 당시에는 모르고 지났지만 지금 와서 생각해 보면 나 자신도 중독증에 시달린 때가 있었다.

초등학교 저학년 때엔 딱지치기에 중독되었다. 밤낮없이 딱지치기에 몰입해 있었다. 딱지 만드는 종이가 없어 삼촌 책을 찢어 딱지를 만들었다가 군밤을 얻어맞아 울기도 했던 기억이 어제 일처럼 생생하다.

중학교 때는 공부에 빠져 밤낮을 가리지 않고 공부에 매달렸다. 초등학교 때 축구를 좋아해서 꿈이 축구선수가 되고 싶었다. 중학교에 입학하여 첫 시험에 전교에서 10등 안에 들면 공부를 하고, 그렇지 않으면 운동을 하겠다고 스스로 다짐하고 있었다. 첫 월말고사에서 10등 안에 든 것이다. 이 사건이 내 운명을 결정지었다. 그 인연으로 몸에 맞지 않은 책을 평생 끼고 살아야 했다. 일등을 하려고 어린 나이에 참 열심히 했던 것 같다. 누가 시켜서 한 게 아니고 내가 내게 한 약속을 지키기 위해서 한 것이다. 잠을 자지 않기 위해 잠 오지 않는 약을 영양제처럼 먹었다. 하룻밤에 책을 한 권 외울 정도로 열심히 했던 기억도 있다. 부모님이 공부 좀 그만하고 나가 놀라고 할 정도였다. 지금 와 생각해 보면 철없던 시절의 객기가 아니었을까? 측은한 생각마저 든다.

고등학생 때에는 첫사랑에 빠져 모든 것을 포기하고 3년을 허우적댄 적도 있다. 공부는 늘 뒷전이었다. 자나 깨나 내가 좋아했던 여학생 생각뿐이었다. 중학교 때 공부에 중독된 학생과는 전혀 다른 학생이 되고만 것이다. 어른들의 말을 빌리면 머리에 피도 안 마른 놈이 사랑에 빠져 방황했던 것이다. 사랑의 중독 결과 재수도 아닌 3수를 해야 했던 쓰라린 경험도 있다.

사회에 나와서는 등산에 빠져 산사람처럼 산을 헤매었다. 지금도 등산 가자고 하면 "NO"라고 해본 적이 없다. 요즘은 골프에 미쳐 있다. 늦게 배운 도둑이 밤새는 줄 모른다고 장소 불문하고 연습하다가, 천장에 달린 전등을 박살 내 옆에 있는 사람한테 꾸지람을 들은 적도 있다.

커피를 자주 마시는 사람은 커피 중독자요, 여행을 자주 하는 사람은 여행 중독자요, 비가 오나 눈이 오나 자전거를 몰고 전국을 누비는 사람은 자전거 중독자요, 주말마다 산을 오르는 사람은 등산 중독자요, 책을 많이 읽어도 중독자요, 일을 많이 해도 중독자요, 티브이(TV)를 많이 봐도 중독자가 되는 형국이니 이래저래 너나 할 것 없이 모두 중독자다. 모든 것이 지나치면 중독이라고 말하지만, 중독 증상으로 인해 패가망신을 시키지 않는 중독, 예를 들면 일중독이나, 공부중독, 건강관리를 위한 운동중독 등 개인의 건강과 능력을 발휘하여, 사회에 공헌할 수 있는 중독이라면 권장해야 할 사항이 아니겠는가? 뼈를 깎는 각고의 노력으로 개인의 능력이 향상되고 그 능력으로 사회에 더 나아가 국가와 인류에 이익을 도모할 수 있다면 어느 정도의 중독 증세는 필요하다고 생각한다. 중독에도 좋고 나쁜 중독이 있다는 것이 아이러니하다.

# "팔이"들

유명연예인이나 사회 저명인사가 죄를 짓고 감성팔이를 한다거나, 정치인들이 국민팔이를 한다는 말이 심심치 않게 들린다. "~팔이"라는 말은 길거리에서 물건을 파는 사람을 일컫는 말이다. 상인을 비하하는 은어접미사 또는 어떤 일을 하는 사람을 낮추어 부르는 접미사다. '꾼' 보다 더 비하적인 뜻이다. "국민 팔이"의 사전적 의미를 부여하자면 국민을 파는 사람이라는 의미가 있다. 국민을 파는 사람이 있을 수 있을까? 자유 민주주의 국가에서 국민을 사고파는 행위는 있을 수도 없고 있어서도 안 된다. 이 말은 자기가 하고자 하는 말이나 행동을 국민이 원해서 하는 것처럼 포장하는 것을 의미할 것이다. 한마디로 말하면 국민을 팔아 자기 이득을 보고자 하는 사람들이다. 국민을 기만하는 행위를 하는 사람들이다.

국민팔이는 국민이 뽑은 선량이나 정치인들 그리고 유명 인사들이 국민의 이름으로 자기주장을 관철하거나 협력을 호소하는 경우를 말한다. 국민 누구도 부탁하거나 원하는 경우가 없는데도 국민이 원하기 때문에 했다고 한다. 어떤 국민 원했는지는 상관이 없다. 그렇게 말해야 자기 말이 신뢰를 받는다거나 말발이 선다고 생각하기에 그렇게 할 것이다. 하기야 자기 자신도 국민의 한 사람이요, 자기 가족이나 친지 친구들도 국민이기에 그렇게 말한다고 해서 100% 거짓말이라고 할 수는 없다.

일반적으로 국민이 원한다거나 국민을 위한다고 하면 어떤 국민들이 그런 것을 원하는지, 요구하는지 구체적으로 밝히는 것이 국민에 대한 예의이고 도리일 것이다. 적어도 대다수 국민이 원하는 경우에 한하여 국민이 원하기 때문이라는 말을 쓰는 것이 국민에 대한 예의가 아닐까?

국민이 뽑은 대통령은 전 국민의 대통령이요, 국회의원이란 전 지역 주민의 대표자이다. 자기를 뽑아준 국민만 국민이 아니요, 자기를 지지한 주민만이 주민이 아니다. 지지자나 반대자 모두 국민인 것이다.

가정에서 아버지가 어떤 음식을 먹고 싶은데, 본인이 먹고 싶다는 말을 하기가 민망하거나 말을 해도 뜻을 이루기 어렵다고 느끼는 경우, 아들을 팔아 이야기하는 때가 있다. 빈대떡이 먹고 싶은데 자기가 직접 해달라고 하면 안 해줄 것 같아 아들이 먹고 싶어 한다고 거짓말을 한다. 어머니는 진짜로 자식이 해달라는 줄 알고 빈대떡을 만든다. 만든 빈대떡은 아들만 먹는 것이 아니라 가족이 함께 먹는다. 아버지가 아들을 팔아 결과적으로 빈대떡을 드시게 된 것이다. 이런 경우 자식팔이를 한 아버지가 된다. 회사의 경우라면 부하직원이 자기 목적을 달성하기 위해 사장의 이름을 팔아 다른 직원에게 자기가 할 일을 전가하거나 시키는 것과 같은 경우를 이른다.

감성팔이란 감성을 자극하여 사람들을 선동하는 일, 또는 그런 사람을 이르는 말이다. 죄를 지은 사람이 법원에 출두할 때 초췌한 모습으로 휠체어를 타고 나타난다거나 눈물을 흘리는 등 국민의 정서를 자극하여 동정을 얻고자 하는 일종의 거짓(fake) 행위를 말하는 것이 한 예다.

요즘의 우리나라는 어떤가? 국민 대다수가 이래서는 안 된다고 느끼고 있을 것이다. 팔이 안으로 굽는다고는 하지만, 국민의 대표라고 하는 자들이 자기를 지지하는 사람들만 국민인 것처럼 행동한다면 그가 국민의 대표자라고 말할 수 없다. 싫어하는 사람을 배제하거나, 미워할 것이 아니라 왜 그들이 싫어하고, 미워하는지 원인을 파악하여 국가의 발전과 장래를 위해서 누구와도 손잡고 함께 나갈 수 있는 아량이 있어야 할 것이다. 이는 지도자의 자질이자 능력이요 국민으로부터 위임받은 지도자의 책임과 의무인 것이다.

만물은 유전하다고 한다. 흑이 백이 되고, 백이 흑이 되기도 한다. 여가 야가 되고 야가 여가 되는 것이 현실이다. 보수가 진보가 되고, 진보가 보수가 된다. 영원한 것은 없다. 지도자란 잠시 국민들로부터 권한을 위임받아 봉사하는 자리인 것이다. 국민을 팔면서 자기만이 옳다며 서로 원수처럼 싸움만 할 것이 아니라, 역지사지로 생각해 보면 어떻게 해야 하는지 답이 나올 것이다. 진보는 보수를 타락하고 부패한 집단이라고, 보수는 진보를 내로남불이라고 비판한다. 다 일리가 있는 말이다. 완벽한 진보도, 보수도 없다. 다시 말해 100% 보수도, 진보도 없다. 상황에 따라서 진보가 될 수도 있고, 보수가 될 수도 있다. 사안이나 상황에 따라서 보수에 가까울 수도 있고, 진보에 가까울 수도 있다. 작은 이익을 위하여 큰일을 그르치는 행동은 서로 자제하며 사는 게 국민의 도리가 아닐까.

나는 요즘 뉴스를 잘 보지 않는다. 이유는 뉴스라는 것이 싸움 아니면 횡령, 사건, 사고, 삶에 도움 되는 소식이라고는 찾아보기 어려울 정도라 아예 보지 않고 있다. 그 시간에 오락프로나 운동프로를 본다. 이런 생각을 하는 사람이 비록 나뿐일까?

한 시간이 멀다 하고 상식 이하의 일들이 벌어지고 있다. 국민의 대표기관이라는 국회를 보라. 국정을 논하고, 감시 감독하며, 입법 활동을 위해 일해야 할 국회의원들이 만나기만 하면 남 비판이나 하고, 말싸움이나 하고, 심하면 육탄전도 불사하고 있다. 매번 이런 광경을 보고 있노라면 저들이 과연 선거전에 표를 달라고 하던 예의 바르고, 공손하고, 학식과 식견이 뛰어나고, 젠틀하게 생겼다고 생각하여 뽑은 우리 대표자가 맞는가? 하는 의구심을 지울 수 없다. 이들의 언어나 태도를 보면 존경하고픈 마음은 고사하고, 세금이 아깝다는 생각이 든다. 오죽하면 국회의원 수를 줄이라고 국민청원까지 할까? 더 나가 국회무용론이 제기되기도 하니 국민이 정치를 얼마나 불신하고 있는지 알만하지 않은가.

인간이기에 때론 실수할 수도 있고, 잘못할 수도 있다. 그러나 잘못이나 실수를 했다는 사실을 깨닫게 되면 잘못을 뉘우치고, 국민께 진심으로 사과하는 자세가 바른 자세가 아닐까? 비판도 애증이 있기에 한다고 한다. 국민 서로가 비판할 가치도 느끼지 못하는 형국에 이르면, 그 피해는 모든 국민이 감당해야 한다. "민주주의는 하루아침에 이뤄지지 않는다."라는 명언을 생각하며, 더 좋은 미래를 위해 우리가 지금 그 진통을 겪고 있다면 그나마 희망이 있겠다. 우리가 모두 행복한 삶을 누리는 대한민국이 되길 간절히 바라는 마음에서 몇 자 적어 봤다.

아! 영원 하라! 대~한~민~국~

# 이제 와 후회해 본들

"배워서 남 주나. 도둑질만 **빼고** 다 배워라! 그러면 언젠가 꼭 쓸 일이 생길 것이다." 이 말은 바로 나를 두고 하는 말 같다. 누구나 살아가면서 "그때 배워둘걸"하는 후회를 해보지 않은 사람은 없을 것이다. 배우지 못해 겪게 되는 불편함이나 아쉬움이 많으면 많을수록 이런 후회는 있기 마련이다. 나는 특히 미술과 음악 분야를 제대로 배우지 못한 아쉬움이 매우 크다. 변명하고 싶은 것은 아니지만 우리 세대에겐 배움보다 더 시급한 먹고 사는 문제가 앞에 놓여있었다. 6.25사변의 소용돌이 속에서 유아시절을 보내고 휴전 후에 초등학교를 다녀야 했던 세대로 먹고살기도 바쁜 시국에 예술을 배우는 것은 사치였다. 죽고 사는 문제가 늘 문 앞에 와서 기다리고 있는 것 같은 불안과 공포의 시간을 보내야 했다.

학교에서 배우지 않았느냐고 반문할 사람도 있을 것이다. 물론 수업 시간표에 음악과 미술 시간이 있었다. 도시의 학교에서는 어땠는지 잘 모르지만 내가 다니던 시골 학교에서는 그림을 그리려 해도 지금처럼 물감이나 도화지가 흔하지 않았다. 미술 시간에는 그저 연필로 자기 왼손을 책상위에 놓고 오른손으로 그렸던 것이 어렴풋이 생각날 정도다. 크레용이라고 부르던 그림 그리는 것이 있었는데 마치 초에 물감을 섞어 놓은 것 같은 것이었다. 쓰다가 보면 색칠도 잘되지 않았고, 툭 하면 부러졌다. 지금 젊은 세대들은 상상도 가지 않는 일이다. 그마저도 비싸서 그것을 가지고 그림을 그리는 학생은 반에서 손가락으로 꼽을 정도였다.

음악 시간에는 주로 손뼉을 치며 노래를 불렀다. 학교에 피아노가 없었냐고 묻고 싶겠지만, 피아노는 고사하고 언제 적부터 사용했는지조차 알 수 없는 빛바랜 풍금 한 대가 전부였다. 몇십 학급이 넘는 학교에 풍금 한 대가 전부였으니 각 반에서 풍금을 이용해서 노래를 부르는 것은 거의 불가능했다. 큰 행사나 있어야 전교생이 모여 풍금에 맞추어 노래를 부를 수 있었다. 주로 애국가, 삼일절 노래, 육이오노래, 광복절 노래 등과 같은 기념일에 부르는 노래를 많이 배웠다. 그리고 봄이 오면 고향의 봄(이원수 작사, 홍난파 작곡), 여름에는 산바람 강바람(윤석중 작사, 박태현 작곡), 가을이 오면 가을(백남석 작사, 현재명 작곡), 겨울에는 크리스마스 캐럴을 배우고 불렀던 기억이 난다. 요즘 1인 1 악기를 가지고 배우는 학생들이 들으면 거짓말이라고 할 것이다. 그러나 그런 시대가 지금부터 불과 50~60년 전 이야기다.

나는 악기 다루는 것은 고사하고 콩나물대가리(악보)도 제대로 볼 줄 모른다. 그림이라고 해야 밀레의 만종, 모나리자, 천지창조 같은 누구나 알고 있는 그림 정도를 알고 있다. 음계가 뭐고, 옥타브가 뭔지도 모르고 학교를 마쳤으니 내가 생각해도 무식이 특출 난 사람이다.

중학교 때 도회지로 유학을 와서 음악 시간과 미술 시간이 제일 괴로웠던 기억이 난다. 초등학교에서 음계나 색 등은 다 알고 입학했을 것이라는 가정하에 수업이 진행되었다. 나는 악보는 물론 낮은음자리와 높은음자리가 뭔지도 모르고 있었다. 미술도 마찬가지다. 나는 지금도 초

록과 연두색, 주황과 핑크색을 잘 구별하지 못 하고 있다. 이러니 미술 시간에 무슨 색과 무슨 색을 배합하면 무슨 색이 나온다고 하는데 이 말이 외국어보다 더 어려웠다. 미술 시간과 음악 시간만 되면 죽을 맛이었다. 그런데도 무사히 졸업을 하고 진학할 수 있었다는 게 믿어지지 않는다.

지금도 유명한 미술 전시회나 음악연주회가 있는 곳에 초대를 받으면 사실 겁이 난다. 클래식 연주를 듣고 언제 끝나는지 잘 몰라 도중에 나혼자 손뼉을 쳤다가 느꼈던 아찔한 순간의 기억이 지금도 악몽으로 남아있다. 그 이후로 박수 치는 것을 잘 못 한다. 연주가 마음에 들지 않아 그러는 것이 아니라 또 실수할까 봐 그러는 것이다.

그림 전시회도 마찬가지다. 세계 유명 화가의 그림이 전시된 세계 3대 박물관 중에 두 곳을 가보았지만 그렇게 감동을 받지 못하였다. 그림을 그릴 줄 모르니 볼 줄도 모르기 때문이다. 1978년 벨기에 있는 루벤스 미술관을 가본 적이 있다. 다른 사람들은 유명 화가의 그림이라며 눈을 반짝이며 감상하는데 나는 아무 감흥이 없었다. 무식이 주는 용감함(무식함)이라는 것이 바로 이런 것이리라.

교양인이라면 기본교양은 갖추고 살아야 하지 않을까? 요즘도 대화 중에 음악과 미술 이야기만 나오면 할 말이 없다. 꿀 먹은 벙어리가 된다. 예술 분야에 뛰어난 사람을 나는 무한 존경한다. 그림을 잘 그리거나 노래를 잘 부르는 사람을 보면 신처럼 부럽다. 고급 레스토랑은 아니라도 조용한 카페에서 사랑하는 연인을 위해 사랑의 세레나데라도 한 곡 연주해주고 싶은 마음은 지금도 간절하다. 결혼기념일에 굶주린 돼지처럼 밥만 먹을 것이 아니라 예쁜 엽서라도 한 장 그려서 내 마음을 전할 수 있다면 얼마나 감동적일까?

그렇다고 내 전공 분야에 정통하여 타의 추종을 불허하는 수준의 명인도 아니다. 겨우 앞가림하는 정도로 인생을 살아왔을 뿐이다. 지금이라도 늦지 않았으니 배우라고 한다. 하고 싶은 마음은 굴뚝같다. 몸이 마음을 따르지 못한다. 요즘 애들이 피아노를 치고, 바이올린을 연주하는 모습을 보면 부럽다. 그리고 뿌듯하다. 구김살 없이 밝고 아름답게 사는 모습이 자랑스럽다. 나도 다음 결혼기념일에는 사랑하는 사람 앞에서 감미로운 음악을 연주하며 사랑의 표시로 예쁜 그림과 함께 선물을 전하고 싶다.

이제 와 후회한들 무슨 소용이 있겠냐마는 그래도 배우지 못한 아쉬움이 가슴에 응어리로 남아있다.

# 후회만 남아

인생이란 후회다. 잘 살아도 후회 못살아도 후회다. 이래도 후회 저래도 후회라면 인생을 즐기며 살자. 놀면 뭐하니? 놀면 누가 밥 주나? 이런 원초적 질문이 이어질 수 있다. 이 말도 맞는 말이다. 누구나 즐기며 살고 싶은데 그렇게 살지 못하는 것이 바로 먹고사는 문제가 걸려있기 때문이다. 최소한 먹고 사는 문제는 해결되어야 즐기며 살 수 있는 기본이 갖춰지는 것이다.

우리가 몸이 부서지도록 일을 하는 것은 행복하게 살기 위해서라고 말한다. 행복하게 사는 것이 무엇인가? 바로 즐거운 삶을 사는 것이리라. 즐기며 산다는 것은 여러 가지가 있다. 자기가 하고 싶은 것을 하며 사는 것이 즐기는 삶이 아닐까? 즐기며 산다는 말은 곧 자기 의지대로 일생을 산다는 뜻이리라.

즐기며 산다는 것이 맹목적으로 사는 것을 의미하지는 않는다. 실성한 사람처럼 히죽거리며 사는 것이 즐겁게 사는 것은 아니지 않은가. 남에게 피해를 주며 자기 혼자 즐겁게 사는 것도 즐겁게 사는 것은 아니다. 환경에 맞게 처신하며 자기 의지를 좇아 사는 것이 즐기는 삶이 아닐까? 아무리 부귀영화를 누리며 산다 해도 자기가 바라는 일이 아니라 남이 시켜서는 일을 하고 산다면, 자기 인생을 사는 것은 아니다. 자기 의지가 없이 살아간다는 것은 자기 인생을 능동적으로 살아가는 것이 아니라, 수동적인 삶을 사는 것을 뜻하기 때문이다. 이런 삶은 곧 꼭두각시 같은 인생을 사는 것이다. 그러나 세상 어느 누구도 완벽하게 자기 의지대로 살아가는 사람은 없다. 세상은 서로 의지하며 살고 있기 때문이다.

나이 들어 지난날을 돌이켜보면 하고 싶은 것들을 다 하지 못하고 산 것들이 너무도 많다. 국내는 물론 세계 여러 나라를 돌아다니고 싶었고, 사랑에 목숨을 바친 로미오와 줄리엣 같은 사랑도 하고 싶었다. 스크린을 주름잡던 알랭 드롱 같은 배우가 되고 싶기도 했다. 화려한 몸짓과 멋진 노래로 세상을 웃고 울게 한 엘비스 프레슬리 같은 멋진 가수도 하고 싶었다. 그런데 그런 유명인이 되기는 고사하고 흉내도 내지 못한 채 젊음을 보내고 말았다.

나의 의지가 약한 것이 가장 큰 이유이겠지만 당시 사회 분위기를 무시할 수는 없다. 자기가 하고 싶은 것과 사회가 요구하는 것이 많이 달랐기 때문이다. 자기가 하고 싶은 것보다 사회가 요구하는 사람이 되는 것이 최고의 삶으로 평가받았다. 사회적으로 지위를 얻고, 돈을 벌고, 권력을 가지는 것이 최고의 영광으로 여기던 시대였다. 지위가 높고 돈만 많이 벌면 되는 것이었다. 먹고살기 힘들던 시대라 그렇게 사는 것이 최선이었을 것이다. 돈 없으면 집에 가서 빈대떡이나 부쳐 먹고, 억울하면 출세하라는 것이다. 출세 지향적이었고, 황금만능주의였던 것이다.

연예인을 딴따라라 부르고 운동 잘하는 것은 깡패나 하는 짓이라고 하지 않았던가? 예술가나 체육인을 좋은 직업으로 생각하지 않았던 것이다. 오직 공부해서 의사, 판사, 변호사 등 사자 붙은 직업을 얻어 펜대나 굴리면서 떵떵거리며 사는 것이 최고의 성공한 인생으로 여겼다.

다른 일에 눈 팔지 않고 시간 나면 영어단어 하나라도 더 외우고, 수학 문제 하나라도 더 푸는 학생이 훌륭한 학생이요 모범학생이라고 했다. 공부를 잘하는 학생이나, 공부에는 관심이 없는 학생이나 모두 일류대학에 진학하는 것에 인생을 걸었던 것이다. 예체능계 학생에게는 연습하는 것이 공부인데 오로지 영어, 수학, 국어 등의 과목을 공부하도록 했다. 물론 기본 소양으로 어느 정도의 지식은 가지는 것이 학생의 본분임은 맞다. 그러나 아예 공부를 못하면 불량학생처럼 취급하는 풍토가 문제였다.

세상은 컴퓨터의 발달만큼이나 많이 변했다. 나는 요즘 젊은이들이 부러울 때가 많다. 삶이 너무 자유로워 보이기 때문이다. 자기 개성을 마음대로 표현하며 사는 모습이 부러운 것이다. 그들만의 세계에 올인하고 사는 모습이 부러운 것이다. 자기 자신이 하고 싶은 것을 남의 눈치 보지 않고 하면서 사는 모습이 부러운 것이다. 우리 세대는 엄두도 못 냈던 일들을 요즘 젊은이들은 자유롭게 하며 살고 있다.

물론 요즘 젊은이라고 고민이 없진 않을 것이다. 옛날보다 상대적으로 고민이 더 많을지도 모른다. 옛날엔 공부만 잘하면 되었지만 요즘은 할 것이 너무 많다며 불평하고 있지 않은가? 우리 시대에는 공부하고 싶어도 못한 사람이 많았다. 3% 정도만이 대학에 진학했다고 하니 요즘과는 격세지감을 느낀다.

반면에 요즘 젊은이들이 너무 어려서부터 경쟁사회에 내몰리는 측면이 있어 안쓰러운 생각이 들기도 한다. 한창 뛰어놀 나이에 배움의 일선에 내몰려 있는 느낌에서다. 본인은 하고 싶지 않은데 부모님 성화에 못 이겨 마지못해서 해야 하는 것이 너무 많기 때문이다. 학교 수업이 끝나기 무섭게 피아노 학원, 태권도 학원, 영어 학원, 미술 학원 등으로 가서 늦도록 과외 활동을 하고 있다. 물론 자식들이 미워서 그렇게 시키는 부모는 한 사람도 없을 것이다. 어렵게 돈 벌어 아껴가며 그렇게 하는 데는 나름의 이유가 있다. 자기 삶은 비록 행복하지 못했다 해도 자식들은 모두 더 행복한 삶을 살기를 바라는 무궁한 부모님의 사랑 표현이며 배려인 것이다. 그렇게라도 해야 나이 들어 행복하게 살 수 있다는 것을 부모님들은 경험을 통해 알고 있기에 그렇게 하는 것이다. 나는 악기 하나 제대로 다루지 못하는데 그게 후회스러울 때가 많다. 아니 부끄럽다. 음악회에 가거나 연주가 있는 연회장에 가게 되면 노래를 부르거나 연주를 하는 사람들이 그렇게 부러울 수가 없다. 피아노나 바이올린 아니면 기타라도 하나 칠 수 있었다면 얼마나 좋을까?

악기 하나라도 다루길 바라는 아주 소박한 이유가 있다. 감정이 울적하거나 아름다운 풍광을 바라보면 올라오는 감정을 다스리기 위해서는 음악보다 더 좋은 것이 없다고 생각하기 때문이다. 피아노를 칠 줄 안다면 마음이 가난할 땐 베토벤의 교향곡을 두드려보고, 연인과 의미 있는 날에 분위기 있는 곳에서는 "사랑의 세레나데"를 연주해 준다면 얼마나 낭만적일까? 천만금의 선물보다 백만 송이 꽃보다 더 값진 찐한 감동을 주지 않을까? 생각만 해도 가슴이 뛰고 설렌다. 이런 분위기를 이해 못하는 연인이라면 이런 생각이 한낱 공상이 되고 말겠지만 적어도 내가 사랑하는 여인은 사랑에 겨워 행복의 눈물을 흘리지 않을까? 얼마나 멋진 상상인가? 그리고 돈 안 들이고 백만금 이상의 선물을 할 수 있다면 한번 시도해 볼만한 일 아닌가? 이런 꿈으로 평생을 지내는 나는 행복한 사람이다.

교육자의 한 사람으로서 젊은이들에게 마냥 뜻대로 살라고 말하기에는 양심이 꺼림직하다. 왜? 나는 제도권 속에서 나고 치열한 경쟁 속에서 자랐기에 그 굴레를 벗어난다는 것은 거의 혁명수준의 개혁이 필요하기 때문이다. 사실 그런 용기가 없다. 그러나 솔직히 말해, 한번 주어진 인생 자기 의지대로 살다 가는 것도 멋지게 사는 방법 아닐까 하는 생각은 많이 하며 살았다. 생이 다시 주어진다면 그렇게 살아 보고 싶다.

나이 들어 "그때 해볼걸"하고 후회하며 사느니 지금 당장 해보고 싶은 것 하며 사는 것이 잘사는 방법이 아닐까? 살고 보니 살아온 생이 다 후회다.